異世界でおまけの兄さん自立を目指す 4

エリアス
カルタス王国の第一王子。
王国の第三妃から命を狙われている。
ダリウス
カルタス王国の近衛騎士団長。
今回向かうバルバロイ領に実家がある。
ジュンヤ
神子召喚に巻き込まれ、ゲーム世界に
転移した平凡なサラリーマン。
浄化の神子としてカルタス王国を巡行中。
ケローガを発ち、バルバロイ領を目指す。
エルビス
ジュンヤ付きの侍従。
恋人達の中では常に一歩引いて
ジュンヤを気遣っているが……

宵闇の剣士
山の民の青年レニドールに
ラジート神が取り憑いている。
グラント
ユーフォーン騎士団の副団長で
ダリウスの元婚約者。
マテリオ
元アユム付きの堅物神官。
アユムがケローガに残ることになり、
巡行メンバーに加わった。
アランデル
巡行中に知り合った少年。
騎士見習いとして
巡行メンバーに加わった。

BLゲーム『癒《いや》しの神子《みこ》と宵闇《よいやみ》の剣士《けんし》』の世界におまけで召喚された俺――湊潤也《みなとじゅんや》は、今は癒《いや》しの神子《みこ》として、ここカルタス王国全土を穢《けが》す瘴気《しょうき》を祓《はら》う巡行の旅をしている。

カルマド領ケローガにある泉の浄化を終えて旅を再開した俺達は、その後小さな村に滞在した。少年アランデル――孤児院で出会い、騎士見習いとして旅に同行することになった――の両親を含む病人や、瘴気《しょうき》が残っていた村人達を特製スープで浄化し、俺はその小村での役目を終えた。

小村に至る過程では、浄化した水が領内に巡り大地が癒《いや》されたこと、作物や家畜も回復しつつあることを確認できた。

そして、小村を出発したばかりの今、馬車の窓から外を見回すと、昨日までとは何かが違うように感じた。農作業をする人々の足取りが軽く、表情も溌剌《はつらつ》として見えて、嬉しくて思わず笑みが浮かぶ。浄化した水が巡ったおかげか、作物が生き生きとして見えるのは俺の錯覚なんだろうか。

次の目的地は、まずはバルバロイ領クードラ、その後は領都ユーフォーンに長期滞在の予定だ。

途中にも街や村があるので、浄化の魔石を駆使しながらの旅になるだろう。とはいえ、浄化された水が各地に届き始めているし、備蓄した魔石を使えば、浄化のしすぎで俺が倒れるという事態も減るはずだ。

「カルマド領に思ったより長くいたせいかな。離れるのが寂しい……」

最初は冷たい視線も感じたが、過ごすうちに居心地がよくなっていた。孤児院や教会の子供達のことも、カルマド領に残った歩夢君のことも、もう恋しくなっている。

「いい思い出がたくさんできたので名残惜しいですよね。いつかまた様子を見に参りましょう。もちろん、私もお供します」

俺の呟きに、向かい側に座るエルビスが微笑んで答えた。

その隣には、歩夢君付きだった神官のマテリオが座っている。歩夢君に託されたとはいえ同じ馬車に乗るのは珍しいが、今日は話があると言われていたんだ。

――このパターンは良くない話か？

周囲の微妙な緊張を感じつつ、マテリオに声をかける。

「マテリオが一緒なのは、話があるって言ってた件か？」

「そうだ。――神子《みこ》信奉者と宝玉について話したい」

マテリオが頷くと、エルビスが眉根を寄せた。

「神子《みこ》信奉者についてですか？　警戒を強めていますが、まだ何かあると？」

「エルビス殿にも聞いてもらいたい。アユム様がケローガに残られたので、少し問題が出てきた」

「それ、やっぱり俺絡みかな？」

「そうだ。ケローガの神殿ではマヤト大司教のお力が大きいので、あの方が認めるならばと、全面的にジュンヤ……様が、神子《みこ》だと受け入れられていた」

　おおっ！　『様』だって？　どうしたんだ？　エルビスがいるから？　いや、関係なくずっと『お前』呼ばわりだったよなぁ？

「ごめん、話の腰を折って悪いけど、なんで急に『ジュンヤ様』なんだ？」

「質問はそこか？　いや、それもこの話と関係はある。……最初の告示で、神子《みこ》はアユム様であると明確に伝えられた」

　転送の魔道具を持つ大都市にはすぐに最新情報が届くが、地方には設置されていないところも多く、情報伝達にタイムラグがあるらしい。

「神子《みこ》が二人おられるという告示があったとはいえ、地方ではまだアユム様のほうが有名だろう。それなりの街でさえ、ジュンヤ様が未だ『おまけ』扱いのところもあるらしい。しかも、アユム様を押しのけ出しゃばっているという噂もあるそうだ」

　酷《ひど》い言い草だと思いつつ、続きを促す。

「行く先々で、アユム様ではなく『おまけ』のジュンヤ様が現れ、その上、傍に仕える私が呼び捨てにしたり『お前』と呼んでいたとする。それを聞いた者は、神官は神子《みこ》に敬意を払っていないのだと判断するだろう。アユム様信奉者の反発もあるかもしれない」

「ああ～、そういうこと。まぁ、すぐさま全国に浸透させるのは難しいだろうなぁ」

　噂ってのは怖いな。神官に敬われもしない『おまけ』の神子《みこ》が「浄化に来ました」とやってきて、まだ信用できないうちに井戸水や病人に手を出し……なんて、反感を買うに決まっている。歩夢君が真の神子《みこ》だと信じる人々からすれば、敵意を増幅させるには十分だろう。

それにしても、『ジュンヤ様』か……

「でも～、今更気色悪いぃ～！」

「なんて失礼な男だ」

「あんただってそう思ってるだろ？　なぁ、エルビスもそう思うよな？」

「いえ、別に。それより、ジュンヤ様が未だにおまけだと……？」

あれ？　エルビスは怒ってるところが違うぞ？　まあいいか。

「マテリオぉ～、人前では仕方ないけど、普段はいつも通りにしてくれよ～！」

「いや、どこで誰が聞いているか分からない。これからは常に敬称をつけるべきだと思う」

「ダメ！　頼むよ。こんな風に周りに誰もいないって確信できる時だけでもいいから！」

「……嫌ではないのか？」

「そんな訳ないだろ？　俺、この距離感が気に入ってるんだよ」

「……分かった。他に誰もいない時はそうしよう」

「あぁ、良かった。友達が減る感じがして嫌だったんだ」

俺の言葉に、マテリオはなぜか驚いている。

「友達だと思ってくれていたのか……？」

「何？　迷惑だった？」

「いや！　そうではない。嫌われているかと思っていたのだ。……私はあんな真似をした。お前を叩き、枷《かせ》をつけ引っ立てた」

「なんだと！」

エルビスの腕が伸びて、マテリオの襟首を掴んで揺さぶる。だが、マテリオは無抵抗だ。

「ストップ！　ストップ！」

下手したら殴りかねないと思い、必死でエルビスにしがみついて止めた。

「コイツがジュンヤ様を叩いたと！　しかも枷《かせ》をつけたまま歩かされたのですか⁉」

「あー、えっと、殴られた訳じゃないから！　手を払い除けられた感じ？　うん」

「やはり叩いたのではないですか！」

やばいやばい！　氷のトゲトゲ出てきた！

本当は軽く叩かれたけど、それを言ったらここにマテリオの氷像ができてしまう！

「大丈夫だから！　代わりに、かな～りやり返したし！　その手、離してやって」

「――やり返したのですか？」

エルビスは、きょとんとした顔で俺を見た。

「うん。葛藤してるな～ってところをあえて抉《えぐ》った。襟首引っ掴んで『吐けっ！』ってやった」

「その程度では足りないと思います」

「でもさ、体の傷は治るけど、心を抉《えぐ》られるのも辛いと思わないか？　まぁ、そもそもマテリオの上司がクズだっただけで、こいつは上の命令に従っただけだし。いや～、中間管理職って辛いよな？」

エルビスはまだ納得いかないらしいけど、俺の中ではもう過去のことだ。

「それにさ。俺が死にかけてた時に必死で治癒かけてくれたらしいし、許してやってよ。ケローガでのことも、先に情報をくれたおかげで乗り切れたじゃないか」

マテリオの襟首を掴んで離さない手をそっと撫でる。すると、エルビスはようやく手を離し、盛大なため息をついた。

「ジュンヤ様は寛大すぎます」

「寛大で、尚かつ恐ろしいのは同意します」

エルビスがまた目をクワッと見開いたので必死で宥《なだ》める。

せっかく収まりかけたのに、マテリオはなんて空気が読めない男だ……！

「貴様は私には謙《へりくだ》るくせに、なぜジュンヤ様にはそれができんのだっ！　崇拝しているくせに！」

「エルビス殿、その話はやめていただきたい」

睨み合う二人だけど……俺は、今聞こえた言葉は幻聴か？　とぽかんとしていた。

エルビス、なんて言った？　マテリオが俺を崇拝しているって？　崇拝……いっや〜、ないでしょ？　タメ口で『お前』呼ばわりなのに。

そんな俺の気持ちを見透かしたように、エルビスがこちらを見た。

「ジュンヤ様。この男は、神子《みこ》の秘密を知りながら、神殿の指示に逆らってそれを秘匿《ひとく》したのです。あなたを守るために」

「秘密って、召喚後は処女じゃなくても問題なかったたって話？　それを隠してたのは聞いたけど……俺を守るってどういう意味？」

「ジュンヤ様が強姦まがいのセックスを強いられないようにと、私達庇護者《ひごしゃ》に真実を隠していたのです。大司教に罰せられるのを覚悟で命令に反する真似をしたのは、ジュンヤ様を大切に思っていたからに決まっています」

そこまで言って、エルビスがまたマテリオをじろりと見る。

「マテリオ？」

「——助けられたから、私も助けただけだ」

「俺、あんたを助けたのか？」

「お前の言葉で、心の迷いが消えたのは確かだ。そのせいかは分からないが、治癒力も増した。だから、私は……恩を返しただけだ」

いつも俺の前では仏頂面だったので、そんな風に思われているなんて想像もしなかった。

「まぁ、役に立ってたなら良かったよ。でも、そんなの負い目に感じなくていい。俺が、自分がしたいようにした結果、たまたまあんたを助けたってことだろ？　なぁ、エルビス。俺はずっとそうしてきただろう？」

ある意味エゴを通してきたんだ。その行動が偶然マテリオの考え方を変えるきっかけを作っただけで、恩に着せるつもりはない。

エルビスの手を握ったままその顔を見つめていると、手の強張りが緩んだ。

「はぁぁ……ジュンヤ様の人誑《ひとたら》しは魔力と関係ない分、非常に危険です」

大きなため息と共に漏れた言葉。

んん？　どういうことだ？　変なことを言ったかな？

「ジュンヤ、さっきのは聞かなかったことにしてほしいのだが」

マテリオが俺の袖を引いて言う。

なんだよ、照れてんのぉ～？

「なになに～？　さっきのって～、崇拝しちゃってるってところぉ～？」

揶揄《やゆ》するように腕を指で突くと、マテリオはそっぽを向いた。

「っ！　そんなこと、し、していない！」

顔の代わりにこちらを向いた耳が赤いよ、マテリオさん。可愛いところあるじゃん。まあ、これくらいで勘弁してやろう。

「ふ～ん？　ま、いいけどさ。でも、ともかく普通の会話をしたいんだよ。だから、ＴＰＯの判断は任せるけど、身内だけの時は『ジュンヤ』って呼んでほしい。『お前』呼びだとエルビスが怒るしさ。なぁ、いいだろう？　頼むっ！」

「てぃーぴーおーはよく分からないが……言いたいことは分かった。それと、忘れてくれるんだな？」

「――なんの話だっけ？」

零れ話を一つ聞かなかったことにするだけで今までの関係が保てるならそうしよう。誰かと気さくに話せる時間は、俺にとって貴重なんだよ。

「助かる。あー、ゴホンッ！　ところで、だ。本題を話してもいいか？」

「あ、そうだった。ごめん。頼むよ」

話が盛大にズレてしまった。いや、マテリオが俺を叩いた話を秘密にしていればこんなに揉《も》めなかったんだけど……隠すのに疲れたんだろうか。

エルビスも渋々といった様子だが口をつぐみ、深く座り直す。

「私は、先程話したお前の悪い噂が消えない件について疑問に思っている」

「ゴシップほど人は面白がるからじゃないか？」

俺が言うと、マテリオは首を横に振った。

「確かにそういう側面はある。神子《みこ》の存在に歓喜した民にとって、ケローガの浄化の成功に加え、神子《みこ》が二人だったという知らせはむしろ慶事だ。それなのに、なぜそこまでお前に悪評が付きまとうのか」

そう言われると……不自然かもしれない。

「おかしいだろう？　私は、エリアス殿下の件も関わっているのではないかと推測している」

「つまり、ティアの評価を下げたい勢力が故意に流した噂だと疑ってるのか？」

「個人的な考えだが……エルビス殿はどうお考えでしょう」

狂信者のナトル司教は乱暴な手口を使ったが、本来の神子《みこ》信奉者は穏やかで、真摯《しんし》に祈りを捧げているそうだ。それを知るマテリオは、狂信者と一般信者を同列にされたくないんだろう。

「確かに不自然ですね」

俺は、一度ついた評価を覆《くつがえ》すのは簡単じゃないということだと思っていたが、エルビスもそう思うのなら、これは策略なんだろうか。

マテリオが更に続ける。

「それと、神子《みこ》信奉者についてだ。元々は害のない崇拝で、ナトル達はほんのひと握りの過激派だ。本来の神子《みこ》崇拝は、国民のために力を尽くしてくれた神子《みこ》の恩義に報《むく》いたいという、純粋な想いから来るものだ。今後もきっと信奉者に会う機会があるだろうが、毛嫌いしないでやってほしい」

ナトル司教率いる過激派が、山の神ラジートを操って俺を攫《さら》わせ乱暴しようとしたことは、他の純粋な信奉者達とは無関係の、勝手な暴走に過ぎない。

「ああ、もちろんだよ。一部の人間の行動が全てだとは思わない。その見本みたいな人達が、いつも一緒にいてくれるだろ？」

「それは……神兵のことか？」

「うん。俺のために命を投げ出してくれた二人も、今付いてくれている二人も、俺を大事にしてくれる。それだけじゃない。ケローガの神官やコミュ司教を始め、素晴らしい人がたくさんいた。だから大丈夫。俺はこの目で見た物だけを信じるから」

「そう、か。本当にお前は強い。時折、眩《まばゆ》い程に光っている。その力の源は、強い心なんだろうな。ありがとう……」

やだ、マテリオさんたら、未だかつてないほど素直で可愛いじゃないのぉ？

弄《いじ》りたいけど、弄《いじ》ってはいけないジレンマよ。変に弄《いじ》ったら逃げる生き物だよな、こいつ。

すっかり見慣れた仏頂面だが、頬がほんの少し緩み、安心した様子なのが分かった。だが、すぐにまた表情が引き締まる。

「それと、問題なのはこれだ」

マテリオは座席の端に置いていた豪華な装飾の箱を手に取った。

「ここに宝玉が入っている。何度か確認したが私では宝玉に触れられない。開けて呪《しゅ》の紋様を書き写すので精一杯だ」

宝玉というのはナトル司教から取り返したラジート様の化身で、黒い石だ。これにかけられた呪いのせいで、ラジート様が操られていると言っていた。

「この箱はなんだ？　中に呪《しゅ》があるはずなのに、外からじゃ何も感じないな」

「カルマド伯からお借りした厨子《ずし》だ。先祖代々メイリル神像を安置してきたらしい。そのため、聖なる力が籠《こも》っているようだ。宝玉を奪還した際に保管方法を色々と探して、これが一番だと思った」

マテリオは陰で頑張っていたんだ。ありがたいな……

「メイリル神の力が満ちた箱ということかな。そこに入れておけば自然に浄化される可能性はあるのか？」

「いいや。瘴気《しょうき》は抑え込めるが、浄化は無理そうだ。蓋《ふた》を開けると禍々《まがまが》しい瘴気《しょうき》が出てくる。……これから開けますが、エルビス殿はこちらをお持ちになり、可能な限り離れてください」

エルビスがマテリオから浄化の魔石を受け取り、俺の隣に移動した。緊張感が漂《ただよ》う中、マテリオがゆっくりと箱を開ける――

「ちょっと待て。あんたは大丈夫なのか？」

しかし、俺は蓋《ふた》にかかったマテリオの手を思わず止めた。

「問題ない。最初に開けた時に瘴気《しょうき》で倒れてしまってな。それで、悪いと思ったが浄化の魔石を使わせてもらっている。なかったら今頃生きていないだろうな」

さらっと言っているけど、倒れるとかやばいって！

「はぁっ？　無茶すんなよ！　相談してからやれば良かっただろ？」

「誰かがやらねばならない。そして、私は祝い紋を知る山の民の血を引く神官だ。祝い紋が使われたことについて責任を取らねば」

「――言いたいことはたくさんあるけど、後だな。よし、出すぞ。エルビス、こっちは危ないから、呼ぶまで来ちゃダメだからな？」

俺はマテリオから箱を取り上げ、蓋《ふた》に手をかけた。

「ジュンヤ、あまり長く宝玉を持つなよ？」

「大丈夫、自分の限界は分かってきた」

箱の中から宝玉を取り出す。パッと見は黒く見えるが、よく見ると濃緑色《こみどりいろ》をしている。

「これ、光を通さない黒のはず……なんだよな？」

確か、マヤト大司教が言っていた。

「そう聞いたが、色が違って見えるな」

宝玉を陽光に透かすと、緑に加えて赤みも帯びている。様々な色の絵の具を混ぜると黒ができるが、それと同じように、混ざり合って黒く見えているんだろうか？

透けないと聞いていたのに今透けているのは、神力を奪われたせいだろうか。宝玉は浄化を求め、触れた手から貪欲に俺の力を吸い込もうとしている。

「マヤト大司教によれば、ラジート様の宝剣とそこに嵌《は》まった宝玉は漆黒のはずなんだよな。それとは程遠い……それに、この赤はラジート様……山の民の瞳に似ている気がする」

ひと口に赤と言っても、紅《べに》色や臙脂《えんじ》色、朱色など色々ある。これは、ラジート様とレニドールや、マテリオの瞳と同じルビー色だ。

「完全に浄化してみないと、真実は分からないなぁ」

鍵は宝玉か宝剣か。まだ確信は持てない。

マテリオと話している間にも、宝玉に力が吸われていく。

――大丈夫、あの時は力任せに浄化したから動けなくなっただけだ。

宝玉が欲しがるまま力を与えていたら、とてもじゃないが俺が保《も》たない。だから、均衡を保てるよう必死でコントロールをしている。


『神子《みこ》……』

ふと、俺を呼ぶラジート様の声が聞こえた気がした。どこかで浄化を感じているんだろうか。人間に縛《しば》られ、そのせいで人間を嫌っていた哀れな神……

宝玉に触れたことで俺達はまた繋がった。そんな気がした。

今どこにいるんだよ？　あんたが呪《しゅ》から解放されて自由になれば操れなくなって、狂信者も俺を捕まえるのを諦めるかもしれないのに――

「おい、しっかりしろ！　意識をしっかり保て！」

「ジュンヤ様！　ジュンヤ様っ!!」

耳元での呼び声にハッとして、俺は宝玉を箱に戻した。すかさずマテリオが箱の蓋《ふた》を閉じる。

途端に酷《ひど》い気怠《けだる》さを覚え、力をかなり消耗《しょうもう》していたことに気がついた。

「ごめん！　なんか、一瞬意識が飛んだみたいだ」

「かなりの時間持っていたが、体調は大丈夫か？　横になったほうがいい。エルビス殿、頼む」

エルビスが飛んできてくれたが、ちょっと待ってもらう。

「マテリオ、手ぇ出して？」

「なんだ？」

「いいから、ほら」

戸惑いながら差し出されたマテリオの右手を握る。

……ああ、思った通りだ。

「何をしている!?」

「ん。浄化する。やっぱり、無理したから瘴気《しょうき》を受けてるぞ？」

「私のことなど気にするな！」

「瘴気《しょうき》がいつまでも体内に残るのが問題なんだと思う。今なら不調が出る前に消せる……」

ケローガの祭りではこいつにもスープを飲ませたっけ。そのおかげか、思ったより酷《ひど》い状態じゃないな。

今マテリオの体内にあるのは宝玉に近づいたことによる瘴気《しょうき》だけのようだ。ゆっくり瘴気《しょうき》を吸い出し浄化した後、今度はマテリオの治癒の力が流れてくるのを感じた。

「ふふ、あんたは根っからの神官なんだな」

「なんのことだ？」

「なんだよ、これって無意識なのか？　俺を治癒してくれてる……少し楽になったよ」

「そうか？　触れたら治癒する癖があるから、そのせいかもしれないな」

「ああ、ありがとな」

手を握ったまま、相変わらず仏頂面の赤い瞳を見つめる。ムカつくこともあるけど、本当は優しい男なんだ。

「何を見ている。もう離せ」

「はいはい」

「はいは一回でいい」

「はーい、先生～」

俺が笑うと、マテリオはますます不貞腐《ふてくさ》れた顔を作る。

「もう休め。簡易ベッドを出そう」

「うん、そうする。エルビス、手を貸して」

「お抱きしますよ？」

「んー、自分で立てるか試したい。宝玉の浄化は毎日少しずつしようと思う。だから、動ける範囲を探らなきゃ」

「分かりました」

エルビスの腰に手を回す。歩けないほどではないが、足に来ていて膝がガクガクする。

「最初は短時間に留めたほうがいいみたいだな。時間を計りたいんだけど、そういう道具があったら貸してほしい」

「時間計《じかんけい》がある。後で持ってこよう。……今は外す」

マテリオが答え、座席を引き出して簡易ベッドの用意をしてくれた。この馬車は一般的なそれと違い、バスのように長い車両で、座席を引き出して寝ることもできる仕様なんだ。

「うん、助かるよ」

窓から合図して馬車を降りていく背中を見送り、エルビスに視線を移す。

「あー、えっと、エルビス。少し、いいかな？」

「はい、いくらでも」

「エッチなしでいい？」

「も、もちろんです！　ジュンヤ様のお気持ちが第一です！」

「ごめん、ありがとう」

キスで力を分けてもらう間、遮音をかけ窓のカーテンをそっと閉めたのだった。


マテリオと神子《みこ》信奉者や宝玉の話をした数日後の昼過ぎ。

この数日間は、宝玉の浄化以外にやることもなく、久しぶりに穏やかな日々だった。しかも、辺りは一面穀物の畑が広がっていて、こんなに見晴らしのいいところでは襲われる心配も少ない。

馬車が停まり、周囲の安全を確保したラドクルトに呼ばれて、外に出る。可能性が少ないとはいえ、待ち伏せされている恐れはあるので、念のため警戒は必要だそうだ。

今回の休憩地として選ばれたここは、ちょっとした水場のある森の一画、旅人や商人なども使う野営地だ。自由に使える井戸もあるという。井戸に浄化の魔石を投入しておけば、立ち寄る旅人を癒《いや》せるだろう。今はこうしてちまちまと浄化の魔石を投じるしかないが、大元を浄化すれば自然とそれぞれの井戸も復活すると信じている。

ちなみに、水が豊富なこの国にはこうした場所がたくさんあるらしい。穢《けが》れさえなければ、他国では貴重な水も、この国では使い放題という恵まれた環境にある。

「毎回思うっすけど、このキラキラ、マジですごいっすよね？　ケローガから合流した連中の中には、初めて見た時感激して泣いた奴もいるんすよ～」

「ウォーベルト……お前はジュンヤ様に甘えすぎだ。いい加減失礼な口の利き方はやめろ。他の奴らに示しがつかないぞ？」

最近合流した騎士の目を気にしてか、ラドクルトのお小言が止まらない。俺は気にしないけど、マテリオも敬意を払えと言われていたなぁ。

「いいじゃん、ラドクルトは細かいっす。決める時は決めるって。ねぇ、ジュンヤ様？」

「うん。たまに敬語だよ？」

「たまにじゃなくて、いつもそうであってほしいんです！」

厳しく躾《しつ》けられたという貴族家出身のラドクルトは、なかなか言葉を崩せないようだ。

「ははっ！　必要な時はまたカッコいいウォーベルトを見せてくれるよな？　ケローガで大勢に囲まれた時は、立派な近衛騎士様だったし」

「はい。ユーフォーンに入ったら真面目にやるっす。めっちゃ怖いんで……」

「へぇ？　何が怖いんだ？」

「ユーフォーンを守護するザンド騎士団長は、規律に厳しいおっかない方です。ダリウス団長の叔父様っす。お父上のファルボド様も、なんつうか、こう……いるだけで圧を感じるっすよ」

「ダリウスの叔父さんなら、やっぱりでかいのか？」

すると、ウォーベルトとラドクルトが発言を譲るように視線を交わし、ラドクルトが口を開いた。

「身長だけで言えば団長より少し低いですが、全てを凌駕《りょうが》するような筋肉が凄《すさ》まじいです。はい、他にも色々と凄《すさ》まじいです」

ラドクルト……大事なことだから二回も言ったのか？

「圧迫感がやばいっす。あの家系は全員圧倒的に体格が良くて、筋肉の付き方も違うのか、横から見ると体が分厚いんす。ザンド団長とダリウス団長が並ぶだけで空気が薄いのに、一族揃ったらどうなるんでしょうねぇ？　全員あのクラスとか、スゴイっす」

自分の体を抱きしめ、ブルッと震えるウォーベルト。

けど……そうか、それは怖いな。目の前に並んでいたらまるで筋肉の壁だ。

「バカだな。貴族だからそうなるように縁組しているんだ。血筋と魔力を維持するためにな」

「血筋と魔力の維持、か」

「あ、ジュンヤ様はそんなことを気にしないでください！　変な話をしてすみません」

貴族の血を残す……同じことを言った人がいたのを思い出していた。

「ところで、男がどうやって子供を産むんだ？」

「「えっ⁉」」

俺はずっと避けていた質問をしてみた。二人は突然のことに慌てた様子だ。

「あー、それはエルビスさんとか、団長に聞くといいっす！　俺らからはちょっと……」

後ろにいるエルビスを振り返ると、その顔は赤くなっていた。

いつも冷静なエルビスが顔を赤らめるような話か。なるほど……多分エロゲー仕様なんだな？

そんな気はしてたけどな！

「エルビス、教えてくれるか？」

「後でお話しします」

「うん」

俺は、子供うんぬんの前に、貴族のことも知らなくちゃいけないなとも思い始めていた。

血を残すために好きでもない相手と結婚するなんて辛いよな。

俺、ちょっとシリアスモード……

「ジュンヤ、エルビス。ここにいたのか」

ダリウスがやってきた。移動のみなので、みんな近衛の制服は着ていない。でも、いざという時に備えた装備はしている。

「どうしたんだ？」

「今日は暑くて馬の消耗《しょうもう》が激しいから、ここでしばらく休ませることにした。ゆっくり休んでいいぞ」

「うん、分かった」

俺はダリウスの顔をジッと見つめた。

「どうした？　何か悩みか？」

「ううん、ちょっと考え事。浄化のこととか」

つい誤魔化してしまった。

貴族の血と魔力を残す。ダリウスは三大公爵家の次男だ。本人は子供を作らないと決めているそうだが、本来ならティア同様、血筋を残す義務があるらしい。

これから行くユーフォーンはダリウスの実家が治める土地だ。ずっと聞かないでいたけど、いい加減知るべき時が来たのかも。

異世界から来た俺には妊娠なんて無理だろうし、ダリウスには他の人と子供を作って幸せになってもらわなきゃいけないのか？　でも、そんなこと耐えられないよ。

いや、この世界では男が産んでいるんだから、何か特別な方法があるのかもしれない。

……想像するとなんだか怖い。できれば知りたくないけど、今こそ知る時だ！

「じゃあ、もうすぐ食事の準備ができるから水場のほうに行ってくれ。俺が周囲を警戒してるから、安心してのんびりしてろ」

「待って、ダリウスはいつ食べるんだ？」

「ん？　移動中に食ったぞ」

「えっ？」

ダリウスだけでなく他の騎士も、馬に乗りながら食べているらしい。

「外遊先で護衛する時は基本携帯食だ。余裕がある時は順番にマシな飯を食うけどな」

「それじゃゆっくりできないだろ？」

「気にするな。順番を決めて食事は取れている。じゃあ、俺はあっちを見回るから」

ダリウスはそう言うと、また巡回に行ってしまった。

「……ラドクルト達も？」

「はい。いつものことですから、気にしないでください。慣れてます」

知らなかった。携帯食を見せてもらうと、干し肉と栄養バーみたいな固形物と、水筒の水が基本の食事らしい。なんだかショックだった。

「俺、いつもちゃんとした物食べさせてもらってた……」

「ジュンヤ様は高貴なお方ですから当然です。お気になさらず」

「エルビス、俺は高貴じゃない。浄化ができるだけの一般人だよ。……庶民だったんだ」

「お命をかけて浄化してくださっているんです。お食事はきちんと取ってくださいね」

「そう言われても……」

俺を守ってくれる人達に、いつもどれほど大切にされていたのか、改めて骨身に沁《し》みた。

「ジュンヤ様がちゃんと飯を食って元気でいてくれないと俺達が困るから、今のままでいいんすよ～！」

ウォーベルトのこのチャラさが心を軽くしてくれる。もしかして、わざとか？

「うん……気をつける」

みんなのためにも、浄化頑張らないとな。

森のほうを見て、思い切り息を吸い込む。

「――うぉ～！　頑張るぞーーっ！」

俺は木立に向かって、気合いを入れて腹から叫んだ。

「「ジュンヤ様!?」」

周りにいたみんなが驚いているが、そのまま大声で続ける。

「ごーめーん！　叫びたい気分だったーー！」

あー、叫ぶとスッキリするな。ウジウジするのは性に合わない！

晴れやかな気持ちでみんなを振り返ると、エルビスも目を見開いていたが、やがて堪《こら》え切れないといった様子で笑い出した。

「ジュンヤ様っ！　びっくりしましたよ。アハハッ！」

「フハッ！　ジュンヤ様っ！　すげぇスッキリした顔してるっす！」

「びっくりするじゃないですか、くくくっ！」

釣られてウォーベルトやラドクルトが笑い出し、周囲にいた騎士達も笑い出す。

あ、神兵さん、我慢しないでいっそ笑ってくれ！　我慢して変顔になってるぞ～？

「そうだ、神兵さん。マヤト大司教がお話ししてもいいって言ってたので……名前を教えてほしいんです」

「な、名前、ですか？　我らの名前など、神子《みこ》様に呼んでいただくようなものでは……！」

俺が声をかけると、必死の形相で笑いを堪《こら》えていた二人がすごい勢いで跪《ひざまず》いてしまった。

「ああ～！　そんなつもりじゃ！　ほら、立ってください！」

二人は恐縮した様子でガッチガッチになっている。せっかく笑ってくれたのになぁ。

「ジュンヤ様、普通に話してやったほうがいいかもしれませんよ。あなたが敬語だと緊張してしまうのでは？」

エルビスが助け舟を出してくれる。確かに気さくに話しかけたほうがいいのかもしれない。

「あの、二人を名前で呼びたくて。亡くなった二人——カーラさんやステューイさんとも本当は話したかった。だから、これから先、二人とはちゃんと会話したいんだ」

「神子《みこ》様、もったいないお言葉です。わ、私はリューンと申します！」

「私はトマスと申します！　どうぞよろしくお願いいたしますっ！」

「はい、よろしく！　いつも護衛してくれてありがとう。今日からは、俺だけじゃなく他の騎士達とも話してほしいな。俺達は仲間だから」

「「はいっ！」」

そこへ苦笑するティアと、呆れ顔のマテリオが来た。

「ジュンヤ、先程の大声、何事かと思ったぞ？」

「言葉通り！　浄化頑張るぞってこと」

「お前の行動は読めん……」

「ごめん、ティア、マテリオ。驚かせたかな。気合いを入れたくなったんだ」

そう言うと、ティアに抱きしめられた。

「これ以上どう頑張るんだ？」

「んー？　自分の命は大事にする！　みんなも大事にする、下は向かない！　って感じかな？　俺達はチームだから、一蓮托生ってことさ」

「いちれんたくしょう？」

ティアが不思議そうな顔をする。

「結果の良し悪しに関係なく、俺達はみんな最後まで一緒って意味だ。でも、俺は絶対負けないけどな！　呪《しゅ》にも狂信者にも、ティアを狙う奴らにも負けねーぞぉ！　虐《しいた》げられても絶対負けねー!!

ファイトッ！　おーっ！」

う～ん！　叫ぶの最高っ！　部活を思い出すなぁ～。

「おーい、楽しそうだなっ！　何してんだ？」

ダリウスもホイホイ釣られて戻ってきた。

「試合前はみんなで『ファイト！　おーっ！』って気合い入れて叫ぶんだ。気分が上がるんだぜ？」

「へぇ？　いいな、みんなでやるか！　おーい、お前らも叫べっ！　ジュンヤ、お前が最初だ」

頷いて深く息を吸い込む。

「ファイトっ！　おーーっ！」

「「ファイトっ！　おーーっ！」」

みんなで叫んで大笑いした。

よっしゃ！　頑張るぞ！

「あー、なんかウジウジしてたからスッキリした。ありがとな」

「ここまで辛いことが多かったですし、息抜きは必要ですよ。笑顔になってくれて良かったです」

「うん。ありがとう」

その後食事を済ませ、休憩中の馬を見せてもらった。草を美味そうに食べる姿が可愛い。ただ……どデカイけどな。デカイ人間を乗せるんだから、馬もデカくて当たり前か。

「うわぁ、ぶっとい脚！　でも、これくらいじゃないとダリウス級を乗せて走れないもんなぁ」

サラブレッドって写真でしか見たことはないが、ああいう細い脚じゃない。人間を乗せて長距離移動に耐える馬なんだから、それはそれはゴツいのだ。走ったら大迫力だろうな。

「軍馬ですからね。こいつは私の馬のビードです。こっちがウォーベルトのリンドン、あっちの一番大きい芦毛《あしげ》の馬がキュリオ、団長の馬ですよ。ビードに触ってみますか？」

ラドクルトが紹介してくれたので、俺は頷いた。

「うん。この子、嫌がらないかな？」

「私がいるので大丈夫です。ゆっくり動いてくださいね。まずは手のひらを見せてやってください」

俺はビビりつつも右手を出し、「怖くないよ」と声をかけた。すると、ビードは自分から俺の手に鼻をフンフンと擦《こす》りつけてくる。

「大丈夫そうですね。そのまま鼻梁《びりょう》を撫でてやってください」

言われるままにスリスリと撫でると、しっとりとして滑らかな肌触りだった。

「可愛い……ビード、いい子だなぁ。主人の品がいいからか？」

「ブルルッ！」

「うおっ！」

顔をぐりぐりと擦《こす》りつけてられて、そのパワーに思わず仰《の》け反《ぞ》る。

「気が合うようで良かったです。ちょうどいいので他の二頭とも触れ合いましょうか。私達の馬には二人乗りの鞍《くら》を着けています。万が一の時には二人乗りで先行してもらう手はずです」

「そんな事態は避けたいなぁ」

「そうですけどね。でも念には念をと、団長がケローガで鞍《くら》を替えたんです」

「そうか」

平和が一番だけどな。そうして他の二頭とも仲良くなり、ひと時の安らぎは終わった。

馬、めちゃ可愛い……今度乗馬を教えてもらおう！

そう心に決めつつ、休憩を終えて、エルビスと馬車に乗り込む。

「あれ？　マテリオは？」

「ノーマ達のほうに乗るそうです」

エルビスと二人になるのは、タイミング的にちょうどいいのか？　この世界での妊娠や出産のこと、俺から聞かないと、エルビスは自分から言うつもりはなさそうだ。

聞くのは怖い。でも、知らなくちゃいけないもんな……

馬車が動き出して、二人だけの空間に遮音を施す。この魔道具の使い方にもすっかり慣れた。

「えっと、エルビス……？」

「はい」

エルビスは何やら渋い顔をしている。

「あー、さっきも話してた、子供の作り方を……教えてほしい」

「やはりそのことですか」

「うん。だって、ティアと付き合うからには特に大事な話だし、ダリウスの子供を作らない宣言も聞いたけどさ。ラドクルトの話を聞いて、いい加減その話題から逃げてちゃダメかなって。イーミッシュ様にも言われたし……さ」

かつてティアの婚約者候補だったイーミッシュ様は、ティアこそが国王に相応《ふさわ》しいと考えていて、俺に「一日も早くお子を」と釘を刺してきた。きっとこの先も色んな人に同じようなことを言われるはずだ。だから、知らないままじゃダメだと思う。

「そうですか。分かりました……！　まず、子供を作る時は神殿から胎珠《たいじゅ》という、魔力の籠《こも》った交《こう》玉《ぎょく》に似たものを授かります」

エルビス、なんか吹っ切れたようにテンションがおかしいぞ？　大丈夫か!?

「たいじゅ？　交玉とは違うのか？」

「似ていますが、純白で、交玉より一回り大きいと聞いています」

結婚しなければ見る機会がないので、エルビスも実家の家庭教師に教わった知識だそうだ。

「なるほど。それから？」

「ええと、それを体内に……母となるほうの体内に入れます。その、奥に、ですね……」

奥、ね。うん。

気まずそうなエルビスに頷いて促す。その顔は真っ赤になっている。ということはその先もエロか？　エロいんだな？

「胎珠を挿入後、最初の一週間は毎日数回、胎珠に魔力を注ぐのが望ましいそうです」

「魔力を？　どうやって？」

「ゴホンッ。その、毎日、繋がって……母側に精を注ぎます……」

「ま、毎日⁉」

それおかしいよな？　尻に入れているってことは……いや、あれか？　あのエロ仕様？

「つまり、交玉と同じ効果があるのか？　まさか、ずっと体に入れっぱなし？」

「はい。体内に胎珠がある間は常に清められ、排泄がありません。あ、しかしですね！　体内では溶けて魔力の塊《かたまり》として存在するそうなので、異物感はないと聞きました！」

エルビス、フォローのつもりかもしれないが、全然フォローになってないぞ！

「一週間は、伴侶の魔力を最低でも一日一回は流します。父母の魔力が強い程、子も強く生まれます。そしてここが肝心で、回数が多いほど強い魔力の子を得られます」

もう聞くのやめようかな……？

俺は窓の外を見る。しかし、ここまで聞いたら最後まで聞くべきだろうな。遠くを見て現実逃避をしても、もう遅い。

「ジュンヤ様、もうやめますか？」

「あぁ、いや、聞いておくよ。魔力が低い同士ならどうなるんだ？」

「一般市民は回数でフォローしているようです。それでもやはり、魔力の低い子供が生まれるようですね」

回数、か。さらっとすごいこと言ってるよなぁ。

「稀《まれ》に強い魔力を持つ子が生まれますが、そういう子供は親のフォローを期待できないので、魔力差が判明した時点で神官か騎士の道を選びコントロールを学びます。ウォーベルトも同じです。彼らは選ばれた者として保護されて教育され、貴族家の養子になる場合もあります」

だから騎士にも市民出身がいるのか。それにしても、力のある人間を貴族家が取り込むこともあるんだな。一般市民が力を持たないようにしているんじゃないかと勘繰ってしまう。

「なるほど。もしも、お互いの魔力が釣り合わない時は？」

「魔力の低い子供が生まれるか、そもそも受胎しません。胎珠は体内に吸収されて消滅します」

確実に妊娠する訳じゃないのか。……だから貴族は魔力が強い相手を選ぶのかな？

「ちなみに、貴族家の第一子でも、誕生後に魔力が低いと分かれば後継者から外れます」

「えっ⁉　それだけで？」

「貴族にとって、それだけ魔力量は重要なんです。自分の治める領地や地域を管理するために魔道具を使います。それらを使いこなすには魔力が必要なんです」

それって、初めて王都で出かける時にもらった、温度調整ができるというブローチを使いこなすにも魔力を使っているということか。

「妊娠はどうやって判断する？」

エルビスはふいと横を向いた。外を見たい気分なんだな？　俺も見たいよ、爽やかな外の景色を……

「魔力核が芽生えたかどうか、神官が診断します。受胎後は約三十日、毎日魔力を注ぎます。両親はそれを理由に仕事を休むことも可能で、一般市民は仕事を休むと収入が減るのでその分手当が支給されます。子供の誕生は喜ばしいことですから、国が支援しています」

「待ってくれ、三十日間、毎日エッチするのか？」

「はい。魔力が弱くても、毎日力を注げば健康な子供が生まれるんです」

待ってくれ……されるほうの負担、半端ないって！　だから休みが取れるのか……？

「ジュンヤ様、大丈夫ですか？」

「頑張って理解しようと努力中。出産は……その、痛い？　俺の世界では、下から生まれるんだけど」

「下？」

「ええと、俺の世界の女性は、子供を作る部屋を最初から体内に持っていて、そこ──お腹で一定期間育てた後、出産するんだ。その、みんなのソレよりもかなり大きくなるから……凄《すさ》まじく痛いって聞いた。あの、だから、こっちでも、みんなが挿入《はい》ってくるところから産む感じかなぁ？と……」

言いにくいっつーの！　お尻から産むとか怖いし、元は排泄器官だから、なんか嫌だ。

「いえ！　違いますっ！　痛くはないそうですが、私も教わっただけなので……それでもいいですか？」

エルビスの慌てっぷりは見たことがないほどだった。俺も顔は熱いし、動揺して、お互いに恥ずかしいことこの上ない。

「も、もちろん」

「ゴホン。……胎珠に魔力が十分に溜まると、多少お腹は膨らむそうです」

咳払いをして、居住まいを正したエルビス。俺はその様子を見つめていた。

「しかし、お腹の膨らみは魔力の蓄積です。胎珠を核として、成長するという訳です。時期が来たら、ジュンヤ様が仰るような下からではなく、魔力の塊《かたまり》として体外に現れ、そこから実体化します。なので、痛いという話は聞きません」

「へー。痛くないし、辛い思いもしないんだな」

「はい。痛みはないです。が、実体化する際、母親は魔力を激しく消耗《しょうもう》するそうです。稀《まれ》に危険な状態になることもあります。ですから、夫が妻に魔力を注ぎながら出産する、と聞きました」

痛みはない。けど魔力を注ぎながら？

「えーっと、つまり？」

「セ……エッチしながら出産することもある、と聞きました……」

エルビスは真っ赤な顔をしている。きっと俺も赤い。

「エロゲーめ……!!」

「え、えろげー？」

「あ、気にしないで。それにしても……マジか」

どこまでもエロなんだな。痛くないのはいいけど。……あれ、ちょっと待った。子供の魔力は親次第ってことは、貴族の場合は好きでもない相手とスる訳？　というか、できるのか？

「エルビス……貴族は、恋愛とか関係なく結婚するって聞いたよ。そんな相手と簡単にエッチできるものか？　感情としては無理じゃないか？」

俺の質問に、エルビスは苦しそうな顔をした。

「ええ。ですから強めの媚薬《びやく》を使用します。胎珠にも交玉と同じく媚薬《びやく》作用がありますが、思い合っていれば追加は不要です」

いくら交玉に媚薬《びやく》作用があっても、心が伴わない行為が苦痛なのは、ナトル司教の件で重々承知だ。

「お互いが媚薬《びやく》を摂取する場合もありますが、使用するかどうかの決定権は夫側にあります。身分差があると、夫だけが媚薬《びやく》を使用し、妻は苦痛を被る……という場合もあるそうです。その例が、国王陛下と王妃様らしいですね。しかも受胎しなかったので、その後の関係は険悪でした」

なるほど。陛下は王妃様に配慮しなかった、と。

「陛下、最低だな」

「しかし、そういう考えを持つ者は多いんですよ。望まない結婚に反発して、わざと使わない者もいるんです……」

ほんっとに最低！　国王陛下、絶対退位させてやるから覚悟しておけよっ!!

王妃様って、想像以上にお気の毒な身の上なんだ。ティアがその身を狙われながらも助けてあげたいと思う気持ちが少し分かった。

「それで、産まれた後は？　男じゃおっぱいは出ないだろ？　でも、ケローガで赤ちゃんを抱いた時におっぱいの匂いがしたんだよなぁ」

「おっぱいというのは、乳ですか？　ええと、魔力が乳です」

「つまり、吸わせるのか？」

「はい。三ヶ月程魔力を吸われるので母体の疲労は大きいそうです」

マージーかーー！

俺は頭を抱えて悶《もだ》えた。理解の範疇《はんちゅう》を超えているが、そうか。痛くはないけどエロいのか。そんで、元の世界での授乳期間よりは短いみたいだが、こっちでも母乳チックな何かが出るのか？

お母さーん、助けて〜!! 俺この世界で怖いこと知っちゃったよぉ!!

「そ、それ、魔力差がなくても相性とかで子供ができない人もいるのかな」

もしかしたら、王妃様が妊娠しなかったのは、陛下との相性が極端に悪かったせいなのかもしれないと、ふと思いついた。

「相性はありますね。しかし魔力の属性とは関係がなく、お互いに惹かれ合って結婚する場合は相性がいいそうです。魔力が馴染む相手に惹かれるのでは？　と言われています。貴族は愛を重視しないので、相性による妊娠可否は運次第です。そのため自然と複数婚になります」

「そうか。……言いにくい話をしてくれてありがとう。かなりパニくってるけど」

正直頭の中がグルグルしている。でも、い、痛くないなら？　いや、しっかりしろよ俺。冷静になれっ！

「やはり、殿下の後継者について気にかけておられるのですね」

心の中で活を入れていたつもりが、声に出ていたみたいだ。エルビスが眉尻を下げる。

「……うん。だって、今の陛下には疑問しかないから、国王にはティアみたいな人が相応《ふさわ》しいと思う」

「ジュンヤ様、遮音と結界はありますが、発言にはお気をつけください」

「あっ、うん。ごめん。でも、どちらにせよ後継者問題からは逃げられないだろう？」

エルビスが手を伸ばして、膝の上にあった俺の手を優しく撫でた。

「そうですね。ですが、殿下にもお考えがあると思いますよ。それに、今は浄化第一ですから、そんなに悩まないでください」

「でも……ケローガでイーミッシュ様と会った時、エルビスもいただろ？　きっと、これからもあんな風に言われる可能性は高いと思うんだ。だから知っておきたかった。知るだけでも、さ。ティアだけじゃなく、みんなのこともあるし……」

無意識に声が段々小さくなったから、最後のほうはエルビスには聞こえなかったかもしれない。

俺、エルビスとのこれからも考えているんだよ……？

「そうでしたか。あの、また何か気になることがあればいつでも聞いてください。とはいえ、私も知識でしか知らないので、どこまでお役に立てるか分からないのですが、一緒に考えることはできます！」

ぎゅっと握ってくれる手が温かい。

「うん。とりあえず、逃げてた問題と向き合っただけでも今は十分だと思おう！」

「そうですとも！　常識が全く違う世界からいらしたんですから、悩むのは当然です」

「ありがとう。それにしても……色々ビックリだなぁ」

頭がパンクしそうだが、少しずつ理解していくとしよう。

「そういえば、エルビスの出身地は王都なのか？　ユーフォーンには詳しい？」

「私は王都生まれです。ただ、殿下が各地に視察される際は常にお供していたので、大きな街はたいてい訪問したことがあります。ユーフォーンは、殿下が剣の修業で長期滞在をしたのでよく知っていますよ」

「へぇ。ダリウスのお兄さんとも仲良くしてた？」

えっと、確かダリウスとはタイプが違うと言っていたな。兄弟仲が良かったのに、周りに後継者争いをさせられたりして拗《こじ》れ、仲違いしてしまった……という話だった。

「はい。大変良くしていただきました。とても聡明な方ですよ」

「ダリウスとは違うタイプなんだよな？」

「全く違います！　同母の兄弟なのに、うちのエロ団長とは正反対ですよ」

うーん。でも、ダリウスはお兄さんの後継者の座を守るためにわざと自分の評判を落としてヤリチンになったと言っていた。今はすっかり板についたみたいだが。

ここから先はダリウス本人に直接聞いたほうが良さそうだ。その上で、他の人の話も聞いて考えよう。そうだな、今夜か、明日か……

「ユーフォーンの前にも寄るところがあるんだよな。……いつまで平和でいられるんだろう」

「そうですね。ジュンヤ様の負担にならないように、被害が小さければいいのですが」

次の目的地までの数日、何も起こらないでほしいと祈りながら、俺は馬車の外を眺めていた。

バルバロイ領に入り丸一日が経過した頃、少しずつ穢《けが》れの影響が見え始めてきた。立ち寄る村や町で治癒を施し、井戸の浄化を繰り返した。浄化は小さな魔石で済んだのが幸いだ。

バルバロイ領には大小たくさんの泉があるが、主要な水源になっている泉が酷《ひど》い穢《けが》れに侵《おか》されていると報告があった。

一年を通して温暖な気候だが、昼夜の寒暖差を利用して栽培されるテポの実という柑橘系の果物が名産品だ。甘みが強く、果実水にも使われる。その人気はカルタス王国内のみならず、隣国トラージェや他の近隣国にも輸出されていたのだが、穢《けが》れのせいで果樹が枯れたり生育不良になったりして、輸出にも支障が出始めているという。

バルバロイ領の領地の一部はトラージェと接していて、今でこそ関係は良好だが、数十年前には領土を侵《おか》され戦争したこともあるそうだ。そんな歴史的過去もあり、王都の騎士や近衛隊は、実戦経験を積むために定期的にバルバロイ領へ派遣される。規律は非常に厳しく、地獄の訓練らしい。

なるほど、ウォーベルトがここでは真面目に近衛騎士をやると言い出す訳だ。

そんなバルバロイ領での巡行方針を話し合うため、今はティアの乗る馬車にケーリーさん、エルビス、マテリオと同乗している。

「ジュンヤ、ここに来るまでは思っていたより浄化が進んでいたが、そろそろ本格的な浄化が必要になるかもしれない。それと……少々不穏な情報が入ってきた。マテリオ、報告を」

ティアはいつも冷静な表情を崩さないから顔色からは窺《うかが》えないが、声音が多少苦いように感じた。

指名されたマテリオが姿勢を正す。

「私は魔道具を使って各地の神殿などと連絡を取り合い、穢《けが》れの情報を集めているのだが、その中で見過ごせない情報が入ってきた。穢《けが》れの発生地点についてだ」

「うん。ユーフォーンの泉にあるチョスーチが穢《けが》れてるんだろう？　ケローガでもそうだったけど、発生地点に近い地域の被害が大きいよな」

「確かにそうなのだが、このところ、発生源と思われる場所から離れた街や村の穢《けが》れが強まっているようだ。これから向かうクードラも、以前より更に状況が悪化しているという。滞在は一日の予定だったが、じっくり調べたほうがいいかもしれない」

チョスーチ以外にも呪《しゅ》があるのか、単に穢《けが》れた水がどこかで滞留して瘴気《しょうき》が広がっているのかを調べるという。

「地図を見せて。川上はどっち？」

「西だ。この……森があるほうだ」

「だったら、上流から穢《けが》れが下ってきているだけじゃないのか？　浄化の石で対処できると思うけどな」

「だが、見落とした呪《しゅ》や、雨などで水がどこからか流入し汚染されたのかもしれない。殿下、クードラの神殿で調査したいので、数日お時間をいただけますか？　私とソレス、マナで情報収集をします。情報が集まり次第、ユーフォーンへ向け出立します」

「いいだろう。万が一呪《しゅ》があれば大事だ。念には念を入れよう。ケーリー、そなたも手を貸してやれ」

ティアに言われて、ケーリーさんが力強く頷いた。

「マテリオ殿、よろしくお願いいたします。念のため神官服を用意してきてようございました」

「では、手をお借りします。よろしくお願いします」

人手は多いほうがいいだろう。それにしても、神官に扮《ふん》する準備もしているなんて用意周到だ。

ケーリーさんがティアを見る。

「殿下、新たな情報ですが、ナトルを奪還しようとしている狂信者達は、まだ諦めていない模様です。ですから、あの方との関係も未だ……」

「ふむ。やはり諦めないか……」

「はい。ジュンヤ様にお聞かせするのは心苦しいのですが、聞いてください」

俺は黙って頷いた。奴らのことはちゃんと知っておきたい。

「ナトルは口を割りませんが、一部の部下から情報を得ました。あいつらの勝手な話ですが、ジュンヤ様の夫候補はナトルとバーレーズだったそうです。ジュンヤ様に見合う魔力の持ち主が選ばれたようです。バーレーズはもうおりませんので、ナトルが唯一の夫候補という訳です」

夫候補……彼らは本気でそう思っていたんだな。

バーレーズ司教はラジート様の剣に吸い込まれて、剣ごと消えてしまった。その後の行方《ゆくえ》はまだ分かっていない。

「あんな年寄りが私のジュンヤに触れようとは図々しい……」

「それです、殿下。神子《みこ》と……あー、その、情を交わすと若返ると、思い込んでいました」

ケーリーさんは精一杯言葉を濁《にご》しているけど、そりゃ言いにくいよなぁ。

「かつての庇護者《ひごしゃ》達は神子《みこ》と交わったのち全員の魔力が上がり、歳を重ねても若々しかったとの記録があるため、ナトルらは自身の若返りを計り、大司教に昇進する夢を見たのかもしれません」

ケーリーさんに代わり、マテリオが説明してくれた。若見えって、治癒の影響だろうか。

「特に、神子《みこ》はいくつになっても若々しかったとありました」

「そんなことが……ナトル司教は不老不死を目指したのかな。俺の世界では、民族的に老けて見えないだけだったんだが」

「分からない。ナトル司教は、年下のマヤト大司教が先に出世し憤っていたのだろう。神子《みこ》の伴侶になり、強い権力を得たかったのかもしれない」

ナトル司教は大司教になりたがっていた。そのために俺が必要だった?

日本人は同い年の欧米人と比べて若く見られることが多いから、マスミさんが特別な訳じゃないと思うが……この世界の人はそんなこと知らないもんな。俺も驚かれたし。勘違いしたのかもしれない。

「確かに、ジュンヤを抱いて強大な魔力を受け取ると、今ならなんでもできる、と感じるな……」

ボソリと呟くティアだが……反応しづらいわ！　ケーリーさんもマテリオも、固まっているじゃないかっ！

そういえばエルビスは静かだなと横を見ると、赤い顔で固まっていた。うん、気まずいな。そっとしておこう。

「ティア。クードラに滞在するのはいいけど、もしも穢《けが》れが少なかったら長期滞在は不自然じゃないか？」

　不安になって聞くと、ティアは俺を安心させるように微笑んだ。

「その点は考えてあるから大丈夫だ。だが、なるべくダリウスや護衛騎士から離れないように気をつけてくれ。噂の真偽を確かめなくてはいけないからな」

「噂って、もしかして」

「マテリオに聞いただろう？　ジュンヤがアユムを排除したという噂が流れているのだ。昨夜、斥《せっ》候《こう》から連絡が来たが、状況が芳《かんば》しくない」

　そうは言ってもこれまでとあまり変わらないだろうと思っていたけど、想像以上に悪評が広まっているのかもしれない。

「それ、経緯は分かる？」

「噂の大元ははっきりしていない。ケローガに近い地域では商人などからジュンヤの為人《ひととなり》が伝わったのか、比較的好意的だった。しかし、バルバロイ領に入ってからというもの、じわじわと悪評が耳に入るようになった」

　ここから先は敵だらけと思ったほうが良さそうだ……

「単純にまだお前をおまけ扱いしている地域や、伝達が遅いか、連絡が行き渡らずに、アユムを待っている地域もあるだろう。アユムには浄化の力がないと公表しなかった弊害が出てきたかもしれない。保護のためには仕方なかったが……今回のことは、それだけが原因ではないと思っている」

「どういうこと？」

ティアは忌々《いまいま》しそうに顔を歪め、口をつぐんだ。代わりにケーリーさんが口を開く。

「殿下とジュンヤ様の名を貶《おとし》めようとする裏工作の可能性があります。ケローガではマヤト大司教の絶大なる力により神殿は全面的にジュンヤ様支持でしたが、今度はそう簡単にはいきそうにありません」

「やっぱり反対勢力か。あちこちで色んな思惑が蠢《うごめ》いているんだな」

俺の言葉にマテリオが頷いた。

「全ての人間がお前の放つ光を見ることができたなら、絶対に文句など出ないのだがな……」

「敵はともかく、みんなには行動で示すしかないんじゃないか？　協力頼むよ、相棒！」

そう言ってマテリオの肩をバシッと叩くと、なぜか微妙な顔をされた。

「おま……ジュンヤ様は、なぜ怒らないんだ？」

みんな同意見なのか、三人がじっと俺を見つめて答えを待っている。

「怒るというか、ほらさ。自分で見ていないものを信じられないのは当然だと思わないか？　だから、見せつけてやればいい。……ところでさ、マテリオ。『様』はやっぱり気持ち悪い～！」

肘で小突いて茶化すと、マテリオは目をカッと見開いた。

あんたやっぱり面白いわぁ。

「くっくっく……やはりジュンヤは最高だ！　それでこそ私が愛した者よ」

「ジュンヤ様、あまり無茶はしないでくださいね⁉」

「聞いてはおりましたが、見た目に反してなんと剛毅な……」

「ケーリー殿、この男はこういうタチなのです」

みんな好き勝手に言っているなぁ。

「無茶はしないって！　多分！」

「ジュンヤ様！　絶対、ですよ」

まぁ、シメる時は多少無理してもシメるけどな。

とりあえず、目先の問題……クードラで穢《けが》れが増殖している問題から調査することになった。

彼《か》の地は職人の街らしい。心配事は尽きないが、職人と聞くと元デパート勤務の血が騒ぐのを抑えられない。

「ちなみに、到着はいつ頃？」

「明日の午後くらいの予定です。今夜は野営地に着いたらそこで休みます。日が高いうちに天幕を張りますので、少しお体を伸ばしてください」

「了解」

到着までは他愛のない話に花が咲いた。マテリオが、俺が王都の泉を浄化した時にジェイコブ大司教を懲らしめた話をすると、ケーリーさんはニヤリと笑った。

「ジュンヤ様は大変面白いお人だ。さすが我が君を射止められたお方」

「いや～、俺は正論を言っただけなんだけどな」

「いえいえ、せっかく外れた枷《かせ》を再びつけさせるあたり、策士でございますね」

ケーリーさんは俺を買い被りすぎだな。あくまでもアレは演出だったんだ。

マテリオが相変わらずの仏頂面で宣言する。

「噂話を払拭するためにも、今後はジュンヤ様と呼ぶからな！　気持ち悪くても我慢しろ！」

「え～っ？」

「我慢しろジュンヤ様！　これは練習だ、ジュンヤ様っ！」

「なんか、『様』をつけられてるのに、あんたのほうが偉そうなのはなぜなんだ……？」

「ふっ……ジュンヤの神秘性を保つには必要だな。これまで一神官が神子《みこ》を『お前』呼ばわりしていたことこそが問題だったのだ。呼び捨てにするのは私達だけでいい」

ティアはニヤリと笑って、自分は特別なのだと言わんばかりのドヤ顔だった。

はぁ、仕方ないか。確かに『おまけ』へのあたりはキツかったから、心配されるのは仕方ない。

マテリオは二人の時は普通に呼んでくれると言ったし。

そうこうしているうちに野営地に到着した。安全確認が済むまで待ち、外に出るとまだ明るい。

だが日は傾き始めている。きっと野営の準備をしている間に暗くなるだろう。

随分と整地された森だと思ったら、人工的に作られた野営地だそうだ。この辺りには小さな村しかないので、商隊や旅人のために、こうして人工的に作る場合もあるらしい。

馬車を降りてストレッチだ。座りっぱなしは体に良くないから、ティアやエルビス、マテリオにも日本式の体操を教えてある。

「エルビス、ここの水源はどこかな？　確認してみるよ」

「はい、行ってみましょう」

巡行での日課は水源の確認だ。井戸は汲《く》み上げ式だったので、ポチャンと魔石を放り投げる。

井戸はたいてい深くて暗いから、浄化の様子が輝きで確認できる。魔石を入れてから覗き込むと、ここも既に穢《けが》れているのが見て取れた。じわじわと大地が侵食されている……

それにしても、歩夢君が教えてくれたこのやり方は負担が少なくて助かる。宝玉の浄化は手強く、普段の浄化より消耗《しょうもう》が激しい。水と宝玉どちらも、なんてことになっていたら、今頃てんてこ舞いだっただろう。

宝玉についてはコツコツ浄化を進めているけど、瘴気《しょうき》が劇的に減ることはない。最近、ラジート様のことも宝玉と同時に浄化しなきゃ効果が少ないんじゃないか？　と思い始めていた。

ラジート様はどこにいるんだろう？　呼べば会いに来てくれるんだろうか。もしかしたら、次の呪《しゅ》がある場所で会えるのかな。俺が一人になる機会がないから、試したくても難しい。

井戸の周囲を散策していると、ダリウスが駆けてきた。

「ジュンヤ！」

「ダリウス、お疲れ様」

「なぁ、今夜いいか？　あー、変なことはしないから」

「ははっ、オーケー。仕事が終わったらいつでもいいよ」

「ああ。じゃあ、また後でな」

来た道を歩いて戻りながら騎士達に手早く指示を飛ばしている頼もしい背中を見送る。やっとゆっくり話せそうだ。

明日にはクードラか。新しい場所を知るのは楽しみだが、同時に不安もある。ダリウスと穏やかに話せるのは今夜しかないと思った。

「エルビス、今日はダリウスと話したいんだ」

「はい、分かっています」

「あー、今回、全然ダリウスと一緒にいないしさ、だから」

「いいんです。私は常にご一緒させてもらっているんですから。ただ、少し……妬《や》けるだけです」

「エルビスとも、ちゃんと時間を作るからな」

食事を済ませて天幕の準備も終わり、エルビス達が清拭《せいしき》してくれた。お湯で背中を拭いてくれていたヴァインがため息をつく。

「早く湯に浸かれる地域に行けるといいですね。ジュンヤ様は入浴がお好きなのに、これだけで申し訳ありません」

「いやいや、清拭《せいしき》だって十分贅沢《ぜいたく》だって聞いたよ。いい香りのお湯にしてもらってるし……」

「でも、お湯に浸かる時の幸せそうなお顔が見たいんです」

「う、そんな顔してる？」

「はい！」

いや～、恥ずかしいね。でも風呂に浸かると、自然と幸せな気分になるもんな。

その後は保湿と虫除けの効果がある香油を塗りたくられ、エルビスだけが残り、ノーマとヴァインは従者の天幕へと戻っていった。

「ジュンヤ、入ってもいいか？」

天幕の外からダリウスの声がして、エルビスが応対ついでに外へ出ていった。

「よぉ。なんか、二人きりは久しぶりだな……」

「うん。こっち来なよ」

俺は寝台にしているマットを叩いた。ダリウスが剣を置き、胡座《あぐら》をかいて隣に座る。

「なぁ、ダリウスは話したくないのかもしれない。でも、もうここはあんたの……バルバロイ家の領地だろ？　だから、家族やお兄さんのことを教えてほしいんだ」

「……そうだな。家族の話をしなきゃならんな。……くっついて話してもいいか？」

おどけたような口調だけど、その顔は苦しそうに見えた。

俺が頷くと、魔灯《まとう》を顔が見える程度まで暗く調整して、二人で寝台に横になる。一緒のシーツに包《くる》まり、引き寄せられてしばらくお互いの体温を感じていた。

話し出すための勇気が欲しいのかもしれないな。逞《たくま》しい背中に手を回し上下にさする。

「……聞いてくれ。俺の一族のこと」

これまでは遠慮していたが、ダリウスをもっと知りたいし、そうすることで守れるかもしれない。腕力では無理だけど、心は守れると思うから。俺は無言でその瞳を見つめ、頷いた。

side　ダリウス

俺の故郷バルバロイ領は、肥沃《ひよく》な土地と魔石や宝石が豊富に採掘できる鉱山を保有している。神子《みこ》マスミが豊穣《ほうじょう》をもたらしたこの領土は、他国の垂涎《すいぜん》の的だった。トラージェや魔の森と接しているが、北の砦《とりで》同様、幾度となく他国の侵略を食い止めてきた。

今ではトラージェに呑み込まれ一国となっているが、領の西部にある砦《とりで》は、百年程前まではゲジャルという小国との関だった。砦《とりで》を挟んだそこは、現在も自治区として半独立しているそうだ。

富を求めたゲジャルとの長い戦いが、現在のバルバロイ兵を強靭《きょうじん》にしたと言っても過言ではない。現在ではトラージェとは同盟を組んでいるが、国境沿いの小競り合いはなくならない。

カルタス王国において剣と盾の役割を持つバルバロイ家は、常勝を求められた。そのため、後継者にも婚姻相手にも、とにかく強い者が選ばれてきた。力の維持のためにはどんな手でも使った。能力が高くても貴族出身でない者がいれば、どこかの家門に養子にさせて婚姻し、最大の魔力と武力を持つ子孫を維持し続けた。

その結果、一般的には魔力は一属性が多い中で、俺の家系には二属性、更に巨躯《きょく》を持つ、武人の血脈が生まれたんだ。そうしてバルバロイ家は、騎士だけでなく武を志す者全ての憧れの存在となった。

現在の当主は俺の父ファルボドで、騎士団の総団長を務め王都で采配を振るっている。妻は三人、正妻のチェリフ――母上が本家を取り仕切り、長子で俺の兄ヒルダーヌが当主代理として執務を行っている。

兄と俺は同母で、母上は武人ではないが、魔力量と知力をもって内政を手伝っている。父上の信頼も厚く、領内でも絶対的な地位にある。

残る二人の妻のうち、一人は北西の砦《とりで》の指揮を執《と》る武人、もう一人は才知に富み、農地の運営に携わり各地を転々としている。彼らの子、腹違いの二人の弟も将来兄上を補佐するために母らと共に経験を積んでいる。そのため、弟達とは年に一度か二度会う程度だ。

後継者でなくとも徹底して国と領地に尽くす。それがバルバロイの一員となった者の義務だ。

◇

「……長い話だが、こんなところだ。王家は血の正統性を求め、俺の家系は武力を求めた。だから、先に言っておく。俺には婚約者が三人いた。うち二人は騎士団にいるから、どこかで会うことになるだろう。残る一人も、バルバロイに選ばれた男だから聡明だ」

「さ、三人も？　全員元なのか？」

「ああ。父上は知性の兄上ではなく、武芸の俺を後継者にしようとしていた。いや……よく考えたら父上に直接そう言われたことはないな。とにかく、俺が派手に浮名を流すようになって、父上はやっと諦めて婚約を解消してくれた」

きっと、後継者をダリウスにと吹き込んだ人物には何か思惑があったんだろう。

「それ、いつ頃？　お父さんと一緒に住んでた時か？」

「父上は王都に詰めている。年に数回領地に来るが……よく考えたらおかしいよな」

ダリウスは思い出そうとしているようだったが、やがて頭を横に振った。

「……夜会で誰かに言われた気がする。俺は兄上を尊敬していたから、兄上が後継者から外されるのではとショックで、前後のことをよく覚えていないんだ。簡単に罠《わな》に嵌《は》まる、バカなガキだったな」

「子供ならショックを受けて当然だ。きっと仲を裂こうとする誰かの妨害工作だよ。王都に戻ったら、ちゃんとお父さん本人に確かめよう。俺も一緒についていくから！」

「ふっ……頼もしいな」

「任せとけ。攻撃はできないが口撃はできるぞ。ちなみに、元婚約者はどんな人達？」

接触する可能性があるなら、少しは情報が欲しい。

「一人目はメフリー、子爵家の次男だ。その気がなかったから、他は適当に聞き流していた。ただ、彼は知的なタイプだから、経営補佐として一族に入れるつもりだったんだろうな」

「子爵って、公爵に比べたら爵位は低いんじゃないか？」

「そこがうちのやり方だ。うちの家系は戦術が得意でも、領地運営は苦手なんだ。だから、必ず思慮深い人物を伴侶に加える」

「メフリーさんに会ったことはある？　好意を持てる相手か？」

「夜会で会った。単に社交のためで、特別な感情はないぞ？　知力で選ばれたとはいえバルバロイ家に入るには自己防衛できるだけの武術は必要だ。彼は魔力量が多いから問題ないとされたんだろう」

なるほど。頭も良く、魔力が多い。子供にもそれが受け継がれる計算か。

「他の二人は？」

「騎士だ。俺が近衛隊に入る前は、二人共北西の砦《とりで》で一緒に戦ったことがある。一人はグラント、もう一人はエマーソンだ。それと、隠したくないから言っておく。……そいつらとは、寝た」

「ああ、うん。まぁ、色々聞いてるし、そうかなぁ？　とは思った。メフリーさんも？」

「メフリーとは寝ていない。一応貴族で正妻候補だったから、相応の手順がある。それと……ジュンヤには言い訳に聞こえるかもしれないが、騎士の間には親愛というのがあって、体だけの関係というのもよくある話だ。戦いの後、興奮を鎮める意味もあってだな……ジュンヤの世界では信じられないだろう？」

「身近にはいないけど、そういう状況下ではあると聞いたことがあるよ、うん」

背中を撫でて、過去のことだから気にしないでいいと伝える。

「──俺はかなり遊び歩いていた。ケローガでも、それが仕事のジューラやロンダだけじゃない。騎士同士でも、抱いてほしいと頼まれれば抱いた」

「そうか。これから先、まだあんたに惚れてる相手と出くわすかもな。くくっ」

「なんだよ、笑うところかよ」

「覚悟してるって意味だよ、モテ男さん」

不貞腐《ふてくさ》れた顔が可愛くておかしくて、また笑ってしまう。

「だって、離宮にいた時にも噂は聞いてたしさ。武勇伝がいくつも――んんっ！　ん、ふぅ……」

ダリウスは噛みつくようにキスして言葉を封じてきた。そして強く抱きすくめる。

「めちゃくちゃしてきたから後悔してる。ああ～っ！　帰ったら絶っ対、色々言われる！　今はお前だけだと言っても、信じない奴もいるだろうなぁ。あぁぁ～!!　くっそう！」

俺の首筋に顔を埋めて、そう吠えた。苦しいくらい抱きしめられて、身動きが取れない。

「うーん、相当な人数なのか？　あ、でも言わなくていいからな！　まぁ、あれだ。過去は変えられないし、何人とか野暮なことは聞かない。でも……気になってることがあってさぁ」

「なんだ？」

話題になったばかりだったのもあってうっかり言ってしまったが、わざわざ聞くのは恥ずかしいな。

「……やっぱり、いい。えっと、そしたらさ、その人達は未練ありそう？　また揉《も》めるかな？」

「ジュンヤ、誤魔化すな」

「でも俺、またちゃんと言ってやるし！　今のダリウスは違うって！　ラドクルトがさ、貴族は血筋を残すために結婚するって言ってて！　それから、えっと、えっと……」

「ジュンヤ！」

誤魔化すために話し続けていたが、肩を揺すって止められた。

「なんだよ、言ってくれ。隠し事はしないんだろ？」

それを言われると痛い。今度は俺がダリウスの首筋に頭を突っ込む。

「いやぁ、……って思ってさぁ……」

「聞こえないぞ？」

小声すぎて聞こえなかったみたいだ。

そうですか。やっぱり言うしかないか。

「あのさぁ、聞いたけど……貴族には血筋を残す義務があるんだろう？　子供の作り方、教わったよ。俺には血筋の重要性はピンとこないけど、チビだし、ダリウスは、その、誰かと……いや、ムカつく話だけどさ」

「俺は何も言ってないだろう？　それに、子供はいらない」

「それで許されるのか？」

「許可なんか必要ない。自分で決めた道だ」

その声に、確かに迷いはないけれど。

「あとさ、ついでに白状すると、ダリウスは経験豊富だろう？　俺はさぁ……転がってるだけで、なーんもしてなくてさぁ。あ、あんたは一晩に何度もって聞いたし！　満足してないんだろうな～って、思っただけ」

うぉぉ！　言ってしまった！

でも、今聞いただけでも、スッゴイ相手と付き合っていたみたいだし！　体力も技もない俺一人じゃ、到底足りないだろうね！

「ジュンヤ、そんなこと気にしてたのか？　なぁ、こっちを見てくれよ」

ダメ、今は顔見られない！　無理無理～！

ダリウスの体にしがみついていたが、簡単に仰向けに転がされ、真上から見下ろされた。

「煽《あお》るようなこと言われて、我慢できると思うか？」

「煽《あお》ってない！　けど、さ。俺がどんな風にすれば、あんたは気持ち良くなれる？　それに、最近全然シてないし、我慢して辛くないか？」

「分かってないな」

ニヤリと左の口角だけ上げて笑う顔は、なんていうか……男臭くてセクシーだ。

「そりゃあ、一晩中啼《な》かせる自信はあるけどよ。お前との関係はそれだけじゃない。一回だけでも、こうして、ただくっついてるだけでも……ああ、上手い言葉が出ねぇな」

そう言ってふと真顔で口を閉じたが、何か思い付いたみたいだ。

「こうして一緒にいるとな、落ち着くんだよ。なんていうか、心ん中があったかいっていうか。……は、らしくねぇこと言ってんなぁ」

恥ずかしさを誤魔化すようにキスが降ってくる。

「まぁ、ご所望ならたっぷり可愛がってやるけど？」

「っ！　ちょっ！　これ⁉」

ニヤリと笑って、既に勃起しているらしいブツが腹に押しつけられた。

「ま、真面目に話してたのに！　お兄さんのこととか！　その……血筋を残すとか」

「兄上か……久しぶりすぎて、何をどう考えているかは全然分からん。婚約したと聞いたが、まだ結婚していないし、相手が誰かも聞かなかったんだよなぁ……」

「四年前だっけ？　ティアに聞いた」

「ああ。とっくに結婚して子供がいてもおかしくないと思うが。行かなきゃ分からん！　なぁ、それより、ダメか？」

ダリウスは俺の尻を揉《も》みながら、ゴリゴリとブツを押しつけ続ける。熱い手の平で触れられて、キスだけで甘く痺《しび》れていた身体が疼《うず》いた。

「やっぱり、シたいよな。い、いいよ……でも、なんか妙に恥ずかしくて……」

「お前と二人きりは久しぶりだな。いい声で啼《な》いてくれよ」

「俺、どうすれば……んぐっ！　んんっ！」

いきなり顎《あご》をガッチリと掴まれて、口を閉じられない状態で口腔《こうこう》を思う存分舐《な》め回される。甘い唾液を流し込まれ、一気に身体が熱く燃え上がった。堪《たま》らず俺からも舌を絡めて、もっと欲しいとねだり、身体を擦《こす》りつける。

「俺に全部くれれば、それだけでいい……」

そんな囁《ささや》きに返事をしたくても、またキスで言葉を封じられ、あっという間に服を剥《は》ぎ取られていく。ようやくキスから解放されて荒い息を整えるが、見せつけるように服を脱ぎ捨てるダリウスの肉体に目は釘付けだ。

そして、ブルリと震えながら飛び出した陰茎は既に完勃《かんだ》ちで、凶暴にそそり立っていた。

これが何度も俺のナカに……

今夜は一度では済まないだろう。貪《むさぼ》り食われる予感に、俺も興奮していた。

「ほんとそれ、デカすぎる」

「いつも美味そうに喰《く》ってくれてるぜ?」

熱い舌がペロリと右の乳首を舐《な》め、先端を口に含まれた。

「あっ、ああっ!」

急だったので、変な声が出てしまい恥ずかしくて仕方ない。思わず口を押さえたがすぐに外された。

「遮音も結界もあるから、声を聞かせろよ」

「う、うん……でも、あっ、やぁっ! 噛むなっ、あっ」

甘噛みしながら先端を捏《こ》ねるように舐《な》められる。しかも、溢れる先走りを纏《まと》いながら陰茎も同時に扱《しご》かれて、喘《あえ》ぎが止まらない。

やばい! 気持ちいい! 乳首がこんなに感じるなんて……

「こっちも舐《な》めてほしそうに勃《た》ち上がってるな」

「いちいち言うなよっ!」

今度は左の乳首に顔を寄せてキスするが、それ以上してこない。もどかしくて身体が揺れる。

そんないやらしい自分を誤魔化したくて話題を探した。

「なぁ、ほんとは仲直り、したいよな？」

「……もう、集中しろよ」

「んむっ！　んー　ん、ん、はあっ、はぁ……」

一瞬にして塞《ふさ》がれた唇が離れる。息も絶え絶えの俺を見下ろしながら枕元に腕を伸ばしたダリウスの手には、香油と交玉の瓶があった。

いつの間に……？

ゆっくりと脚を開かれ、恥ずかしい場所がダリウスの目の前に晒《さら》される。何度も見られているはずなのに、どうしようもなく恥ずかしい。香油を纏《まと》った指がソコに触れて、ほぐすように浅い場所で出し入れされる。

「ん……綺麗だぜ……堪《たま》んねーなぁ……」

「っ？　あ、ちょっと！　それダメ！　汚いっ！」

ウッソ！　やばいよ！　ダメダメ！

ずりずりと下がって寝そべったダリウスが、俺の後孔を舐《な》め始めたのだ。すぐに舌も挿入《はい》ってくる。逃げようと身を捩《よじ》るが、腰を抱え込まれて逃げられない。

「あっ、やぁ～！」

また指が奥まで埋め込まれ、入り口を舌で舐《な》めながらズクズクとナカを掻き回された。騎士らしい剣ダコがあちこちを刺激して、腰が揺れてしまう。

「あっ、あんっ！　や、ダメ！　あぁ〜！」

「腰が揺れてるぞ？　気持ちいいんだろ？」

ああ、気持ちいいよ！　良すぎてバカなこと口走りそうだよ！

「ダリウス！　やめろって……！」

「なんだよ、ココは喜んでる癖に」

「そうじゃなくて！　俺ばっかりいいのは嫌だ……早く、来て。一緒に気持ち良くなりたい……」

「……っ、このっ、煽《あお》んなっ！」

あんたはいつも俺の体や気持ちを優先してくれるから、今日は——

「街に着くのは夕方なんだろう？　なら、ずっと馬車だし、だから……」

「じゃあ、ナカが俺の形になるまで抱くからな？　煽《あお》ったこと後悔すんなよ？」

「えっ!?　……あっ！　うぅ……急に増やすなよぉ……あぁ！」

二本に増えた指が、交互に体を押し込みながらナカを掻き回す。圧迫感に体が固まったが、陰茎を口に含まれると、力が抜けて喘《あえ》ぎが止まらなくなる。

音を立てて三本目の指が挿入《はい》ってきた。慣らされた体は、それらを根元まで受け入れても痛みはない。

ぬちゅっ……ぐちゅり……

陰茎をしゃぶられながら奥を広げられ、音でも犯されているような気分になる。

「ダリウス……早くぅ」

「あぁ、いくぞ」

ソコに凶悪な肉茎の先が当てられるとつい怯《ひる》んでしまうが、息を吐いて精一杯力を抜く。ダリウスは俺の呼吸に合わせて、ゆっくりと挿《は》入《い》ってきた。

さすがに、キツイ……

必死で深呼吸を続け、息を吐いて一番太い部分を受け入れながら、いつもダリウスが三人の中で最後だった理由を思い知る。でも、これからは誰かが終わるまで待たせたくないんだ。

「ジュンヤ、苦しい、か？　はぁ、はっ、やめる、か？」

やめるかだって？　あんたもそんな苦しそうな顔して？　こんな中途半端なところでやめるなんて辛い癖に。

「だい、じょうぶ。なぁ、早く……全部欲しい」

「ああ、すぐ悦《よ》くしてやるからな」

またキスして唾液を注がれる。じわっと体が温かくなり、緊張がほぐれていくのを感じた。

「ん……んくっ、はぁ……美味しい……あうっ！」

ダリウスは浅い抽送《ちゅうそう》を繰り返しながら進み、とうとう奥深くまで繋がった。

「は、挿《は》入《い》った……？」

「まだだ。もう少し、奥までいくぞ。大丈夫か？」

「いい、きて」

「エロいっての。加減できなくなるだろうが……」

腰を掴まれ、奥の窄《すぼ》まりを何度もノックして入り口が広げられていく。

「ひぁっ！　あぁぁ……」

深く深く埋め込まれた先端が、最奥を押し開いてずっぽりと嵌《は》まり、全身を電流が駆け抜けた。

「くっ、う！　締めすぎだぞ……喰《く》い千切《ちぎ》る気か？」

「そ、んなの、分かんないぃ！　あぁ！」

ズンズンと突きながら陰茎をゆるゆると扱《しご》かれ、無意識に腰が揺れる。奥深くの窄《すぼ》まりをカリでねちっこく擦《こす》られて、身体が勝手にビクビクと跳ねた。

「あっ、ひうっ！　はっ、あ……あぁぁ〜！」

「ん……馴染んできた、な。くっ、ナカ、スゲェな」

「そこ、やばッ！　ひっ！　あっ！　待って、待って！」

快楽の逃し方が分からず、ダリウスの胸を押して逃れようとするがびくともしない。

「そんなに、ココが好きか？」

「やっ！　イッちゃう！　そんな、に、ダメッ！」

「いいぜ、イけって」

「や、いっしょ、が！　いい……」

俺ばっかりはヤダって言ったのに！　余裕ぶりやがって！

「クソ……可愛いんだよ……！　分かった、一緒にだな？」

両足をダリウスの肩に担《かつ》がれ、膝がベッドに付きそうなほど体を折り曲げられた。

「なぁ、目ぇ開けろ。見ろよ、こんなに奥まで繋がってるぜ？」

俺の顔の横に手をついて、激しいピストン攻撃をしながらセクシーな低音で囁《ささや》く。言われるままに目を開けると、視線の先では信じられないほど太いモノがナカを出入りしていて、俺の陰茎からはひと突きごとにトロトロと白濁が溢れていた。

ズルリと、カリが見えるほど引き抜いて、またゆっくり埋め込まれていく。

「あぁ……すごい、ココに、いる……」

俺は自分の下腹に触れた。この薄い腹の奥に、ダリウスがいる。

「そのまま、少し押してみろよ。挿入《はい》ってるのが分かるだろ？」

少し力を入れて手のひら全体で押すと、そこに硬いモノがあるのを感じた。その状態のままゆっくりと動くダリウス。そうすると、ナカで動くのがはっきり分かって、どうしようもなく興奮した。

「すごっ……もっと、シて……」

「このままイこうぜ？」

キスをしながら激しいピストンが再開され、俺は息も絶え絶えに喘《あえ》ぐ。

「あ、あ！　ああっ！　も、ダメ！　あ、あっ、イッ……」

「俺も！　出す、ぞ！　受け取れ、ジュンヤっ、ジュンヤッ……！　く、うぅっ……ふ、ふ、ぅ……」

奥深くを蹂躙《じゅうりん》される快感に酔いながら俺は白濁を撒《ま》き散らし、ビクビクと震えて絶頂を迎えた。

そんな俺の一番深いところに、ビリビリと痺《しび》れる熱い精液がたっぷりと注がれる。

「はぁ……ん……」

「ジュンヤは……ほんっとに、精液ブチ込まれるのが好きだなぁ。嬉しそうなエロイ顔だ」

「そんな、ことぉ……はぁ……ナカ、しびれるぅ……気持ちぃ……ああ、ん……」

快感の余韻に浸っていると、まだまだ硬い陰茎を埋め込んだまま、グルリとうつ伏せにされた。

腰を引き上げ、尻を突き出す格好にされる。

「あ、無理、力、入らないよぉ」

「俺が支えるから大丈夫だ。もう一回いいか？」

「いいよ……」

「まだ教えてやらねぇとダメそうだな。ほら、腹に力を入れろ」

指示に従うと、浅いところに抜けていた剛直にまた奥を暴かれ慄《おのの》いた。

「無意識に奥が開くようになるまで、やめねぇからな。たっぷり注いでやる」

「あっ、あ！　あっ」

再び突き上げが始まり、今度は大きな動きで前立腺も執拗《しつよう》に刺激される。

「ジュン、ヤ！　好きだ！　愛して、る！」

「お、れも！　すきっ！　あ、ぜんぶ、シて！　あ、ひぅっ！」

好き。愛している。きもちいい。

自分が何を言っているのか分からなくなるほど気持ち良くて、気づいたらまた果てて、三回戦を挑まれいつの間にか再び挿《い》れられていた……ところまでは覚えている。

キスや体液で交わされる力に、互いに溺《おぼ》れて貪《むさぼ》り合った。ナカに注がれる度、全身に走る快感が俺を狂わせた。途中からはずっとイッてて、おかしくなって、でも気持ち良くて。

俺のナカがダリウスの精液で満たされた頃、ようやく解放された。分厚い筋肉に包まれて、安心しきって、俺は眠りについた。


朝になって目覚めた時、隣にダリウスはいなかったが、枕元には黄色い花と、剣の刺繍《ししゅう》入りハンカチに走り書きが残されていた。まさか……

『任務があるから先に出る。昨夜は最高の夜だった。今日は無理するな。愛してる』

うそ……こんなことするタイプじゃなかったのに。

嬉しくて、花をそっと抱きしめる。今日みたいに、起きたらダリウスがいないことは多い。任務があるから仕方ないと思っても、やっぱり寂しい気持ちもあったんだ。でも、こうまでしてくれて、もうそんな寂しさを覚える必要はないと思った。

どうにか体を起こして、手の届く位置にあった水を飲む。気が利くな……

「ジュンヤ様、入ってもいいですか？」

俺が起き出す気配を感じたのか、天幕の外からエルビスの声がかかった。

「あ、うん。いいよ」

反射的に返事をしてから慌てて自分の様子を確認したが、しっかり清拭《せいしき》されて服も着ている。シーツまでドロドロだったはずなのに、清潔だった。ダリウスが全部整えてくれたんだろう。

もらったハンカチは上着の内ポケットに入れた。メモ程度の文章だけど、俺にとっては立派な手紙だ。ダリウスがくれた大事なものだから、いつも傍に置いておきたかった。

「具合はいかがですか？　痛いところなどありませんか？」

「ん、なんとか大丈夫、かな」

声が掠《かす》れているのは喘《あえ》ぎすぎ、体が怠《だる》いのはエッチしすぎのせいだ。いつも以上に、おねだりした自覚もあるし……

力も許容量オーバーで、溢れている気がする。

昨夜はハードだったけど、めちゃくちゃ優しくてトロトロにされて、気持ち良すぎた。ダリウスが本気出したエッチやばいよ……あれは溺《おぼ》れちゃうよ。惚れた人達の気持ち、分かるなぁ。

「お着替えしましょう。食事もすぐお持ちしますね」

エルビスは何も言わない。ダリウスと一夜を過ごした後で同じ庇護者《ひごしゃ》のエルビスには悪いと思いつつも、俺もなんと言えばいいか分からない。いつも通りに着替えて、椅子まで抱いて運ばれて、食事をする。

「もうすぐクードラか。大きな街なんだよな？」

「はい。職人が多く集まるので、とても盛況な街なんですが……」

「穢《けが》れの影響がある。だよな？」

「はい。私も最後に行ったのは三年程前ですが、その時はまだ問題はありませんでした。ここに来て穢《けが》れが増えたのか、それとも人為的なものなのか分かりません」

近年、急速に穢《けが》れが広がったという。

「これからは慎重に動いたほうがいいよな。俺の知らないこと、教えてくれ」

「お任せください」

今日はほぼ一日中移動に費やされるらしい。だけどもう当分、のんびりはできないかもしれない。

色んな思惑の真っ只中に飛び込むんだ。この数日が平和すぎただけ。

俺は顔を両手でパシッと叩いた。

「ジュンヤ様⁉　何をなさってるんです？」

「隙をつかれないように気合い入れた」

「そうですね。私も気を引き締めていきます！」

キリッとしたエルビスもカッコいいな。

「さぁ、馬車の用意ができました。クードラに出発です」

「うん。抱っこで締まらないけど、今だけ見逃して」

苦笑しながら、また抱っこ移動の俺なのだった。

「クードラの神殿について知りたいな。マテリオも乗ってくれないか？」

最初は別の馬車だったが、クードラに着く前に質問したいので一緒に乗ってもらう。俺達が乗り込むとすぐに馬車は動き出し、森の中を進み始めた。

「クードラの神殿にも大司教がいるんだろうな」

「いや、クードラにいるのは司教だ。大司教は数が少ない。配置されているのは王都、ケローガ、ユーフォーンに各一名となっている」

「そうか。ナトルが執着する訳だな……」

三人しかなれない地位に自分より年下のマヤト大司教が選ばれたら、それはもう悔しいよな。素直に受け入れられれば気が楽だったろうに。

まぁ、同情なんかしねーけど。

「神殿のほうはどうなってるか分かるのか？」

「詳しくはまだだ。状況は手紙で転送してもらっているが、ケローガから入った話と噂が混在している。ただ、ケローガの商人が行き来して実際のジュンヤの話が伝わっているようだから、商人達はマシかもしれない。……予測ばかりですまない」

「いや、いい。少しでも情報を得て対処したいだけだ」

「そうか。それと、何度も同じことを言うが、クードラでもケローガの時のように神子《みこ》として振舞ったほうがいい」

マテリオは、何を言われても自分が神子《みこ》だと胸を張っていろと言う。

「権威を維持するためには必要だ。……アユム様と比べる輩《やから》がいても、だ。到着前から嫌な思いをさせたくないが、反発する民がいるそうだ」

予想通りの言葉が来たな。ああいうのは好きじゃないけど、ケローガはそれで成功だったたから、必要かもしれないとは思っていた。

「オーケー。それでいいよ。言われると思ってたし。あ、司教の名前は？　もしくは一番偉い人」

「サナルド司教が取り仕切っているが、もう一人、ケリガン司教がいる」

「サナルド、ケリガンね。わりと覚えやすい名前だな。俺に対する感情はどうなんだろう」

「すまない。そこまでは調査できていない」

「気にしなくていい。チクチク攻撃してくるかもなぁ」

いっそのこと敵意剥《む》き出しのほうが対処しやすいんだが。今はまともな対策ができなそうだし、無理に考えて失敗するとダメージが大きいから、行き当たりばったりも作戦だ。そう思おう。

今まで聞けなかった話をマテリオに聞くうちに時間はあっという間に過ぎ、クードラに到着した。

騎士が早馬で先触れをしているそうで、敵がいるとすれば、俺達を待ち構えているだろう。

「ジュンヤ様、あちらを見てください。ほら、クードラが見えてきましたよ」

エルビスに言われて窓の外を覗くと、強固な石造りの城壁の中央に門が見えてきた。

「うぉぉ〜〜！　大きな街だなぁ」

今は城壁しか見えないが、この奥に職人がいる！　滾《たぎ》る！

やがて門をくぐり、ついに街へ入った。目抜き通りらしいそこには、多くの人が並んでいた。

王族であるティアを迎えるためだろう。そして、俺も見物の対象なのは間違いない。

「ジュンヤ様、手を振ってくださいね」

「うん。そういえば、最初に行くのはどこ？」

エルビスに頷き、神子《みこ》として来たと知らしめるために手を振って見せる。

「まっすぐ神殿に向かう。滞在場所としては、宿を借り切っているそうだ。神殿ではなるべく補佐するから頑張ってくれ。いいな？　ジュンヤ様」

「ふふふっ、また練習？」

「そうだ。ミスを犯して危険に晒《さら》したくないからな。もう、普段と違っていてもからかうなよ」

「はいはい。分かってますって」

笑顔で手を振りつつ話しているのは、そんなくだらないこと。緊張しているけど、マテリオのおかげで恐怖心は軽減する気がする。

神殿は街の一番奥、木々に囲まれた場所にあった。池や堀、人工的な小川が流れていて、西にある泉を水源とした水路から水を引いているそうだ。

ということは、この水も穢《けが》れている可能性はある。後で調べよう。

神殿の入り口には司教や神官が並んで待っていて、緊張で頬に冷や汗が流れた。

「お待ちしておりました、エリアス殿下。この神殿を取り仕切るサナルドでございます。どうぞこちらへ」

当たり障りのない挨拶で迎えられ、表向きは穏やかだ。二人の司教は中年を過ぎたくらいだろうか？　こっちの人間は実年齢より上に見えるから難しい。とはいえ、高位につくからにはそれなりの経験を積んでいるはずだ。

クードラの神官に応接室に案内され、改めて、歩夢君はケローガに残り、ここへ来たのは俺だけだと説明した。

「神子《みこ》様はなぜ来てくださらないのでしょうか？」

――神子《みこ》様、ね。俺を認めてないと、そう言いたいんだな？

まぁ、そうなるよな。サナルド司教の質問は当然だ。『アユム様』の顕現は、知らない者がいない程のお祭り騒ぎだったそうだから。

ティアが説明するかと思ったが、司教の問いに口を開いたのはマテリオだった。

「アユム様よりジュンヤ様のお力が強いことが分かったのです。浄化は、お命が危ぶまれる程の力を消耗《しょうもう》します。アユム様では、大きな穢《けが》れでは命の危険があると判断したのです」

「しかし、恐れながら……そちらの方は、顕現時には神子《みこ》だと分からなかったのでしょう？　それに、言い伝えによると、神子《みこ》は穢《けが》れなき身でなければならぬはず」

サナルド司教は納得していない様子だ。まぁ、俺もそっちの立場なら、疑うだろうからな。

「手落ちがあり、測定値が誤っていたのです。それと……ここから先のお話は、人払いをお願いできますか？　申し訳ありませんが、サナルド司教とだけお話ししたい」

マテリオの言葉は受け入れられ、その場には俺達とサナルド司教だけになった。

「あなたは神子《みこ》の真実についてご存じですか？」

「……私は存じております。だからこそ納得がいかぬのです。……ケリガンには内密でお願いします」

ええ、これまでにも、処女には見えないって言われてましたねぇ。

サナルド司教は答えると、とうとうあからさまに苦々しい表情になった。もう一人のケリガン司教は知らないということは、真実を知らされるのは、最上位の人物だけなんだろう。

「ジュンヤ様の世界には、男以外にオンナという種類の人間がいるのです。そして、ジュンヤ様はそのオンナが性的対象で、男とはそういう関係ではなかったのです」

マテリオさん……改めて説明されると小っ恥ずかしいのですよ……

「オンナ、ですか？　そういえば、マスミ様の記述にあったような」

「胎珠なしで妊娠が可能だと、アユム様に教わりました」

「胎珠なしで⁉」

「そうです。ですから、その、ジュンヤ様は……清い体だったのです」

言葉を選んだな？　いや、気遣いありがとうと言うべきか。

「はぁ……人は見かけに寄らないものですなぁ」

サナルド司教はそう言って、改めてしげしげと俺を見た。すみませんね、処女に見えなくて！

怒っていい場面だろうが、頑張っているマテリオに免じて見逃してやる。

「ですから、ジュンヤ様は確かに浄化の神子《みこ》です。それを皆にも知らしめてほしいのです。ケローガは既にジュンヤ様のお力で活気を取り戻しています」

マテリオ……こんなに俺を褒めてくれるなんて。ちょっと感動。

「そうですか。ここクードラも昨年から徐々に悪化して、今はかなり酷《ひど》い有様です。是非とも浄化のお力を拝見したいですな」

――つまり、浄化を見るまでは信じない、ということだな。

「そのことですが、クードラの用水はバルバロイ領西部の水路を利用した井戸と、神殿内に作られたチョスーチだったと記憶していますが、合っていますか」

「今は神殿のチョスーチと井戸、それからオルディス川を利用した池の三ヶ所です」

「待て、池などあったか？」

サナルド司教が答えると、様子を見守っていたティアが割って入ってきた。サナルド司教は恐縮しながら頭を下げる。

「殿下。それが、水の色がおかしくなり、民が体調を崩し始めたため、水路の水ではなく川から引こうという話になり、新たに池を造成したのです」

「報告を受けていないぞ」

「小さな、本当にささやかな池でして、はい」

どうやら勝手に造ってはいけないものをこしらえていたらしい。

「殿下を始め、政務を執《と》る方々は国中の全ての工事を把握しなければならないのだぞ。さては、領主のファルボド様にも相談なく造ったな？　連絡していれば、殿下に報告があったはずだ」

ケーリーさんが苛立ちを隠さずに強い口調で責めると、サナルド司教は震えて冷や汗を垂らしながら縮こまる。

「申し訳ありません。その、許可をいただけるまで時間がかかるので、民の願いを優先してしまいました」

「どこに造った」

「城壁の北側です。その水を引き込んで、使っています」

「まさか、水路にも手を加えたのか？」

「い、いえ！　それはできなかったので、新たな水路を民が造りまして」

今にも額が膝にくっつきそうだ。つい暴走するほど水問題が深刻だったのかもしれないが、それにしたって好き勝手やりすぎじゃないか？

「ティア、まずはその池を見に行きたい。そこに問題がなければ上流を見ればいいだろう？」

「そうだな。だが、視察は滞在先を整えてからにしよう。一度宿に入り、装備や護衛の配置を決定する。いいな？」

「分かった。司教様。浄化の時は一緒に来て、色々教えてください」

「はい」

この人は俺を信じていないだろう。だから、一緒に行動して信頼を得ることが先決だ。言葉ではなんとでも言える。人が信じるのは、相手が信頼するに足る行動を取った時だけだ。俺はそう思っている。

荷下ろしをしてからサナルド司教と再度合流する約束をして、俺達は今夜の宿へ向かうのだった。

再び馬車に揺られ、さほどかからずに宿に着いたが、俺は呆然とその外観を見つめていた。

「なんじゃこりゃ……」

そこは細工をあちこちに施した豪華絢爛《けんらん》な宿だった。そうだな、どう説明したらいいか——宮殿みたいな、とにかくすごいところだ。

庶民は落ち着かねーよ！

「ジュンヤ様？　どうしました？」

「なんで宿がこんなに豪華なんだ？　王室御用達とか？」

「御用達ではありませんが、王族がクードラの視察に来る際はここ、と決まっていますね。あとは商人もよく使うようです。豪奢《ごうしゃ》な装飾は職人の技術が詰め込まれた、いわばクードラの技術の見本なのです。それもあって、一般の宿より少し上乗せした宿代で客を引いています。早い話が、客寄せ用の装飾です」

「そうか、なるほど。面白いやり方だな」

建物に施されている彫刻、彫金、それと彫像もその見本なのか。もしや建築様式も？　これは血が騒ぐっ！　作った職人達に会ってみたい！

「ジュンヤは楽しそうだな」

「ああ、ティア。うん。ここ、面白いね。商人の血が騒ぐよ」

「そうか。時間ができたら宿や街を見物しよう」

「本当に？」

「ああ。お礼を期待していいな？」

「え？　えぇ～？　そう来る？」

「もちろんだ。くくく……」

あ、からかったな？　全くもう。

一度解散し、それぞれの部屋に入って少し足を伸ばした。エルビスにも部屋があるけど、今は俺と一緒だ。

「ジュンヤ様、お疲れでしょう？」

「いや、座りすぎて鈍《なま》ってる。運動したいけどダメだよな。視察まで我慢か。ちょっと、部屋でできることをしようかな」

俺はベッドに足を引っ掛けて腹筋したり、床で腕立て伏せをしてスッキリした。運動は必要だ！それにしても、天幕もそれなりに快適だったけど、少し寝転ぶだけでも普通のベッドのありがたみがよく分かるな。

程よく体が温まった頃に迎えが来て、また馬車に乗り問題の池へ向かう。

街の正門は東側だ。池は、街にやってきただけでは確認できない北側にあり、最初から隠す気で造ったのかなと思った。その池と水路は、いかにも手掘りしましたという感じの、素朴なものだった。

ぱっと見た感じ、水は澄んでいるけど、土を固めただけらしいので絶対不純物ありまくりだな。屋根もないから虫も入るし、動物だって飲みに来ているだろう。

これは……なんつーか、ダメだな。

「サナルド司教、これは生活用水ですか？　まさか、飲んでいないですよね？」

「さぁ……民は日常生活で使っていますよ。我々は使いませんが」

他人事《ひとごと》のような言い草にカチンとくる。

「ティア、これは浄化以前の問題じゃない？」

「そうだな。こういった工事は衛生面に配慮しなければならない。ただ、マスミ様の水路の造り方は受け継がれた職人だけが知っているから、こうなったのだろう」

技術の流出を避けるために、技術者を育成してこなかったのだろう。これも今後の課題になりそうだ。

「改善は必要だが……その前に、浄化が必要か見てくれるか？」

「うん」

水を手で掬《すく》ってみたが、何も起こらなかった。川から直接水を引いているらしいので、川は穢《けが》れていないということだ。

「瘴気《しょうき》はないから川は無事だ。でも、これを使い続けるつもりなら浄水しないと」

「どうすればいい？」

「炭は手に入るかなあ？ あと、大きな樽《たる》とか、水を入れても壊れない、丈夫で大きな入れ物が必要だ。絵に描いてみるよ」

「はぁ、神子《みこ》様は何をなさるので？」

「不純物を取り除きます。それと、各所の水場も見たいです」

「わ、分かりました、手配いたします……」

まだ半信半疑そうなサナルド司教だが、ティアやマテリオの圧に負けたようだった。なんというか俺、心底疑われているよなぁ。

一旦宿へ戻り、浄水システムについてティア達に説明する。知識はあったが、問題は、ものが揃うかどうかだ。まず炭が必要だし、殺菌のための塩素はどうすればいいのか、さすがに作り方が分からない。なので、塩素の代わりに浄化の魔石をセットしようと思った。

「こんな風にすると、目に見えないような汚れも取り除けるんだ。そのためには炭と、サイズの違う石や砂がいる。それを洗浄してから使う」

「ふむ。サナルド、必要なものの用意と、作製できそうな者はいるか？」

「どうでしょう、職人ギルドに聞いてみませんと」

サナルド司教はやはり興味が薄そうだ。

「では職人ギルドへ行こう」

「殿下も行かれるので⁉」

「もちろんだ。水は生きる要《かなめ》。王族には民を守る義務がある」

やばッ！　カッコいい！　惚れ直したよ。

時間的に、作業は明日になる。だけど話だけでも聞ければと、俺達は職人ギルドに向かった。

到着すると、当然ながら、突然の第一王子の出現にギルド内はパニック状態だ。少しして、お爺さんが一人、歩み出た。

「エリアス殿下、こ、こんなむさ苦しいところへお出ましいただき、ありがとうございますっ！私はギルドマスターのリヒャルトと申します！」

「うむ。楽にするがいい。今日はそなた達に聞きたいことがあって来た」

「なんなりとお尋ねくださいっ！」

ティアの合図に、ケーリーさんが浄水器の設計図をリヒャルトさんに差し出す。

「これを造ってほしい。道具が揃うか？　なければ手配してくれ」

「これは？」

「池の水を浄化するのだ。瘴気《しょうき》はないが、健康被害の一因だと思われるゆえ」

「これで何か変わるんでしょうか？」

「少なくとも、濁《にご》った水を飲まなくて良くなる。水路の水も、これから神子《みこ》が調べる」

「街の人間を潤《うるお》す規模で造るのでしたら、これらの用意は難しいです」

リヒャルトさんと他の職員さんは設計図を覗き込み、難しい顔だ。

「池の水に対応できれば良い」

「それでしたらなんとかなります。石工と大工に造らせましょう。期限はいつでしょう」

「慌てることはない。無理なく進めよ。だが、チョスーチ視察は明日以降になる。なるべく早く民の憂《うれ》いを払うべく対処するつもりだ」

「エリアス殿下、もったいないお言葉ですっ！　我々は殿下を待っております」

ティアに頭を下げていたリヒャルトさんが、チラリと上目遣いで俺を見た。

「それで……お、恐れながら、神子《みこ》様というのは、そちらの？」

「ジュンヤです。よろしくお願いします」

「よろしくお願いします……」

どうにもはっきりしない返事だった。この人も、歩夢君じゃないのが不満なのかもしれない。

「殿下、今日はここまでにしましょう。ギルドには誰かを置いていきますので、詳しい話はその者にさせます」

「うむ。皆、今後も励んでくれ」

ティアがそう労《ねぎら》うと、ギルド内の人達はみんな「はは～～っ‼」と平伏してしまった。

ティアには次の予定があるみたいだけど、俺はここに残って調査したい。

「ティア、俺も残るよ。俺が言い出したシステムだし」

「ジュンヤが？　そうか。ではダリウス、ウォーベルト、ラドクルト、神兵は残れ」

「はっ、お任せを」

ティアはいつもの最強の布陣を残してくれた。ダリウスは近衛モードだ。民の前で王子に馴れ馴れしい態度は取れないもんな。

一行を見送ってリヒャルトさん達を振り返ると、なんだか微妙な空気が流れていた。

「浄水には皆さんの力が必要です。よろしくお願いします」

「よ、よろしく……お願いします……」

歯切れの悪い挨拶があちこちからパラパラと聞こえてくる。さて、理由はなんだ？　でも今は浄水器について理解してもらうのが先だ。

「皆さん、池の水を使っているそうですが、普段の用途を教えてください」

彼らはチラチラと互いを窺《うかが》い、結局リヒャルトさんが話し出した。

「あれは体を洗ったり、手を洗ったりに使っています。ワシらはしませんが、飲んでる奴もいるかもしれません。井戸の水を飲んで腹痛なんかの病人が出始めたので、それよりマシだと言うんです」

池の水はあまり綺麗とは言えない様子だった。あれで手や体を洗ったら雑菌がついて、かえって不衛生だろう。

「そうですか、分かりました。ところで、この設計図で肝心なのは炭なんですが、たくさん手に入りそうですか？」

「炭は彫金屋や鍛冶屋が火を使うので、いくらでもあります」

「紹介してください！　水は一見綺麗でも、よく見るとゴミが浮いていることもあります。なので水を濾過《ろか》するために必要なんです」

「はぁ……そうですか」

歯切れが悪いな。何が気に入らないんだろう。そう思っていると……

「あんたやっぱり神子《みこ》様じゃないんだろう！　だからそんな道具がいるんだ！　神子《みこ》様ってのは、手で触れればすぐ浄化できるって聞いたぞ！　アユム様に何をしたんだ！」

「お、おい、でもケローガではこっちが浄化したって……」

「お前は黙ってろ新人！　その話だって信じられるかよっ！」

「そうだっ！　男を誑《たぶら》かしておまけから神子《みこ》になったって話だ！　男娼って噂も、その通りなんだろう!?」

「なんだと！　貴様ら！」

ダリウスの怒号に、口々に騒いでいた職人達が一瞬で縮こまった。しかし、一人が恐る恐るといった様子で口を開く。

「し、しかし、そういう噂で……」

「何も知らない癖に噂は信じるのか？　ジュンヤが命懸けで浄化した話は聞いていないのか！」

「聞きました、けど。実際、今は道具を使うんじゃありませんか……！　き、奇跡のお力を使ってくださると思ったのに！」

周囲が彼に同調し、「そうだそうだ」とまた騒ぎ出した。

「池の汚れは穢《けが》れではない。ただの水質汚染だ。浄化にはジュンヤの命を使うのだぞ」

「で、でも、ワシらには、分かりません！　信じろと言われても……」

ダリウスのこめかみに青筋が浮いていて、その怒り具合が分かる。でも、彼らの疑心も分かるんだ。

「ダリウス。いいよ」

「しかし」

ダリウスの腕を掴んで下がらせる。

「言ったろ？　行動で示すって。この浄水装置は穢《けが》れに関係なく、今後も色んなところで使える。だから、ここに職人が揃ってるのは幸いだな」

「お前はもっと怒るべきだ」

「怒鳴りつけたって何も解決しないよ」

俺は一人一人、職人の顔を見た。不信感露わな人、不安そうな顔をしている人、ダリウスに恐怖を覚えている人と、様々だ。

「俺を信じなくていいから、国を守りたいと願うエリアス殿下のために力を貸してください。お願いします」

俺はみんなに頭を下げた。やる気になってもらわなきゃ。俺達にはできない仕事だから……この先また浄水器が必要になった時、職人が造り方を知っていれば多くの人が救われる。

「み、神子《みこ》様……？」

リヒャルトさんがおずおずと声をかけてきた。

「ジュンヤと呼んでください。そのほうが呼びやすいでしょう？」

「はぁ……すみません。なんとかしたいというお気持ちは分かりました。協力します」

その言葉だけで十分だ。ギルドマスターがその気になれば、きっとみんなも動いてくれる。改めて王族の権威はすごいな。ティアの名前を出したら、渋々でも協力してくれるんだから。

無事に約束を取り付けて宿に戻る道中、馬車の窓から見える民の視線が異様だ。疑いと期待、不安といったところかな。一番は、歩夢君がいないことへの不信感だろう。

でも、口先で「俺が神子《みこ》です」と言っても無駄だ。今は黙々と浄化の準備をするだけ。余力はあるから治療院で奉仕するのもいい。

「エルビス、やっぱりここでは相当悪い噂が流れているんだな」

「ええ、妙な雰囲気でしたね。警戒を強くして、護衛の追加を頼まなくては」

「もう殴られるのはごめんだしな」

「もちろんです！」

誰に何を言われても、俺がやることは変わらない。だから、実行あるのみだ。

宿に戻ると、広間にティア、ダリウス、エルビス、マテリオ、ケーリーさんが集まった。ティアが口を開く。

「ギルドで詳しい説明をしてきたのだな？　あとは完成まで職人に任せていいだろう。明日は地下のチョスーチを視察し確認する。マテリオ、浄化の魔石の数はどうだ？」

「ジュンヤ様のおかげで用意があります。ここは市民が多いので、大きな魔石を神殿にいくつか預けて定期的に投入させる予定です。程度は分かりませんが、完全に浄化が終わるまでは凌《しの》げるでしょう」

「うむ。では、チョスーチの状態が問題だな。一体どんな状態なのか。クードラの水道設備はまだ完成していなかったはずだな？」

「えっ？　水道があるの？」

思わず口を挟んでしまった。王都には水道があったが、王都を出てからは全く見ていない。

「話の腰を折ってごめん。村やケローガは井戸だったからびっくりして」

「ああ、当然の疑問だな。国内の設備は少しずつ改善しているが、王都の水道設備はマスミ様が直々に造ってくださったのだ。未だ全土を整備できていないのは残念だが、石工が少しずつ水路を造り、職人が汲《く》み上げポンプを作っている。各戸に導入するには職人の手が必要で、簡単な作業ではない。だから遅々《ちち》とした歩みで私ももどかしく思っている」

「そうなんだ」

水道管を作るなんて難しいよな、メンテナンスも必要だし。ティアの後をマテリオが引き継いだ。

「その代わり、この街では各所に井戸を設置して、汲《く》み上げポンプを配置している。そこから毎日飲み水を汲《く》んでいるんだ。水汲《く》みの負担を減らすため、マスミ様がそう指示されたんだ」

さすがにこの世界で蛇口をひねれば水が出るとは思っていなかったが、それでも水道施設はできつつあるのか。チョスーチの役割は想像よりも大きいな。きっと衛生面のことも考えられたシステムなんだろう。

「ジュンヤはもう自由に過ごして良いぞ。ゆっくりするといい」

「ティアはまだ仕事？」

「ああ。宿の外に出てもいいが、ダリウスと、護衛を二人は必ず連れていけ。行くにしても、近辺だけで我慢してくれ」

「分かった。でも、部屋で大人しくしてるから心配しないで」

これ以上ティアに負担をかけるのは嫌だからな。

エルビスと部屋に戻り、俺は考え事をしていた。もっと街の様子が知りたい。訪れた神子《みこ》が歩夢君じゃないというだけで、あんな目で見ないと思うんだ。噂の内容と出所が気になる。

「ジュンヤ様。今夜は湯に入れますよ」

「本当!?」

思わず食いついてしまったのは仕方ない。贅沢《ぜいたく》だと知りつつも、ずっと清拭《せいしき》だったからゆっくり浸かりたいんだ！　そんな俺を侍従ズが笑って見ていた。

「部屋にはありませんので、浴場に移動してもらいますが、よろしいですか？」

「全っ然、平気！」

「それでは、殿下の後になりますので、お待ちを」

ティアは旅の疲れを洗い流して、また仕事をするそうだ。風呂の後も仕事か。大変だな……

「あ、待って！　お風呂用に汲《く》み上げた水は浄化した？」

「大丈夫です。魔石を使うと仰っていました。我々が倒れては話になりませんからね」

「そうか、良かった。魔石もたくさん作らないとな。風呂の後は宝玉を浄化しようかな」

「たまにはゆっくりとお休みになっては？」

「俺が休んでる間に瘴気《しょうき》が人を脅《おびや》かすかもしれない。だから、やるよ」

エルビスのため息は大きかった。そして、そっと抱きしめてくれる。

「ため息をついてしまってすみません……でも、あなたがこんなに頑張ってくださっているのに、ギルドの者達はなんという無礼な……」

怒ったような悔しがるような声音で呟くエルビスを抱き返し、背中を撫でた。

「仕方ないよ。自分の目で確認するか体験するか、何かを信じるには理由がいるものさ。俺は負けないって言ったろ？」

「はい。私も全力で守ります」

やがて浴場が使えると知らせが入り、俺達はささやかな安らぎを求め、浴場に向かった。

明日から、また俺の戦いが始まる――


昨夜のうちに大小の魔石に浄化を込め、日課となった宝玉の浄化を行った。結構な力を使ってしまうので、普段はエルビスのキスで回復してもらっている。

それに一緒にいる時間が長いこともあって、ちょっとだけエルビスを依怙贔屓《えこひいき》しているな……二人には悪いけど。昨夜はダリウスとしたから許してと、誰も聞いてないのに言い訳してしまう。

「おはよう、ティア」

「おはよう。気分はどうだ？　毎日宝玉の浄化をしているようだが、大丈夫か？　それに、ギルドで職人の反発があったと聞いた。なぜすぐに言わない」

「元気だから心配いらないよ。あの人達からしたら当たり前の反応だと思うし、この先もこういうことはよくあるかもな。ケローガでは神子《みこ》信仰があったから割と早く受け入れられただけだ。だから、また同じことをやるだけさ」

「ふぅ……早く悠々と暮らせるようにしてやりたい。私もジュンヤ同様、努力あるのみだな」

ティアは苦笑しながらおでこにキスしてきた。うん、お互い頑張ろう。

「早速チョスーチの確認だ。神殿の地下にあるから侵入者などはまずないと思うが、地下で襲われたら動きにくい。皆、周囲に気をつけてくれ。ジュンヤはダリウスから決して離れないように」

「分かった」

神殿の地下で襲うなんてリスクは負わないとは思うが、真っ昼間のカルマド伯邸に侵入した奴らだ。何をするか分からない。

馬車で神殿へ行くと、昨日のサナルド司教とケリガン司教が迎えてくれた。地下に案内されて辿り着いた先には、まるで隠すようにひっそりとたたずむ扉があった。辺りにはヒンヤリとした空気が漂《ただよ》っている。薄暗い通路を、司教の先導で進んだ。

「こちらです」

「おお……！」

明るく開けた場所に出る。普通のチョスーチを想像していたが、あっさりと覆《くつがえ》された。

そこは壁一面にレリーフが刻まれ、魔灯でほんのりと明るい。間接照明の効果か、地上の神殿よりも荘厳な雰囲気だ。そして、入口正面の壁にメイリル神が彫り込まれている。

「もっとシンプルな場所を想像してた……」

「私もここに下りたのは初めてだ」

ティアも息を呑んで周囲を見回している。

「殿下、ジュンヤ様、ここはもう一つのメイリル神殿なのです。ですから厳重に管理しております。どうぞご覧ください」

司教に示されるまま近づくと、瘴気《しょうき》の臭いはないが何やら嫌な気配があり、悪寒《おかん》が走った。

「えっと……呪《しゅ》はないと思うけど、浄化の石を持ってない人は一旦離れて。ティアもこれ以上近寄らないほうがいい。マテリオ、司教様に魔石を渡してくれるか？」

「ああ」

俺の指示を受けて、マテリオが司教二人に浄化の魔石を持たせる。

「それがあれば瘴気《しょうき》を防げます。近くに来てください。マテリオ、容れ物持ってきたよね？」

「ああ、これを使え」

真っ白なボウルを借りて、池の水を掬《すく》う。瓶よりも色がよく見えるからだ。

司教と一緒に覗き込むと、ふわりと緑色の瘴気《しょうき》が揺れた。

「これは……！　気がつきませんでした」

「水量が多いし壁も白くないので、こうして目を凝《こ》らさないと見えないんでしょう。これからすること、見ていてくださいね？」

半信半疑の二人の前でボウルの水に指先を浸け、強く意識して浄化を流す。すると、水がキラキラと輝き、瘴気《しょうき》の緑色が消え去った。

「なんとっ！」

「これが……浄化……！」

やっと信じてもらえたかな？　今後もこの調子で、地道に奉仕活動だなぁ。

ぼんやりと考えていると、二人が両膝をついて頭を下げ、俺に拝礼する。

「無礼を働いたこと、どうかお許しください。どんな罰も受けます」

二人の肩が震えていた。

「いいえ、分かっていただけたならもういいですよ。さぁ、このチョスーチの浄化はまだ終わっていません。立ってください」

「神子《みこ》様、お許しいただけるのですか？」

跪《ひざまず》いたままの司教達。だけど特別嫌味を言われた訳でもないし、謝ってくれたならこれで終わりだ。

「見ていないものを信じられないのは仕方がないことです。今後の浄化に手を貸してもらえるなら、それでいいんです」

「神子《みこ》の慈悲に感謝いたします」

二人の肩に触れて促すと、ようやく立ち上がってくれた。

「サナルド司教、ここの水は湧き水ですか？」

「いいえ、上流から流れる水をここに貯めて配管を通して街に分配し、更に下流の村に流れる仕組みです」

池は、上から見るとかなりの深さがあると分かる。これを浄化するのは骨が折れるな。

「マテリオ、魔石はいくつ必要かな。大きい魔石、あといくつあったっけ？」

「十個あるが、この水量では、三個程同時に入れる必要があるだろうか。それに状態を維持するには、ううむ……」

「そうだよな。大きい空の魔石は在庫が少なかったはずだ。小さいものならすぐに充填《じゅうてん》できるけど……仕入れられるか？」

「神子《みこ》様、それなら我らが手配いたします。いかほど必要ですか？」

「じゃあ、計算して知らせますので、お願いします」

俺がサナルド司教と話している間に、渋い顔をしたマテリオが、件《くだん》の大きな魔石を取り出した。

「どうしたんだ？」

「このサイズいっぱいに魔力を溜めるとしたら、並みの人間なら三日はかかる。それを一度に三個も……命を捨てるのと同じだ……」

司教達がマテリオの手元を覗き込む。

「マテリオ神官、その石には神子《みこ》様のお力が？」

「そうだ。日々こうして浄化を込めた魔石を作ってくださっている。ケローガからここに来るまで、穢《けが》れのある水場に投入して悪化を防ぎながら来たのだ」

「知らぬとはいえ、我らは本当に愚かでした……」

また二人が跪《ひざまず》きそうになるのを止めた。

「もうそれはなしだと言いましたよ。マテリオ、それ入れて」

「……分かった」

マテリオは池の周囲を歩きながら三ヶ所に魔石を投げ込んだ。分かりづらいが、石のある場所が少しずつ色を変えていく。やがて三個の魔石全てが輝くと、色とりどりの光が壁に反射し俺達を驚かせた。

完全に光が消えないのは、外の水を取り込んでいる引き込み口の辺りだ。上流の水に穢《けが》れが混じっているからだろう。あそこにこそ、常に魔石を置く必要がある。大元を絶つまでは、魔石の投入を続けなければ。一体、いくつ作ればいいんだろう……

「やっぱり問題のチョスーチを浄化しないとダメか」

「ジュンヤ、今回も負担が大きくなりそうだな。滞在日数は延長できるから、無理はするな」

ティアが背後から抱きしめてきた。南の泉での浄化を思い出しているんだな。俺も、また死にかけるなんてごめんだ。

「うん、少し時間がかかるかもしれないけど、調整して浄化するよ。街の人達の浄化もしたいし、ここの浄化を維持する魔石は数が必要だしな」

「心配するな。後のことは私が全てを整えるから、存分に力を奮って悪い噂を打ち消してしまえ。そのつもりだろう？」

いや～、ティアにはバレバレですね。

俺はニヤッと笑った。

「そう、言葉ではなく行動で示す。エ、リ、ア、ス、殿下の威光も借りていい？」

エリアス殿下。敢《あ》えてそう呼んだ意図がティアにも通じ、同じくニヤリと笑う。

「ああ、惜しみなく使うがいい」

「ありがとう」

ティアには後でお礼を求められるだろうなと思いつつ、俺達は地下を後にした。無事、クードラのチョスーチは浄化できた。これがどれだけ早く、水路の水に行き渡るか……

街の井戸全てに魔石を投入するのは無理だから、この後は治療院を回ることにする。

「ティア。これから治療院回りと、気になったところも浄化しようと思うんだ」

「もう活動開始か。配給もやるつもりだろう？」

「そうだね。交流する意味も込めて、準備を始めようかな」

「ああ、手順には慣れたから任せておけ。あとは浄化を流すだけというところまで支度をしてやれる。だが、体調を見ながらだぞ？　宝玉の浄化もしているのだろう？」

「うん。……あれさ、手強くて簡単に浄化できそうにないんだ。ごめん」

この場でラジート様の名前を出すのは憚《はばか》られた。司教に偏見を持たれたくなかったからだ。

「気にするな。そんなに甘いものではないと思っていた。とにかく、自分を大切にしろ」

「ありがとう」

ここからは別行動だ。ティアには街の視察や近隣の畑などの状況把握と、二人共仕事がたくさんある。

俺は歩いて街の様子を見たかったが反対され、マテリオと一緒に馬車で治療院に向かうことになった。ダリウスやみんなが周囲を見回り、安全を確認してから外に出る。仰々しいが、こういうことこそ威光を知らしめると言われれば従うしかない。確かに、今までと人々の様子が違うしな。

一方は期待に満ちた目で、一方は疑心丸出しで見つめてくる。治療院の神官は、一応は礼を尽くして挨拶をしてくれた。

「私は当治療院の神官、ニーロでございます。……神子《みこ》様、この度はご来院ありがとうございます」

やっぱりな、という対応だ。ここでも魔石は使わず、力を見せつけるようにして浄化したほうがいいと判断した。浄化を込めた飴《あめ》やクッキーも封印だ。

「ここの現状を教えてください。重症者を優先したいと思います」

「はい、こちらの部屋です。治療院は他にも二ケ所ありまして、そちらにも近隣の住民が多く集まってきています」

案内された部屋には、想像通り大勢患者がいた。手前の部屋では軽症らしい人達が神官の治療を受けていた。でも、瘴気《しょうき》が原因なら、治癒だけでは完全には回復しないんだよな。

彼らの頑張りのお陰で持ち堪《こた》えているけど、完治できないのをもどかしくも思っているだろう。

「では、始めます。一日で全員の完全回復は難しいので、明日も来ますね。まずは一番具合の悪い人からです」

ケローガの村では大勢を途中まで回復して、翌日残りの瘴気《しょうき》を完全になくす方法をとったが、ここでは一気に完全回復させて信用を得たほうが良さそうだ。ベッドに横たわる人達は、みんな虚《うつ》ろな表情で、かなり重症のようだった。

……多分、この十人は治せるはず。少し無理してでも目に見える成果を出したほうがいいかもしれない。

そう思って、ベッドで眠る一人目の患者の手を握り治療していく。瘴気《しょうき》を吸い出し浄化して、流し込む。何度もしてきたから慣れたものだ。

すると、ゆっくりと彼の目が開いて、ブラウンの瞳が覗く。

「……あな、た、は？」

「治療に来ました。病気の原因は取り除きましたから、しっかり食べて健康を取り戻してくださいね」

「く、ろ……い？　ゆめ？」

「現実ですよ。もう大丈夫です」

次へ行こうと振り返ると、さっきの神官が膝をついていた。

「神官さん？」

「浄化発動時の神々しい光……無礼な態度を謝罪いたします。噂に振り回された愚かな私をお許しください」

この人には浄化の光が見えたのか。ちょうどいい。噂話とやらを確かめたい。

「お気になさらず。後で噂の詳細を教えてもらえますか？」

「神子《みこ》様のお耳に入れるのは、その……」

「神官殿、神子《みこ》は現状を知る必要があるのです。最も民に近い治療院の神官である、あなたに教えてもらいたいのです」

マテリオが助け舟を出してくれた。

「分かりました。後程お話しいたします」

そうして、どうにか自分で掲げたノルマ十人の治療を終えた。パワーは上がったはずなのに、今日はいつもより疲労が大きい。宿に帰ってから魔石を作る元気あるかな。

とりあえずどうにか歩けるだろうかと思っていたら、エルビスが素早く腕を取って支えてくれた。

「ありがとう、エルビス。神官さん、明日また治療に来ます。重症だった方も食事を取れるようになればきっと元気になります。あ、池の水はしばらく使わないでくださいね」

そうだ、栄養を取りやすい食事を教えるのもいいな。

「本日はありがとうございました。では、噂についてお話しします。こちらへどうぞ」

神官のニーロさんがお茶を出してくれて、他に二人の神官さんも同席した。

「では、聞かせてもらえますか？」

俺が促すと、三人の神官は気まずそうな表情になる。

代表でニーロさんが話し始めたのだが、その内容はというと……

ある日、ケローガからやってきた商人が「神子《みこ》が南の泉を浄化した」とクードラの民に知らせて回りながら、ひと儲《もう》けして次の街へ向かった。当時、神子《みこ》は歩夢君とされていたため、誰もが彼の御業《みわざ》だと感謝し、次はクードラに来るかと喜んだ。

その後、早馬がやってきて、実は神子《みこ》は二人だと告示され、クードラは更なる喜びに包まれる。

これでこの国も安泰だと誰もが期待し、一日も早い浄化を願った。

次の商人は、最近噂になっているらしい異世界の料理や、浄化を成したのが歩夢君ではなく俺だと伝えた。しかし街の者にとっては、病人が減り、かつての活気が取り戻せるのであれば、正直どちらでもいいことなので、聞き流された。

ところが、次にやってきた旅人が、俺が歩夢君の力を奪ったという噂話を吹聴し始めた。しかも、「ジュンヤとやらは、王都で神子《みこ》らしいことなどしていない。ただの男誑《おとこたら》しだ」と面白おかしく付け加えて。見てきたように語る旅人の言葉を聞くうちに、人々はその噂を信じ、俺の力を疑い始めたという。

その旅人が去った後、別の旅人も同じ話をした。商人は俺を支持してくれたが、疑念を深めた住人の意見は二分し、いつの間にか、神官達も歩夢君こそが真の神子《みこ》だと信じるようになっていた。

そして今回、待望の神子《みこ》訪問だったのに、池の水を浄化せずに得体の知れない道具を作ると言い出した。やはり「ジュンヤ」には浄化の御業《みわざ》が使えないに違いないと、疑惑が確信となって噂が広まっている……

「私達が知っているのは、こういった経緯です」

彼は一気に話し終えると、心底すまなそうに頭を下げた。

「なるほどね。池は瘴気《しょうき》が混じっていなかったから浄化にしたんだけど、それが誤解を深めたのか」

「御業《みわざ》を拝見できれば、皆きっと理解すると思うのですが」

確かにかなり拗《こじ》れているようだから、配給などのパフォーマンスで理解を得たほうが早いのかもしれない。

「浄化が治癒と同様に、我が身を削る献身だと民は知らないのだな？」

そう言うマテリオの口調は厳しい。

「民は治癒の消耗《しょうもう》について、言葉では知っていても実感する機会がありませんし、ピンと来ないのでしょう」

「やっぱり、目に見える成果が必要だな。治療院巡りもするけど、またスープの配給をするよ」

「配給ですか？」

「神子《みこ》の作る食事には浄化と治癒が含まれているのだ。体内に取り込めば治癒も浄化もできる」

「なんと……！　その際は我々もお手伝いいたします。せめてものお詫《わ》びでございます。御業《みわざ》を見た神官の義務でもあります」

ニーロさんの心強い言葉に勇気をもらい、今日は宿に帰ることにする。

宿に戻ると、主人が客が来ていると告げた。ティア達はまだ戻っていないらしいが、その客人はダリウスに用があるらしい。

客人が待っているというサロンに入ると、そこにはネイビーの制服を着た騎士がいた。緩いウエーブのショートカットは眩《まばゆ》いプラチナブロンドで、大人の色気が漂《ただよ》う美丈夫だった。

「――グラント」

隣にいたダリウスがポツリと呟いた。

グラントさん？　どこかで聞いたような……あっ！　元婚約者の一人か。もしかして俺、また修羅場か……？

「グラント、何をしに来たんだ？」

「もちろんエリアス殿下のお迎えと警護だ。それと、薄情な元婚約者に挨拶もな」

チラッと俺を見ながら言うのは挑発だろう。わざとらしいねぇ。

「おや、神子《みこ》様は既にご存じでしたか」

俺が動揺しなかったから、少し驚いているようだ。

「はじめまして、ジュンヤです。もちろん本人から聞いていますよ」

ニッコリと営業スマイルを浮かべてやる。俺を怒らせたいんだろう？　見え見えの挑発に引っかかるかよ。

本人から聞いたという台詞《せりふ》には効果があったらしく、グラントの眉間に皺《しわ》が寄った。

「なら、俺達が特別な関係だったのもご存じで？」

「当然です」

俺達二人の間に牽制《けんせい》するような冷たい空気が漂《ただよ》う。向こうは悪感情を隠さないが、俺はあくまでも笑顔だ。プロ営業マンを舐《な》めんなよ。

「グラント。やめろ」

「ダリウス、お前、こんなちびっ子では満足できないだろう？」

ちびっ子で悪かったな！　お前らがデカイんだよ！

「大きなお世話だ。今はジュンヤだけだ」

「ふーん。なんだ、あんた特別な性技でも持ってるのか？」

ダリウスの返答に、グラントがジロジロと不躾《ぶしつけ》な視線を送ってくる。

「グラント殿、神子《みこ》に無礼ですよ。ご用件を早く聞かせてください」

エルビスが割って入った。

「言った通りさ。エリアス殿下をお守りするために部下も連れてきた。ひとまず俺だけ殿下にご挨拶に来ただけだ」

「殿下はまだ視察からお戻りになっておりません。出直してください」

エルビスがすげなく返すと、グラントがふんと鼻を鳴らす。

「そうみたいだな。また後で伺おう。――ダリウス、少しは時間あるだろう？　話そうぜ」

「断る。宿でも警護の仕事がある。帰れ」

ダリウスの即答に、彼は驚いたようだった。

「神子《みこ》様……どうやってこの男を手懐けたんです？　あんた、そんなに具合がいいんですか？」

「なっ……!?」

こんな大勢いる場で！　なんてことを聞くんだ！

「神子《みこ》に対して無礼だぞ！」

エルビスが代わりに咎《とが》めてくれるが、グラントは肩を竦《すく》めただけだった。

「神子《みこ》様とは、是非二人で色々お話ししたいですね」

「ジュンヤは忙しいんだ。浄化で疲れているから、もう部屋で休ませる。お前も下がれ」

「まだ昼間だってのにお疲れですか？　神子《みこ》様って奴は随分とヤワなんだな」

さすがにキレそうだけど、ここでキレたら負けだ。そのためにこいつは挑発しているんだから。

「グラントさん。あなたには理解できない力が存在するんですよ。私は疲れたので少し休みます。

あなたも出直していただけませんか？」

絶対キレないぞと思ったけど、少しくらい攻撃するのはアリだよな。笑顔はキープし、ツンと顎《あご》を上げてそう言ってから、一礼した。

「では失礼します。ダリウス、ついてきて」

滅多にやらない命令口調でダリウスを呼んだが、最後に見えたグラントのぽかんとした表情が面白かった。俺は味方には甘いが、敵にはそれなりの対応をさせてもらう主義だ。仕事の時は我慢するけどな。

部屋に入った瞬間、後ろからダリウスが抱きしめられた。

「ジュンヤ！　悪りぃ！　あの野郎、嫌味ばっかり言いやがって！」

「腹は立ったけど大丈夫」

「毅然《きぜん》としたジュンヤ様に驚いていましたね。格好良かったですよ」

「ちょっと頭に来たからさぁ。やりすぎたかな？」

「あいつは、あれでへこたれる程ヤワじゃねぇよ」

「へぇ、やっぱりね」

今日はもう奴がいる下の階に行きたくなかったので、エルビスが部屋まで食事を持ってきてくれた。ダリウスも一緒だ。俺が食事をする間、ダリウスとエルビスが机を囲んでいる。

「悪かったな。あんなネチネチ言うタイプじゃなかったんだが」

「確かに、妙に絡まれましたね。ご気分が悪かったでしょう？」

「良くはないけど気にしてない。ダリウスが教えてくれてたから対処できた」

　会うのは思ったより早かったけどな。

「純粋に警護に来たと思う？」

「いや、裏があるだろう」

「浄化で手一杯なのに、めんどくさい奴が来たなぁ。まぁ、めげないから心配しなくていいよ。嫌な人なんて他にもたくさん見てきたから、どうとでもできる」

「見かけによらずタフだよな。そういうところに惚れたんだが、惚れ直すぜ」

　ダリウスはニヤッと笑った。エルビスが負けじと身を乗り出す。

「ジュンヤ様、私だって負けていませんよ。無礼な輩《やから》は私が追い払います」

「うーん。力では負けるから、ああいう手合いは違うところで勝たないとなぁ。弱点はどこだろう？」

「グラントは魔力も武術もピカイチだ。頭もそこそこ回る。俺が子供の頃にはもう有名人だったから、俺が知る弱点らしいものはないな」

「ということは年上？」

「ああ、六つ上だから、今は二十九歳だな」

「俺より一つ上か。色々経験豊富そうで、手強そうだ」

　感情だけで動く人なら楽だけど、あの人は多分そういうタイプじゃないだろうな。

「それより、ちょっと眠っていいかな？　今日はクッキーとか使わなかったから休みたい」

「キスしなくていいのか？」

「ん……ちょっとだけ」

「ちょっとか？　残念だな」

そう言いながらダリウスがキスして、力を分けてくれた。エルビスにも力をもらう。

「一時間くらいしたら起こしてね、エルビス」

「それだけでいいんですか？」

「やることたくさんあるし。寝てばかりもいられないよ」

「無理はするな。部屋の外にいてやるから安心して寝ろ」

「ありがとう……食べたら、すごく眠くなってきた……ベッド入る」

お腹がいっぱいになって、猛烈な眠気が襲ってきた。ヨロヨロとベッドに向かうのをエルビスが支えてくれて、倒れ込むように横になる。

「おやすみ……」

「おやすみなさい。暗くしておきますね」

髪をそっと撫でてカーテンを引いてくれたのは分かったが、酷《ひど》い眠気であっという間に眠ってしまった。

気がつくと、俺は宿のベッドにダリウスといた。たくさんキスして力をもらって、幸せ一杯だった。

そんな時、外からコンコンとノックが響き、部屋のドアが勝手に開く。外にはいつも誰かいるはずなのに。

疑問に思ってドアのほうを見ると、さっき会ったグラントがいた。いいところだったのに、何しに来たんだ？　腹が立って睨みつけるが、奴はこたえた風もなくニヤニヤしている。

「なんだよ、勝手に入るなよ！　失礼だろ⁉」

「いやぁ、神子《みこ》様じゃダリウスには物足りないだろうと思ってな。よぉ、こっち来いよ。満足できてないだろ？」

「──そうだな。俺はまだまだヤり足りないからなぁ。ジュンヤ、お前はここで寝てろよ」

「えっ？　う、うそだろっ？」

「悪りぃな、物足りねぇんだわ。あいつと二回戦程シてくるからよ。じゃあな」

「そんなっ！　俺、大丈夫！　まだできるからっ！　行くなよっ！」

声を上げて引き止めても、ダリウスは簡単に俺の手からスルリと抜け出してしまう。自分の非力さを痛感した。

俺の目の前でグラントの腰を抱いて引き寄せるダリウス。それをただ呆然と見ている俺に、勝ち誇ったように笑うグラントは凄《すさ》まじく色っぽかった。

「言ったろ？　神子《みこ》様じゃ満足できないってな。貧弱なちびっ子はバルバロイ家に相応《ふさわ》しくないんだよ。さぁ、行こうぜ、ダリウス」

「ダリウス！　待って！　待てってば！」

立ち上がって二人の背中を追いかけたいのに、体が動かなかった。エッチの後、体力を使い果たした俺はいつも動けない。ああ、これじゃあダリウスは満足なんてできないよな……

泣きそうになっている俺なんか気にせずに、二人はドアの向こうに去っていった。

「うそだ……やだよぉ……俺だけって言ったじゃないか……！」

涙が後から後から溢れてくる。

「いやだ、戻ってきて……ダリウス……！」

「――ヤ様っ！　ジュンヤ様っ！　起きてくださいっ！」

エルビスの声でハッとした。

あれ……？　俺、泣いてる？　今のは夢？

「どうなさったんです？　悪夢をご覧になったんですか？」

「……えっ？　あ……そう、かも」

「うなされていらっしゃいました。落ち着かれましたか？」

「あ、うん。大丈夫……うん」

「どんな夢を見たんですか？」

エルビスの心配そうな顔に申し訳ない気持ちになる。それにこんな夢を見るなんて、俺はダリウスをどこかで信じていないんだろうかと、罪悪感に襲われた。

「……内容は覚えてないや。でも、怖かった、みたい」

エルビスがぎゅっと抱きしめてくれる。その背中にそっと手を回した。

部屋の中にダリウスはいない。本当に、あの人のところに行ったんじゃないよな？　今のはただの夢だと確かめたくて、ダリウスに会いたくなった。

「ダリウスは外にいるの？　扉番してる？」

「はい？　いますよ。呼びましょうか？」

「うん」

エルビスが開けたドアからすぐに入ってきたダリウスの姿に、安心して涙腺が崩壊してしまった。

「どうしたっ⁉」

慌てたように駆け寄ってきて、抱きしめてくれる。

「怖い夢、見たんだ。覚えてないけど、怖かったんだ」

「俺がいる。大丈夫だ。絶対に守るからな」

「うん……ありがとう……」

こんなに心細くなったのは初めてかもしれない。ティアの婚約者もキツかったけど、嫌みを言うだけで、邪魔をしてくる感じじゃなかった。ダリウス関連ではケローガのオニィさん達から反発があったが、ここに来て初めて、力ずくで取り返そうとする相手に会った気がする。だから不安なんだろうか。それとも……

「なぁ、ダリウスは俺から離れない、よな？」

「当然だろ？　どうしたんだ？　エルビス、俺が外してる間に何かあったのか？」

「いいや、夢を見てうなされていた。ジュンヤ様、夢は夢です。大丈夫ですよ」

「うん……ごめん、心配させて。俺、かっこ悪いな」

「そういう時もあるさ」

「たまには愚痴《ぐち》を言う時間も必要です。お聞きしますから、溜め込まないでください」

俺がバルバロイ家に相応《ふさわ》しくないと感じたせいだろうか。でも、もう手放せないんだ……

目の前のダリウスが本物だという実感を得るまでしばらく抱きついて熱い体温を感じ、その香りを吸い込んでいた。

「……俺、どれくらい寝てた？　一時間？」

しばらくダリウスにしがみついていた俺は、このモヤモヤを吹き飛ばそうと、体を起こした。

「二時間ほどです」

「えっ？　起こしてくれて良かったのに」

俺がそう返すと、エルビスが申し訳なさそうに眉尻を下げる。

「すみません。最初はよく眠っていらしたので……」

「あっ、怒ってないから！　ごめんな？」

「そんなっ！　私が起こしていたらうなされなかったかも……」

「ううん。よし、もう終わり！　もうひと働きするぞっ」

日暮れまでもう少し何かできるはずだ。魔石に力を充填《じゅうてん》しようかと考えて、はたと思い出した。

「そういえば、魔石の残りが少ないんだよな？」

「それなら大丈夫だ。北西の砦《とりで》近くの鉱山で採掘された魔石は一度クードラに集まるから、すぐに手に入る。それに、司教も調達すると言ってたろう？」

「そんなにすぐ手に入るのか」

だからこそ、魔石を加工する職人達がここに集まるのかもしれない。

「魔石の加工、見たいなあ！　でも、急な訪問は迷惑だよな」

「先触れを出しましょう。それなら大丈夫です」

「騎士を前もって配置しておけば心配もないぜ」

変な夢のせいで落ち込んだけど、あんなのは単なる夢だ！　俺達は両思いだって再確認したんだから。

「ありがとう。よろしく、ダリウス」

「おう。じゃあ手配してくるから待ってろ」

そう言って部屋を出ていく背中が夢とダブる……が、気にしちゃダメだ。無理にでもテンション上げないとな。こういうのは気持ちの問題だ。

「楽しみだな～。魔石ってどうやって加工するんだ？」

「直接見るのは私も初めてですが、掘り出した原石を研磨して、質のいい部分を取り出すと、我々が知っている魔石になるそうです。宝石の加工でも有名ですよ」

「へぇ～」

「鍛冶屋も同じ通りにあるそうです。ジュンヤ様好みでしょうね」

魔石も宝石もある……だから過去に紛争があったのか。水に問題がなければ、この土地は鉱物もあれば作物も豊かに実る、夢のような土地だ。そりゃあ欲しくなるよなぁ。

寝起きの頭をシャッキリさせて、ダリウスを待つ。夜にはまたアイツ――グラントと対決かな？　いや、さすがにティアの前でバカな真似はしないか。


迎えが来て、研磨職人達の工房がある通りへ向かった。住宅街から離れた場所にあるのは、鍛冶や研磨時に大きな音が出るせいだ。隔離して遮音をかけていても漏れてしまうらしい。更に、馬車の中で、耳を保護する魔道具を渡された。その効果か、細い鍛冶屋通りに入っても、大きな音は聞こえない。

「ここからは徒歩になるんだが……変だな」

馬車の外から声をかけてきたダリウスが顔を顰《しか》めた。

「何が？」

「静かすぎる」

「遮音が効いてるんじゃなくて？」

「ああ。こんなに静かなのは異常だ。説明したように、遮音だけでは完全には防げないほど、研磨や鍛冶打ちの音で騒がしいのが常なんだ。……先に見てくるから、ラドクルトとウォーベルトはジュンヤから絶対離れるな」

「「はいっ！」」

怪訝《けげん》な表情のダリウスが馬を降りて駆けていき、細い路地へ入るとあっという間に見えなくなった。俺達も馬車を降りて後を追うと、第三騎士団のスライトさんとダリウスの姿が見えた。職人らしき数人と話しているみたいだ。

「ダリウス、どうかしたのか？」

「それが、職人が大勢病にかかっているらしい。だから、今は作業を見れない」

「えっ！　じゃあ治癒に行こう！　患者はどこだ？」

「お前、今日はもうだいぶ力を使っただろう？」

「さっき回復したから大丈夫だよ。それより魔石が必要なんだ。司教様が調達するって言った分も、職人がいなきゃできないってことだろ。迷ってる暇あるのか？」

「……仕方ない。おい、そこの。案内してくれ」

ダリウスにそう命じられたのは、頭に鉢巻きをした若い職人さんだった。その目線がちらちらと俺に向く。嫌な予感がした。

「あなたはダリウス様ですよね？　その、そこの黒い人が神子《みこ》様……ですか？」

「そうだが、なんだ？」

「その、本物……なんですか？」

「貴様っ！　手を差し伸べようという神子《みこ》を疑うのかっ？」

「で、ですが！　池の水に何もしてくれなかったんでしょう？」

ダリウスは怒りをぐっと堪《こら》えるように深く息を吐いた。

「――お前達は井戸の水を使っているのか？」

「最近は使ってません。井戸水のせいで師匠達が病気になったという噂なので、池の水を沸かして使ってます」

「井戸を使え。今日神子《みこ》がチョスーチを浄化してきた」

「そう言われましても……」

彼が続けなかった言葉は、「信じられない」だよな。

「あの、井戸は近いですか？」

「はい……近いですけど」

「案内してくれます？」

「はぁ」

「神子《みこ》に対してその返事はなんだ！」

ダリウスの怒号が飛ぶ。

「ダリウス、威嚇《いかく》しないで。まぁ、調べてみよう。浄化が行き渡るのは時間がかかるし」

のろのろと案内された井戸から水を汲《く》んでもらう。やっぱり木桶《きおけ》だとよく見えないなぁ。

「マテリオ、ボウル貸して」

白い器に水を移してみる。ああ……ここは街の端だからか、まだ浄化が行き渡ってないんだな。

「まだここまで浄化が届いてない。みんなが使わないせいかもな。でも、全部の井戸を浄化して回ったらさすがに死んじゃいそうだしなぁ。とりあえず、小さい魔石を入れるか」

「し、死ぬっ？」

彼は目を見開いて驚いていた。そっか、知らないよな。スルーでいいかと思っていたが、ダリウスは我慢できなかったようだ。

「神官の治癒と同じで、神子《みこ》は己の命を削っているんだぞ。無理をすれば命を落とす。お前達がどんな噂を聞いているのかは知らない。だが、ジュンヤは誠心誠意浄化をしているんだ」

ダリウス、そんな風に思ってくれていたんだな。なら、俺は実力でねじ伏せるのみ。

「いいですか？　見ていてください」

神殿の地下でやったように、ボウルの水に指を入れてクルリと回す。

「はぁ～っ⁉　光った！」

彼にはこれで分かってもらえたけど、街中こんな感じじゃキリがないぞ。本当に死ぬよ、どうしたらいいんだ。せっかくスープの配給をしても、人が集まらないかもしれない。

「参ったなぁ。住人全員こんな感じなのかな？　ユーフォーンはもっと大きな街なんだろ？　あっちもこっちも疑心まみれじゃ、どうにもならない。マテリオ、何かいいアイデアないか？」

「目に見える浄化をなすしかないな。方法は……少し時間が欲しい。今は別行動のソレスとマナも調べている」

「分かった。まずは師匠達のいる治療院に行こう。今日だけで全員を浄化できるか分からないけど、やれるだけのことはしないと」

思った以上に手強いな。敵は噂話を流すだけ流して放置したみたいだが、十分な攻撃だ。いい噂より悪い噂のほうが、面白おかしく広がるものだから。

俺を消耗《しょうもう》させるのが目的か、それとも周囲の反発で心を折るつもりだったのか分からないが……よくもやってくれたな。いつかお礼をしてやるから覚悟してろよ。

鍛冶屋通りの真ん中辺りに、その治療院はあった。神官の反応はやっぱり今一つだったが、王都から来た同じ神官であるマテリオの存在は大きかった。

「神子《みこ》様……ですね。ようこそ」

棒読みだけど、一応歓迎の言葉を言ってくれるだけマシだ。でも腹は立つから、意地でも全員治癒してやる！

患者は重症者こそいないものの、生活に支障が出るレベルの体調不良を起こしている人は多い。彼らは期待と疑いの目で俺を見つめている。それを嘆いても意味はない。信頼を得るため、実行あるのみだ。

一人ずつ手を取り、治癒していく。笑顔を貼り付けて機械的な対応になっていた。正直、感情を閉ざさないと、負の感情ばかり向けられるこの空間には耐えられなかった。

それでも力はちゃんと使えていたようだ。大半の人々が回復すると、ようやく明るい声や笑い声が聞こえ始めた。その声で、やっと俺も本当に笑えた。

「……、……ヤ様っ！」

「ジュンヤ、もういい！」

なんだろう。エルビスとダリウスが叫んでいる。

「やめろっ！　今日は終わりだ！　ジュンヤ！」

マテリオまで大声を出して、三人共どうしたんだ？　俺まだやれるよ？

「つぎ、の、ひ、と……？」

……あれ？

視界がグルンと回り、膝から力が抜けた。床に激突すると思った瞬間、ダリウスに支えられる。

「あ、れ……？」

「無茶するなと言っただろう⁉　今日は終わりだっ！　おい、神官。今日はもう無理だ。他の者にもちゃんと説明しておけ。これだけの人数を治したんだ、まだ文句があるか⁉」

「い、いえ、とんでもありませんっ！　神子《みこ》様の献身に感謝いたします！」

「ダリウス……怒ったら、だめ、だよ」

「お前はもっと怒れっ！　みんな、引き上げるぞ」

俺を抱き上げたまま人を掻き分け、通りを戻るダリウス。いつの間にか見物人が集まっていたんだな。それなのに倒れてカッコ悪い。ますます神子《みこ》だと信じてもらえないかも。

ぴったりとくっついているダリウスの体が熱い。また俺の体温が下がっているんだろう。午前も治癒したせいかもしれない。

「マテリオは馬に乗れるか？」

「常歩《なみあし》ならどうにか」

「では、ラドクルトのビードを借りてくれ。俺のキュリオは気が荒いからな」

「分かりました」

馬車には俺とエルビス、ダリウスが乗り込んだ。

「ジュンヤ様っ！　お気持ちは分かりますが、力の使いすぎはいけません！」

「ごめ……ちょっと、ムキに、なった、かも、んんっ！　ん……！」

ゴクリとダリウスの唾液を飲み込まされた。ジンと温かい力が入ってくる。

「エルビス、お前もしっかり分けてやれ」

「分かっている」

二人が交互に力をくれるおかげで、どうにか意識は失わないで済んだ。

再び抱えられて馬車を降りる頃には、もう周囲は暗かった。随分長い間、治癒していたのかもしれない。——失敗したな。

「なんだ、ぶっ倒れたのか？　それ、本当に神子《みこ》様なのか？」

そう、俺の受難はまだ終わらない。グラントがまた宿に来ていて、出くわしてしまった。

グラント、この野郎……！　元気なら合法的に潰してやるけど今は無理だ。あんたの嫌味に付き合う気力はない。

「おい、なんとか言えよ神子《みこ》様」

ぐったりとダリウスの胸に頭を預けていると、グラントにちょいちょいと頬を突かれる。

「触るな、グラント」

「こんな弱っちいの、どこがいいんだ？　バルバロイの一族に相応《ふさわ》しくないだろう？」

ああ、言い返したい……だけど気力が足りない。悔しい。

「そなたが理解する必要はない。下がれグラント、無礼だぞ」

「エリアス殿下」

ティアが姿を現すと、グラントは素早く片膝をついた。さっきまでの失礼な男はどこへやら、お手本のような優雅な所作だ。

「そなたは神子《みこ》の力を見ておらぬ。疑うのなら、己の身で瘴気《しょうき》を浴び、神子《みこ》の浄化を受けてみるのが良かろう」

「殿下……お戯《たわむ》れを。私は真実を知りたかっただけなのです」

「確認するには体感するのが一番だと言っている。そなたはそれもできぬ腰抜けか？」

「っ！　いいえ！」

ティアがニヤリと笑う。

「そなたは安全なユーフォーンに配置され、瘴気《しょうき》を受けておらぬのだろう？　何も知らぬ癖に文句ばかりは一人前だ。身を粉にして浄化する神子《みこ》を傷つけるのは、ユーフォーンの騎士に相応《ふさわ》しい行いか？」

グラントが悔しそうに口を真一文字に結んだ。ギリギリと歯を食いしばっているようだ。

ティア、俺が話せない分を言い返してくれてありがとう。

自分で対処したいところだけど、俺は突然の脱力に困惑していた。魔力は十分にあったはずだ。なのに、なんでこんなに消耗《しょうもう》しているんだろう——

眠い……すごく……眠いんだ…………

side　マテリオ

ジュンヤが鍛冶屋通りで治癒を行った後、意識を失った。庇護者《ひごしゃ》のお三方が同席していたのが幸いし、冷え切っていた体は回復したものの、未だに昏々《こんこん》と眠り続けている。

この症状は、ジュンヤが初めて泉を浄化した時に似ていた。今回は怒りに任せて力を使いすぎたのだろう。そして、人々の悪意が精神的な疲弊《ひへい》を増幅させたのではないか。

エリアス殿下は、命に別状がないのなら、意識のない状態で抱くのは凌辱と同じだというお考えで、庇護者《ひごしゃ》三人で口づけをしてジュンヤの目覚めを促している。私はそれをただ見守るしかない。なんという無力……守ると言いながら、ただ立ち尽くしている不甲斐なさよ。

その夜、ジュンヤの眠る部屋の隣室に全員が集まり、調査内容の報告会が行われた。この人数には狭いが、万が一ジュンヤの体調が急変しても対応できるからと、殿下のご提案だった。

グラント殿がいるのは些《いささ》か不快だが、殿下の護衛のために遣わされた騎士だ。話し合いの邪魔はしないと約束をして、同席を許されている。

ソレスとマナは、神官に扮《ふん》したケーリー殿の部下と行動を共にし、この二日間調査に当たっていた。ケーリー殿の部下には別動隊も存在していて、商人や市民に扮《ふん》して調査をしているが、これはグラント殿には秘密である。

「街の様子はどうだ？　私はジュンヤへの反発の強さは異様だと感じているが、皆の意見を聞きたい。ソレス、マナ、神官から見てどうか？」

エリアス殿下も違和感が拭えないようだ。王都でのおまけ扱いとは違い、向けられている感情が明らかな嫌悪だからだ。

「はい、ご報告申し上げます。私どもは、各治療院の神官に接触して現状を調べました。治療院には浄化が必要な患者が多数おります。そして、ジュンヤ様を信じたい者がいても、意見を言いにくい状況にあると感じました。ケローガ浄化の実績も説明しましたが、反応は鈍かったです。ジュンヤ様自ら浄化して見せなければ、納得しそうにありません……」

ソレスとマナは治療院と街のあちこちを視察し、治癒だけでは回復しない患者を多数見たという。

「瘴気《しょうき》は確実に街中を侵《おか》しつつあり、深刻です」

街そのものが瘴気《しょうき》に蝕《むしば》まれ始めている？　なんと恐ろしいことだ。またケローガの時のように、ジュンヤに負担を強いねばならない。

どんなに神官が治癒を施しても、瘴気《しょうき》だけは神子《みこ》の浄化が必要だ。そう彼らに言うと、「ならばなぜ神子《みこ》は浄化に来ないのだ」と責め立てられたそうだ。浄化がいかに消耗《しょうもう》するものなのか、彼らには理解できないのだ。

彼らを一気に浄化するためには、これまでと同様、スープを配給して体内に浄化を取り込ませるのが、最もジュンヤの負担は少ない。しかし、一部の者達が、そんな怪しげなものを口にしたくないと言い放ったという。

「ジュンヤ様の奇跡の御業《みわざ》を悪し様《あざま》に言われ、私どもは悔しくてなりません……！」

二人は眦《まなじり》に涙を浮かべ、力なく項垂《うなだ》れた。

「噂の出所などは分かりそうか？」

「商人には比較的正しく伝わっております。ケローガの変化を直接目にした者もおりました。しかし、ここの住人はほとんどが街を出ない職人達ですので……。我らがケローガに滞在していた十日の間に、悪評をばら撒《ま》いた輩《やから》がいると思われます」

その後、ダリウス様が鍛冶屋通りの治療院で聞いた話の報告をなさった。

「グラント、ユーフォーンの様子はどうだ？」

「……我々が聞いた噂をそのままお話ししてもよろしいですか？」

「おそらく私が激怒する内容だろうが、許す」

殿下の前で跪《ひざまず》くグラント殿に、皆の視線が集まった。グラント殿曰く……

神子《みこ》アユム様は汚れなき無邪気な少年で、それを「ジュンヤ」が騙《だま》して神力を奪い、男達を籠絡《ろうらく》して神子《みこ》の地位を得た。

実際に浄化をしたのはアユム様だが、その手柄を奪われたショックで倒れてしまった。「ジュンヤ」に浄化の力はなく、アユム様はどこかに幽閉されて浄化の魔石を作らされている。ケローガにいるというアユム様は、「ジュンヤ」が用意した替え玉である。

第一王子やバルバロイ家の次男を誑《たぶら》かした「ジュンヤ」は即時王都の神殿に引き渡し、裁判にかけるべきだ――

「以上です。ダリウスが絡んでいるため、ユーフォーンではここよりも苛烈な非難は免《まぬか》れません。偽物を王都へ帰すべきだと――あくまでも噂ですが。しかし、領主代行のヒルダーヌ様も噂を問題視しておられました。ジュンヤ本人に会わねばと、首を長くして到着をお待ちです」

「そなた達は噂の真偽も確かめておらぬのか？」

「ヒルダーヌ様は真偽を知りたいと仰って、この地に私を派遣しました」

グラント殿の報告は、エリアス殿下だけでなく、ここまでジュンヤと共に巡行をしてきたメンバー全員の怒りを買っていた。恐ろしいものなどなさそうなグラント殿だが、我々の怒りを感じたのか、報告を終えるとわずかに後ずさる。

しかし、それでも彼は口を閉じなかった。男を咥《くわ》え込み誑《たぶら》かしているというのは、全員と寝ているからこその噂では？　と問うたのだ。

エリアス殿下は微動だにせずグラント殿を睨んでいる。やがて、室温がどんどん下がっていくのを感じ、皆が震え始めた。

私もまた、怒り心頭だ。さっさとチョスーチの浄化を終えたのは性急だったかもしれない。ジュンヤは目立つことを嫌がるが、大々的に井戸を浄化して見せ、民に実感させたほうが良かったのだろうか。

「殿下……？」

無言のエリアス殿下に、グラント殿が声をかける。

「黙れ」

「っ、は……」

グラント殿は膝をついたまま動けない。足元に流れ込む冷気は、エリアス殿下が怒りを抑えきれずに魔力が漏出しているのだろう。私も、久しく忘れていた怒りでどうかなりそうだった。

気を紛らわすために、ふと思いついた提案を口にする。

「殿下。この際、クードラを離れてみてはいかがでしょう」

「それは、これ以上何もせずに、という意味か？」

私は頷いた。

「そして、近隣の村などを先に浄化するのです。神子《みこ》への不敬に対する警告です。あえてクードラ、ユーフォーンを避けて浄化しては」

「それでは不満が出よう」

「自業自得でしょう。神子《みこ》への敬意の欠片《かけら》もない者を大勢浄化したというのに、心からの謝意は一つもありませんでした」

この提案が非情なものだと理解している。だが、彼らはジュンヤに感謝も謝罪も、何一つしなかった。ただ健康を取り戻した喜びにはしゃぎ、ジュンヤの顔色が悪くなっていくのを気にも留めていなかった。

今日、私は初めてジュンヤの奉仕に疑問を持った。そして……憎しみさえ覚えた。

神官として、人々を平等に愛し奉仕せよと教えられた。同時に、神子《みこ》への敬意も。だというのに、現実はどうだ。神官でさえ神子《みこ》を疑っていたではないか。そんな奴らに慈悲を与える必要が、本当にあるのか？

内から湧き上がる激情を抑えきれてないのは自覚している。だが、どうしても許せない……

そんな私の感情的な提案を受け、エリアス殿下はため息をついた。

「ダリウス。それ程酷《ひど》い扱いだったのか？」

「そうだな。その場で患者を放り出して帰ってやりたいくらいには腹が立った」

「噂をばら撒《ま》いた奴らの思い通りというところか。だがな、マテリオ。ここでそうしたとすれば、更に反発を招くのは間違いない」

穏やかな口調で殿下が私を窘《たしな》める。ご自身の怒りも抑えようと努力しておられるのか、冷気が減少していった。

「ゆえに却下だ。ジュンヤは無礼な民だろうと見捨てないだろう」

……エリアス殿下に改めて反対され、我に返った。怒りに囚《とら》われて、なんということを言ってしまったのか。

感情的な行動は、更にジュンヤの立場を悪くする。何より、本人が良しとしないだろう。分かっていたのに、私は……

「ジュンヤは今日、大勢の民を癒《いや》したのだな？」

「はい」

「その者達は、身をもって神子《みこ》の力を感じたはずだ。体感したことは、頑なな心にも必ず響く。ケーリー、神子《みこ》は浄化の力を使って献身を尽くしたが、疲労と心痛で倒れたため療養すると、民に知らせろ」

エリアス殿下はチラリとグラントを見た。

「未だに浄化を受けられぬ者の身内はどう思うだろうな。グラント、そなたの身内が病の床に伏していたらどう思う？」

「一日も早い浄化を願うのは当然です」

「しかし、ジュンヤは献身した結果、礼さえ言われずに倒れた。目覚めても当面休ませるゆえ、浄化は進まぬなぁ」

大げさに悩む素振りをするエリアス殿下。滅多に見せない行動に、作戦があるのだと思った。

「さて、謁見《えっけん》や陳情も来るであろう。少し忙しくなるな。皆――」

「恐れながら申し上げます。真の神子《みこ》であるならば、回復されたらすぐにでも浄化をしていただきたいのです。多くの民が苦しんでおります」

民の直訴に構えようという殿下に、グラント殿が真っ先に訴え出る。

「ほう？　あれほど神子《みこ》に無礼を働きながら図々しい。癒《いや》しは求めるが、神子《みこ》本人の苦しみは誰も気に留めない。文句一つ言わず癒《いや》したというのにな。ケローガの民とは大違いだ。これではジュンヤも元気になれるはずがない」

「殿下！　力ある者は使うべきだと思います」

「守る価値のない者のために、命をすり減らす必要はない。その分、他に苦しむ者に尽くすほうが良かろう。建前だけでも敬意を払ってみせろ、未熟者め」

怒鳴りつけるでもなく、淡々と拒絶するエリアス殿下。水掛け論が永遠に続くかに思えたが、私はあるものの存在を思い出した。

「殿下。グラント殿に、これを」

私は水の入った瓶を差し出した。瓶の中には緑色の瘴気《しょうき》が揺蕩《たゆた》っている。

「これは？」

「チョスーチを浄化する前に、調査用に汲《く》んだ水です」

「ふむ。これをどうするつもりだ？」

「グラント殿に飲んでいただき、浄化を体験していただきましょう。恐ろしいものなどない勇猛な騎士様ですから、瘴気《しょうき》など恐るるに足らずかと存じます」

我ながらいいことを思いついた。グラント殿が顔を歪めて私を見る。内心ほくそ笑んだ。

「マテリオ神官。我らも各地の井戸からサンプルを採りました。勇気ある武人に是非とも体験してもらいましょう。半分もあれば浄化の進行具合は分かりますから問題ありません」

ソレスとマナも、嬉々として鞄から瓶を取り出してくる。一つ一つは小さな瓶だが、十数本あった。

二人は民に向けるような慈悲深い笑顔をグラント殿に向けた。だが、いつもの慈愛に満ちたそれとは違い、奥底に燃える怒りを感じる。私達は同じ感情を共有しているのだ。

「我らの神官は実に有能だ。是非ともその身で神子《みこ》の御業《みわざ》を体感するがいい」

「――ですが、神子《みこ》は眠っておられるのですよね？」

「それがどうした？　民は長きにわたり、この水を飲んで暮らしているのだ。一日二日、いや、もっとかかるかもしれぬが、屈強な騎士のそなたにはささやかなものだろう？」

「……」

グラント殿は助けを求めるような視線を送るが、その先のダリウス様は冷たい眼差しを返すだけだった。動揺するグラント殿を見ていると、もっと追い詰めてやりたい気持ちに駆られる。

「神子《みこ》を信じられないのなら、魔石を使った水も信用できないでしょう。エリアス殿下、グラント殿の隊にお貸しした浄化の魔石を回収しましょう。他に必要な場所はたくさんあります。グラント殿、即刻ご返却を」

「たかが神官風情が何を偉そうに……！」

エリアス殿下は、クードラの警邏隊《けいらたい》詰所に浄化の魔石を支給していた。そこにはグラント殿の隊も滞在している寮がある。騎士が病にかかれば街の治安に関わるとの配慮だったが、ジュンヤを信じられないのなら、必要とされる場所に使うべきだ。

「マテリオの言う通りだな。グラント、即時返却せよ」

「それは……部下のためにお許しを……」

「グラント、つまり魔石を使用したのか？　その力を見た上で、ジュンヤを悪し様《あざま》に罵《ののし》っていたのか？」

「アユム様のお力と……思っておりました」

「マテリオ、私の名において命ずる。そなたが魔石を回収し、保管せよ。会議後、グラントと同行し使命を全うするように」

エリアス殿下の命を受け、私は深く頷いた。

「殿下……」

グラント殿の縋《すが》るような声を聞いても、今更同情はできない。

「そなたは下がってマテリオを待っていろ。我らの邪魔になる者はこの場にいらぬ」

固く拳を握りしめて小さく肩を震わせた彼は、ややあって一礼し、すごすごと部屋を後にした。

「少しは仕置きになると思うか？　それにしても忌々《いまいま》しい。少し感情的になってしまった……」

エリアス殿下は先程より緊張が解けたようで、冷徹だった表情にわずかに怒りが滲《にじ》む。

「この水を飲む気概を見せなかったのがつまらんな。それにしても腹が立つ……。兄上は話を聞くつもりがあるみたいだが、何を考えているのやら」

ダリウス様はそう言って舌打ちした。ただでさえ今日一日、民の様子にうんざりしていたところへ、グラント殿はやってきたのだ。

噂に惑わされているのだろうが、とても擁護できない態度だった。

「まずは、どうやってジュンヤの力を認めさせるか……クードラから問題のチョスーチに直行するには距離を始め、諸々問題がある。対処法を探さねば。だが、まずはジュンヤが無事目覚めてくれねばどうにもならない」

「あいつ、大丈夫なのか？　ピクリともしないで眠り続けているぞ。マナはさっき様子を見てきたんだろう？」

ダリウス殿の問いに、マナが一礼して口を開く。

「庇護者《ひごしゃ》の方が常にどなたか一人、お傍についてお力を分けて差し上げてください。その、一番の方法はございますが、無理強いはしたくないとお聞きしております。とはいえジュンヤ様は膨大な魔力の持ち主ですので、自己回復には時間がかかります。こまめに回復を。お一人にするのは危険ですので、回復時以外にもどなたかが同室されるのが安心でしょう」

「また危険な状態に陥《おちい》る可能性があるってのか？」

「い、いいえ！　ダリウス様、落ち着いてください！　そうではなく、ジュンヤ様を王都に連れていこうとする人間がいるのではと思ったのです。その辺りも特に警戒をなさったほうがいいかと思いまして、はい」

身を乗り出したダリウス様に、マナが大慌てで答えた。

「確かにそうだな……すまん」

「いいえ、とんでもありません」

だが、改めてジュンヤを取り巻く危険は確認できた。警護体制を再び確認し、解散となった。

「ダリウス、エルビス。ジュンヤを任せるぞ。マテリオは残るように」

ダリウス様とエルビス殿、神官二人は退室した。庇護者《ひごしゃ》のお二人は当面、ジュンヤの部屋で眠ることになった。

「さて、小虫がたかり始めたな。ここで何かしら行動に移してくるのか……」

「殿下、ネズミはあちこちにおります。正直、ユーフォーンの騎士は当てにできません。ここは敵だらけと思って動かねばなりません」

「そういえば、ナトルの移送が決まったそうだな。父上が無理を通したのだろう。マテリオ、神殿も一枚噛んでいそうか？」

大神殿のグスタフ大司教の動向は分からない。私は首を横に振った。

「裏にはチェスター第三妃殿下がいると思われます。まさか無罪放免にするつもりはないと思いますが、離れた地にいては、部下に任せるより他ありません。監視は常にしております」

そう言ってケーリー殿が助け舟を出してくれる。殿下がケーリー殿を見て、ふむと頷いた。

「チェスター様にとってはジュンヤが邪魔であろう。ジュンヤを引き渡し、ナトルを逃亡させるつもりだったと踏んでいる。ナトルにはそれを証言させたいが……いざとなれば処理して構わぬ」

「御意」

「マテリオよ、そなたが珍しく感情を露わにするところを見られて楽しんだぞ。……さて、あの男、そなただけがいつまでも出てこないので焦れておるだろう。思う存分、神子《みこ》の奇跡を語ってくるがいい。何をしても私が保護してやる」

「はい。ありがとうございます」

妨害工作は始まっている。その現実を改めて確認し、気を引き締めてグラント殿のもとへ向かった。

その後、私はグラント殿と同道し、ユーフォーンの騎士が逗留《とうりゅう》する警邏《けいら》詰所を訪れていた。神官の姿をしたケーリーの部下シェピル殿が護衛してくださっている。

そこでは、飲料水を備蓄する大きな樽《たる》に、浄化の魔石が沈められていた。蛇口は神子《みこ》マスミが作らせた物で、樽《たる》に取りつけてある。

マスミ様は水道管をカルタス王国全土に埋め込み、上下水道で全ての民を潤《うるお》したいと願っていたそうだが、時と共に技術のいくつかは消え去ってしまった。蛇口は民にとって身近で便利だったため、金属加工のできる職人のいるこのクードラでは一部で導入されているそうだ。

「グラント殿、さぁ、魔石のご返却を」

「しかし、これから飲む水に手を入れては不衛生だ」

「マテリオ神官、替えの樽《たる》を手配しています。間もなく届くはず……ああ、届きましたね」

宿を出る前に、シェピル殿が早々に手配してくれていた。

「シェピル神官、素早い対応感謝します」

早速作業をと思い水樽《みずだる》に手を伸ばすと、グラント殿と彼の部下、そしてクードラの警邏《けいら》が私達の前に立ちはだかった。

「清潔な水は重要だ。神官様とはいえ、手出しは無用」

「それを知っていながら、神子《みこ》に随分な仕打ちをなさいましたね」

愚か者が凄《すご》んでも道化にしか見えない。私が彼らと話している間に、シェピル殿と替えの樽《たる》を持ち込んだ神官姿の彼の部下が水の入れ替え作業を始めている。

「やめろ！」

「グラント殿、これはエリアス殿下の命令です。なぜこうなったのか、お仲間への説明はあなたにお任せいたします。私は殿下の命を遂行するのみ」

命令と言われては彼らも抵抗できず、それ以降はただ私達を睨みつけていた。新しい樽《たる》に全ての水が移し替えられ、空になった樽《たる》の底にはジュンヤの命の欠片《かけら》が煌《きら》めいている。私は魔石をそっと取り出し絹布《けんぷ》で拭いた。

そして、小指の先くらいの大きさの魔石を魔灯に翳《かざ》すと、七色の光が周囲に放たれた。

「皆様は、このように輝く魔石をご覧になったことがありますか？」

「……」

沈黙こそ答えだ……

「これは神子《みこ》ジュンヤ様にしか作れぬ浄化の魔石。治癒の力では癒《いや》せぬ穢《けが》れを祓《はら》うことができる、ただ一つの奇跡。そして命の欠片《かけら》。神子《みこ》の命を無駄に消耗《しょうもう》させる訳にはいきません。彼はこの何倍も大きな魔石を三つも使って神殿のチョスーチを浄化しました。当面、この地の水は安全です」

私は新しい絹布《けんぷ》で魔石を包み、そっと保管用の袋にしまった。

「そもそも、ジュンヤ様が神子《みこ》であることは、王都の大司教ジェイコブ様が認めているのですよ。……ですが、第三者の言葉ではなく、ご自身で確認なさることをお勧めします。我らの言葉では信用できないでしょうから。では、我々はこれで失礼します」

一歩踏み出してから、言い忘れたことを思い出して振り返る。

「この魔石は、助けを求めるか弱い信徒のために役立てますから、どうぞご心配なく」

ジュンヤを侮《あなど》る彼らに少しは仕返しができただろうか。

背後から彼らの引き止める声が聞こえたが、私の心は既にここにない。ただただ、ジュンヤの芳《ほう》醇《じゅん》な香りに満たされた宿へ帰りたい一心で、足を進めるのだった。

◇

目を開けた時、俺は緑に囲まれた美しい森の中に立っていた。

あれ……？　俺、宿に戻ったんじゃなかったか……？　それに裸足だ。

ふと水音が聞こえ、そちらに向かう。音楽も聞こえる……？

木々の間を抜けると、穢《けが》れのない透き通った水を湛《たた》えた泉があった。中心からさざ波が起きているので、そこが湧き水の中心なのが見てとれる。

「神子《みこ》。目覚めたか」

灰色の肌、マラカイトのように艶やかな緑色の長髪に赤い瞳をした男性がいた。耳の先がとんがっていて、見慣れない形だ。リュートを持ち、この人が演奏していたのだと思った。

初めて会う人なのに――すぐに誰だか分かった。

「ラジート様？　ここはどこですか？　もしかして、俺は死んだんですか？」

「死んではいない。ここは我らの領域だ」

俺がすぐ分かったのが嬉しいのか、その人――ラジート様は初めて見るような笑みを浮かべた。

「ラジート様達の世界……神域、ですか？」

「ほんの少し、下界と重なった場所だ。そなたが大地と宝玉を浄化してくれているおかげで、ここまで回復した」

「俺、少しは役に立っていますか？」

「そうだな。まぁ、こちらへ来て座るがいい」

いや……前回押し倒そうとした人、じゃなく神の隣に座って、安全なんだろうか？

とはいえ、わざわざ離れるのも嫌みだな。仕方なく隣に腰を下ろす。すると、草の匂いと柔らかな感触が緊張を解きほぐしてくれた。

「ラジート様は、いつもここにいるんですか？」

「いや、ここは精神世界……と言えば人間にも伝わるか？　普段は、木が多いところにおる」

「俺達はこうして会えるんですね。ラジート様も浄化しないと、宝玉は完全には浄化できないと思うんです。ですから、時々会いに来てください」

俺が言うと、ラジート様はゴロリと横になった。

「断る。そなたは常に人の中にいる。我は人が嫌いじゃ」

「いい人もいますよ？」

「――そうは思えぬ。そなたが浄化を始めてから、時折そなたの瞳を通して世界を見ることができるようになった。最近は悪心《おしん》に晒《さら》されて疲弊《ひへい》しているようだな」

「その前に、たくさんいい人と出会いました。今の人達は多分騙《だま》されているんでしょう」

「そなたはお人好しだ。このまま我とここにおれば、あのような輩《やから》の相手をせずに済むぞ」

「まぁ、頭に来ることも多いですけど、俺は基本的に人が好きなんですよね。それに、神子《みこ》であることを証明してみせれば、きっと理解してもらえますよ」

ラジート様はガバッと起き上がり、俺の目をじっと見つめてきた。その赤い瞳に瘴気《しょうき》はない。これが本来の姿なのだろう。

「我もメイリルも、目覚めにはまだ神力が足りぬのだ」

「だから戻って浄化を進めたいんですけど……帰してもらえませんか？」

「まだダメだ。しばしここにいるがいい」

「なぜです？」

「我といるのだ。それだけで少しは浄化されよう。もちろん、まぐわってもいいがのぉ」

そう言って、突然エロい笑みを向けられる。

いやいやいや！　ご遠慮しますよ！

「えっと、そういうのは想い人同士じゃないとダメだと思うんですよね～」

「我はそなたを気に入っておる。それではダメか？　我らは宝玉で繋がっておろう？」

グイグイと迫りくるラジート様と、じりじりとお尻で後ずさる俺。

普通に、好きじゃない人とは無理ですっ！

「手を！　手を握りましょう、はい！」

有無を言わせず、ガシッとラジート様の手を取る。

「手……」

俺が握った手をラジート様はじっと見つめた。

「そなた、あの大男に組み敷かれてあんなに悦《よろこ》んでいたのに、手だけとはつまらんのぅ」

大男……？　組み敷かれて……？　ってダリウス？

「――っ！　え？　はぁ～？　覗いたんですか!?　いつの間に？　プライバシーの侵害ですよ！」

「ぷら……？」

「個人的な時間のことです！　覗きはダメですよ！」

神様でも覗きは許しませんからね!!

「覗いたのではない。偶然繋がったのだ。しかも神子《みこ》が抱かれる様を見せられて……我は悪くない。そなたの力が我を呼んだのだ」

軽く口を尖《とが》らせて拗《す》ねているのは、ちょっとだけ可愛……くなんかない！　ええ、可愛くないですよ！

くそう、そんなの反則だ。神様が拗《す》ねるってなんだよ。

「全っ然、呼んでません！」

「そなたが宝玉を持ち浄化する限り、我らは繋がり続けるのだ。そこに肉体の介在はない。浄化が進めば、そなたが心の中で呼ぶだけで我と繋がることもあるだろう」

人間の世界を清めれば、神域も広がるということかな。この美しい空間が増えるのは楽しみだ。

「呼べばいいんですね？」

「必ず繋がるとは限らぬがな。神子《みこ》。一度だけ、我に直接浄化を……」

どうしてもキスしたいらしい。そういえば、歩夢君がゲームでは主人公はバンバンキスするって言っていたよな。したくないけど、キスして効果がなければ、もう言ってこないかも？

……いや、やっぱりダメ！　俺は三人を裏切りたくない。

「お断りします！　そういうことはちゃん……と……？」

視界が陰ったと思ったら、ラジート様の左手が俺を引き寄せ、右手で後頭部を押さえられていた。そのまま唇が触れ、舌が差し入れられる。

入れるなよ！　ふざけんな！

体を引いて逃げようとするが、人間とは明らかに違う長い舌が絡んできて、舌も息も搦《から》め捕られる。その上、びっくりするほど力が強くて逃げられない。

「んんっ！　んー!!」

抗議の呻《うめ》きはラジート様に塞《ふさ》がれた。必死に背中を叩いて抵抗するが、ビクともしない。

ちょっとちょっと、押し倒してくんなよ！

体重をかけられて、ドサリと背中から倒れる。噛みついてやりたいのに上手く逃げられてしまう。

徐々にラジート様に力が吸い込まれていく――

嫌だ。そう思っているのに、ジワッと体が熱くなり始める。俺の手はラジート様の背に回り、キスを受け入れ始めていた。

――そんなバカな……嫌だ。

増していく体の熱とは正反対に、意識が遠のいていく。俺はこれまでにない感覚に怯えていた。自分の意思と違う動きをする体。それは、いつもの媚薬《びやく》効果とは明らかに違う。

――これは俺じゃない……

「ラジート、逢いたかった……!!」

俺の声で、俺じゃない誰かがそう甘く囁《ささや》いた。

フワフワとした温かい感覚に包まれて、俺は大きく伸びをした。

「あぁ～よく寝たなぁ～」

瞼《まぶた》を開けると、既に日が高い。やばッ、寝すぎたな。浄化に行かなくちゃ。力は回復しただろうか？ ゆっくりと起き上がってみると頭がクラクラした。

「ジュンヤ様っ⁉ ダリウス、ジュンヤ様が目覚めたっ！ 殿下にも知らせてくれっ！」

「待て、俺も会ってからだっ！」

バタバタと二人がベッドサイドに駆け寄ってくる。大袈裟だなぁ。もしかしたら丸一日寝ていたとか？ それなら、まあ心配するか。

「ごめん、二人共。寝すぎたかな？」

エルビスが俺の右手をギュッと握った。

「心配しましたっ！ 二日も目を覚まさなかったのですよっ！」

「……え？ ふ、二日ぁ⁉」

「そうだ、昏々《こんこん》と眠っていて……時々力を流したが、ずっと、起きなかった」

え～～っ⁉　嘘だろっ？　いや、確かに異様に眠たかったけど……

「まさか、また死にかけた、とか？」

「いいや、それはなかった。かなり弱っていたがな」

少しだけホッとした。でも、なんだろう。何か夢を見ていた気がするけど思い出せない。二人を見ると目の下にクマができていて、相当心配させたらしい。

「ごめん。そこまで力を使ってないはずなのに」

「いいえ。よく考えれば、高位の神官でも苦労する程の人数を短時間で癒《いや》したのです。いつも楽々と浄化してくださるので、私達も配慮が欠けていました……」

「マテリオが言うには、他人の悪意も疲弊《ひへい》の理由だろうと」

ダリウスも俺の存在を確かめるように髪を撫で、頬に触れてくる。

「ストレスにはなっていたけど……そうなのかな」

「離宮にいらした頃を思い出しました。あの時のジュンヤ様はどんどん弱っていかれました。悪意に常に晒《さら》されることが理由ならば、あれもそうだったのかもしれません」

そうか、食事が合わないだけかと思っていたけど、浄化には精神力も必要なのかもしれない。メンタルをもっと鍛《きた》えないとダメだな。

「ティアも心配しているよね」

「すぐに知らせてくる。飛んでくると思うぞ」

ダリウスは俺の額にキスして、大股で出ていった。走りたいのを我慢しているみたいで、ちょっとおかしかった。

「あれから浄化はどうなってる？　マテリオは？」

「神官達は治癒を行っています。みんな民に怒っていて最初は渋りましたが、ジュンヤ様ならやるはずだと説得しました」

「うん、それでいいよ。でも、無理してないかな？　治癒も疲れるから」

「彼らは長年の経験がありますから、ジュンヤ様のように倒れるまで無理はしません」

「うっ、言われちゃった。本当にごめん」

エルビスの苦言に、申し訳ない気持ちでいっぱいだ。苛立ちを抑えるために淡々としすぎて、オーバーワークに気がつかなかったんだ。

「ジュンヤッ！」

その時ドアが乱暴に開き、ティアが駆け込んできてきつく抱きしめられた。いつもなら絶対にこんな行動しないのに、こんなになるほど心配させてしまったんだ……

「ティア、ごめ、んむっ！　うぅ……ん、はぁ……ごめ、ん」

謝ろうとしたがディープキスで封じられ、温かい力が流れ込んできた。

「心配した……」

「ごめんなさい。コントロールに失敗しちゃったみたいだ。まだまだ訓練がいるなぁ。ティア、あの、ごめん……くる、しぃ」

「ああ、すまない」

パッと離してくれて、大きく息を吸い込む。

「ティア。あの後、グラントや街はどうなった？　チョスーチの魔石の状況は？」

「質問だらけだな。心配していた恋人にもう少し何かないのか？」

「もちろん、お詫《わ》びはするよ」

「いや、気にするな。ジュンヤのそういうところが素晴らしいのだ」

ティア、褒めすぎです。恋は盲目って奴ですよ。

「ジュンヤが倒れてから、街の意見は二極化している」

「……どうして？　俺の浄化を邪魔したい勢力の影響は感じたけど」

「この二日間のことを説明しよう。それと、何か食べたほうがいい」

「そうですね、ジュンヤ様に教わったキールの実の粥《かゆ》を作らせますね。その間にお話を聞いてください」

「ありがとう」

エルビスが部屋を出て、ティアとダリウスが残った。

眠っていた二日間に何があったのか。クードラに来て短時間で敵ができたように、味方も急激に増えて、現在大混乱らしい。大変な事態のはずなのに、ティアは顔色一つ変えずに話し出した。

side エリアス

ジュンヤが倒れた翌日。マテリオが浄化の魔石を回収した詰所から、警邏《けいら》とグラント達騎士がやってきて、ジュンヤに面会を求めた。

しかし、ジュンヤは面会謝絶状態。日を改めろと言っても納得しないグラントと警邏《けいら》代表に入室を許可し、青白い顔で昏々《こんこん》と眠るジュンヤの姿を確認させた。その様子を見て二人はすごすごと引き下がったが、言い訳は一応聞いてやった。

要するに、魔石を投入する前は気がついていなかったが、一度浄化された水を飲んで過ごし、その後また浄化されていない水を飲んで、やっと魔石の効果を実感したのだそうだ。魔石に直接触れた水は今では甘く感じる程で、しかも治癒まで入っていて、自身の魔力増強も感じた……と。

「もう一度浄化の魔石を授けていただけませんか？」

実に図々しい申し出だが、こう言わせるために回収命令を出したので、私としては作戦成功だった。

「じきにチョスーチの浄化された水が街全域に届く。しばし待て」

私はすげなく断った。そもそも、怒れる神官マテリオが回収した魔石を厳重に管理していて、相手が誰であろうと簡単には渡さないと使命に燃えている。

「それよりも、グラント。そなた、当面は私の警護に付け。ダリウスはジュンヤから離れられぬのでな」

「殿下、光栄ですが、眠っているだけなら他の者に任せてもいいのでは？」

「弱った神子《みこ》を救えるのは選ばれた者だけだ。命を落とす危険もある。その上、不埒者《ふらちもの》にその力を狙われている。厳重な警護が必要だ」

「そうですか……分かりました」

グラントはジュンヤが安定するまで私の警護に付くことになった。だが、神兵が一緒にいることは渋った。

「神兵達は何度もジュンヤが民を浄化するのを見ていて、患者の経過を一番よく知っている。無言の行も解けているため、私が最も意見を参考にできるのがこの二人なのだ。だから視察にこの二人は不可欠だ」

私の言葉に、神兵達は感激して震えていた。そして、何度も民を浄化するのを目にした者として認められ、誇りを持つことができたようだ。

逆に、グラント達は力不足だと示唆されたことになり悔しい思いをしたようだが、反論はしなかった。

「私は今日一日、ジュンヤが奉仕した人々の経過を確認する。ジュンヤの目が覚めたら、確実に様子を聞くだろうからな」

宿にはジュンヤ付きの近衛をあえて残し、治療院へは神兵とグラント、ユーフォーンの騎士を帯同させた。最初に重症者達の多かった治療院に向かうと、ニーロ神官が我々を出迎えた。

「エリアス殿下！　神官のニーロでございます。わざわざのお運びありがとうございます」

膝をついた彼を立たせると、その視線は私の背後を彷徨《さまよ》っている。

「質問をお許しください。ジュンヤ様はご一緒では……？　昨日、軽症者の治療もしたいと仰ってくださっていたのですが……」

「無理が祟《たた》って倒れたのだ。いつ目を覚ますか分からぬ」

「そんな……！　昨日穢《けが》れを清めてくださったせいでしょうか」

「原因はそれだけではない。そもそも、浄化はジュンヤが望んだことだ。そなた達のせいではない。目覚めたらジュンヤに経過を報告してやるためにこちらを訪問した」

ニーロ神官は平伏したが、浄化後の経過を見たいと言うと、喜んで我々を院内へ案内した。患者の大半は意識を取り戻し、希望を持ち始めた様子の者も多かった。警邏《けいら》詰所の水の件と合わせて、騎士の中にはジュンヤが本物の神子《みこ》ではと言う者もいたな。しかし、「アユム様」が授けた魔石のおかげだと疑う者もまだ根強くいる。

神官によると、見舞いの家族と共に喜びに溢れる患者を見て、早く自分の家族もと、浄化の催促をする者達もいた。だが、肝心の神子《みこ》は心身の疲労で倒れている。一方は回復し、一方は未だに病に蝕《むしば》まれる現状に、後者の者達は不公平だと騒ぎ立てているそうだ。

そして、不満を唱える者達は、私に嘆願にやってきた。そうして今度はその嘆願者と、それでもジュンヤを否定する者達の間で、諍《いさか》いが起こり始めたのだ。

◇

「――という訳だ。今は肯定派と否定派がせめぎ合っている」

シレッとした顔で説明してくれたけど、何、その余裕？

「住人が二分して大変な状態じゃないかっ！　すぐに浄化を再開しよう……ッ」

起き上がろうとしたが、途端に眩暈《めまい》がしてベッドに倒れ込んでしまった。これは、またエッチ回復が必要なんでしょうか……

「あの……ティア、ダリウス……する？」

まだ治療院に患者が溢れているうちは、魔石の数が確保できるか分からない。となれば、俺がやるしかないよな。

「――何を企んでるんだ？」

「誘いは嬉しいし早く元気になってほしいが、当面はか弱い神子《みこ》のままでいてくれ」

俺が聞くとティアは含み笑いをして、人差し指を口元に当てた。

「今は秘密だ。知らなくていい」

「でも、浄化した人達の経過を知りたいし」

「先程話した通りだ。回復に向かっている患者がほとんどだから心配はいらない」

「このままじゃ歩けそうにないんだけど」

「俺が抱いて歩くから問題ない」

しれっとティアに続くダリウス。

「そんなカッコ悪い姿で人前に出たくないよ！」

しかし俺の抗議はあっさりと却下され、抱っこ移動という辱《はずかし》めを受けることになるらしい。それが作戦の一部なら、涙を呑んで我慢するしかないか……

チョスーチの状況も知りたいし、視察にも行きたい。自分の体裁と心配事の解消を天秤にかけ、俺は後者を選んだ。一番の心配はチョスーチだ。あの水量に魔石がどれくらい必要かを知りたい。

俺の希望を聞いたティアはエルビスを呼び、午後から俺を連れて視察に行くと告げた。

「念入りに準備させろ」

「は、畏《かしこ》まりました」

「俺はどう接したらいい？」

「ジュンヤの心の赴《おもむ》くままに振る舞うがいい」

その言葉は「反撃せよ」という意味に聞こえた。

——覚悟をお決めください。

コミュ司教。あなたの言葉を思い出す。俺は、神子《みこ》として振る舞うことを恐れない……

さて、決意した俺ですが、久しぶりに黒を纏《まと》っております。うちの侍従ズが本気を出しました。神殿以外は寄らない予定なんだけどな～。

入浴は負担が大きいからと清拭《せいしき》を施されて着替えたのは、パラパさんから転送魔道具で送られてきた、すっきりしたシルエットのシャツに、軽やかな黒の梨地《なしじ》のジレ。ジレの裾には小鳥や木々といった、自然をモチーフにした刺繍《ししゅう》が施されている。

「えっと、もっとカジュアルなものでいいんじゃないかな～」

仰々しすぎると思いグレードダウンをお願いしたが、無情にもエルビスは首を横に振った。

「最初からこうすれば良かったと反省しています。もっと神子《みこ》の神聖性を強調すべきでした」

黙々と支度するその声には怒りが滲《にじ》んでいる。

「いや、俺が、もっと神子《みこ》らしい振る舞いを演出すれば良かったんだ。コミュ司教にも言われて頑張ったつもりだったけど、まだ威厳が足りなかったのかも。これからまた頑張るからさ。心配させてごめんな？」

「ジュンヤ様はいつも頑張っています。そうではなく……権威をひけらかすのがお好きでないのは分かりますが、今後は他者との明確な違いを示しましょう」

「分かった。この世界のやり方に俺も慣れていくよ。手を貸してくれるよな？」

侍従三人は力強く頷いて、更に俺を飾り立てた。いや、あの、やりすぎ……！

なんとか支度が終わると、ダリウスが近衛の制服で完全武装して入ってきた。みんな、気合いが入っているな。

「ジュンヤ、めちゃくちゃ綺麗だなぁ」

「ふふん、そうだろう。我々の仕上げは完璧だ。ジュンヤ様の御髪《おぐし》には艶が増すミティア油を使ったから、より華やかに香るはずだ。お顔の色はまだ戻らないが、その少し青白い儚《はかな》さが引き立つよう、テッサの黒染めを使用したジレを選んだのだ。それから――」

「分かった分かった！　ジュンヤのことを話し出すと本当に止まらないなぁ、お前」

ダリウスが呆れた顔でエルビスを止めた。

「まだまだ言い足りないぞ」

「エルビス、恥ずかしくなるからもういいよ、ありがとう」

いつまでも語っちゃいそうなエルビスに和みつつ、自力で歩けるかどうか再チャレンジする。

「なんだよ、俺がいるだろ？」

「男には見栄を張りたい時がある！」

ここまで大人しくしていたんだから、立てるようになっていてくれ……！　そう祈りを込めつつ、念のため肘掛けを掴んでゆっくりと立ち上がる。

……よっしゃー！　立てたっ！　やったぜ～！

どこからか喝采《かっさい》が聞こえるようです！　……問題はここからだ。人の手を借りずに歩くんだ！

肘掛けから手を離し、右足を踏み出す。一歩、二歩と歩き、抱かれなくても大丈夫な気がしてきた。これ以上ペースを上げるのは怖いけど、ダリウスとエルビスが両サイドを固めてくれているから大丈夫だろう。

四歩目を踏み出した時、膝から力が抜けて転倒しかけた。すかさず二人が腕を取ってくれて何事もなかったが。

「これで、抱っこ決定だな？」

にやりと笑ったダリウスにヒョイッと抱き上げられてしまい、俺はがっくりと肩を落とした。プライドがガタガタだ。

「カッコ悪い……けど、チョスーチの状況確認もしたいし仕方ないな。あのさ、できれば人目につかないようにしてほしい」

「分かってる。変に絡む奴がいると面倒だからな」

「そうだね、グラントとかな。……あの人はどうしてる？」

「エリアスの護衛に付いてる。まぁ、腕はいいからな」

結局、彼とちゃんと話していないんだよな。ムカつく結果になっても、近いうちに話し合わないといけない。

ダリウスは、抱えている俺の体重なんてものともせず、スタスタと階段を下りる。階下にはみんなが待機していて、俺を見つけた神兵さん達が猛ダッシュで前へ出て跪《ひざまず》いた。

「ジュンヤ様！　ご無事で良かったですっ！」

基本的に自分から話しかけたりしない二人が、今は半べそで俺を見上げていた。治療院でも、宿に着いて倒れた瞬間も一緒だったから、相当なショックを受けたんだろう。

「心配させてごめん。まだ動き回るのは無理だけど、もう大丈夫だから……ありがとう」

「ジュンヤ様……お礼など。お守りしきれずに不甲斐ないです」

「私達も歯痒《はがゆ》く思っています……」

ダリウスに俺の護衛を任されているラドクルトも落ち込み気味だ。

「でも、さすがジュンヤ様っすよ。いつも通りに行動してるだけで勝手に味方が増えたっす」

一方、ウォーベルトは俺を見てホッとした顔をした。

「へぇ？　味方、増えてるのか？」

「浄化された者達は嫌でもお力を実感しますからね」

「やっぱり有言実行が一番だな。今日は奉仕に行けないけど、また護衛をよろしくな。あ、ダリウス、マテリオはどこ？」

「神殿で合流する予定だ。あいつも魔石の消耗《しょうもう》を気にかけていたからな」

やっぱり考えることは同じか。

「じゃあみんな、よろしく」

俺を囲む騎士達は、礼をして素早く配置についた。珍しくダリウスも一緒に馬車に乗り込む。

「お前がいると馬車が狭い」

エルビス、本音がダダ漏れだよ。

「うるさい。ジュンヤから離れないためだ」

「揉《も》め事が起こる可能性もあるんだな？」

「まぁ、可能性はあるな」

馬車が動き出して間もなく。カーテンの隙間から街中を見ると、多くの人が立ち止まりこちらを見ていることに気がついた。

「注目されてる。ティアだと思ってるのかな」

「こっちの馬車にも王族の紋は入っているから、様子見しているんだろう」

「そうか。どういう気持ちで見てるんだろう……」

「まだ情勢が落ち着かないから気をつけろ。出かけるのは神殿だけだからな？」

「うん。あのさ、帰ったら宿でグラントやユーフォーンの騎士と話したい」

俺がそう言い出すのを予測していたのか、二人は驚かなかった。

「正面突破か？」

「彼にはそのほうが有効かと思ってさ」

グラントには変な手を使わず直球勝負のほうがいい気がするんだ。でも、ムカつくから『さん』付けはしない。俺にしつこく絡み悪態をつくのは、ダリウスに惚れているからなのか、単にバルバロイ家の名前が欲しいのかを探りたい。

そんな思案も、到着の合図で打ち切りだ。

この姿を見られるのは司教や神官だけとはいえ、抱っこ移動は恥ずかしい。明日には歩けるようになりたいと、多くの視線を感じてしみじみ思った。

この視線は蔑《さげす》みとは違うけど、なんていうか……憐れまれたくないなぁ。

「ジュンヤ様、ようこそいらっしゃいました。地下へ参りましょう」

サナルド司教の態度が違う。慇懃《いんぎん》な口調は同じだけど、冷ややかだった前回とは雰囲気が違っていた。

良かった。俺がしたことは無駄じゃないみたいだ。ささやかでも、諦めないことが大切だよな。

地下のチョスーチへ下りると、そこにはマテリオがいた。

「マテリオ、お疲れ様」

「ジュンヤ、様！　元気になったのか？」

とっさに名前を呼んだマテリオが慌てて呼び捨てを言い直す。笑っちゃったのは許してくれ。司教の前だから頑張っているなぁ。

「見ての通りだけど、話せるよ。こっちはどう？　魔石はどれくらい保《も》ちそうかな」

「それぞれの引き込み口に一つと想定した場合、二週間だろうか……」

「……厳しいな。でも、街全体を支える水量ならそんなものか。大きいのはあと七個だっけ？　ここにはいくつか置いていって、問題のチョスーチに直行すれば、それでなんとか保《も》つか？　宝玉の浄化もあるし、あのサイズの魔石に溜めるにはもう少し時間が欲しいな。全部置いていっちゃうと、その後で俺達が困る」

今ある中で一番大きい魔石は拳サイズだ。しかし、そんなサイズは入手そのものが難しいという。小さいサイズはよく採掘されるそうだが、質が良くなければ大量の魔力は蓄積できないし、過剰な魔力には耐えきれず壊れてしまう。

地球の宝石と同じで、質のいい魔石は貴重なのだ。現実は甘くない。

「ここの水は下流にも使われるため水量が多いせいで、魔石を多く使用することになり負担をかけてすまない。その代わり、魔石を多めに備蓄して西のチョスーチを目指そう。途中ユーフォーンに寄らねば道中が不安だが……話を聞く限り、連れていきたくない」

あんたも心配してくれてるんだ……ありがとうな、マテリオ。

ざっくりとしか聞いてないけど、ユーフォーンはここよりもっとアウェイらしい。今より更にキツイのかと思うとウンザリする。

「装備を整えるには、行くしかない。必要最小限の滞在にして、ささっと出ていけばいいよ」

「奴らを見返したくないのか？」

「やり返すのは西のチョスーチを浄化してからでもいいさ。俺は城外に天幕を置いてそこで過ごしてもいいけどな」

街中に入らなければ、悪意に晒《さら》され体調を左右されることもないだろう。……すごくいい案かも！　無駄に嫌な思いをする必要はないし、仕入れは他の誰かがしてくれればいいじゃないか。

「それもありかもしれないな。ユーフォーンに入らずに済む」

ダリウスがそう同意したが、それは自分が実家に行きたくないからだろ？

「問題は魔石だから、ちょっと相談しよう。司教様、今後のことを検討するので、ゆっくり話せる部屋を貸してもらえますか？　司教様も同席をお願いします」

サナルド司教はすぐに手配してくれた。浄化効果恐るべし。俺も、手のひら返しに慣れちゃったものだなぁ。

用意してもらった部屋に移動し、ケリガン司教も交えて話し合う。サナルド司教は、このクードラ近辺の穢《けが》れなどについて説明してくれた。

ここから問題のチョスーチへは五日程。上流にも下流にも農村があるのだが、現在どちらからも患者が押し寄せているという。下流の穢《けが》れも広がっている証拠だ。

そして、北西の砦《とりで》ではユーフォーンの兵が穢《けが》れにより弱体化しつつある状況を狙って、昨日も小競り合いが起きたとのことだった。また、市民に扮《ふん》して鉱山で宝石を入手しようとする輩《やから》も増えたそうだ。

クードラには研磨職人が多く、自警団が彼らを狙った空き巣や強盗を警戒している。しかし体調不良で自警団による監視の目が減ったため、職人達はピリピリしているのだ。また、病人の増加も、苛立ちと不満を蓄積させている。

そんな時に、浄化ではなく浄水をしたので、神子《みこ》を名乗る俺への不信感が噴出したんだろう。

……と説明されたが、その情報は早く欲しかった。そう思うのは俺だけじゃないはずだ。

「最近、下流にあるミオル村から患者が大勢救いを求めてやってくるのです。下流の穢《けが》れも心配ですが、やはり大元を浄化せねば、神子《みこ》様のご負担が大きくなると思います」

「確かに下流をいくら浄化しても追いつきませんね。ダリウス、一部が物資調達のためにユーフォーンに入って、俺は街の外で待機か、チョスーチに先行するのはどうだろう？　俺だけじゃ決められないけど……浄化に集中したいから、邪魔する人間との接触は避けたいんだ」

「そうだな。ここでも少しは調達できるし、ユーフォーンでの調達をグラント達に任せる手もある。うちからも誰か、ユーフォーン部隊に付けるか……」

そこはダリウスとティアで相談か。あと、一番の問題は魔石だ。

「司教様が調達してくださると言っていた魔石ですが、大きいものはどれくらい手に入りそうですか？」

「神殿で保管している大きな空の魔石は二つです。あとは職人の長が保管しているものを供出してほしいと言ったのですが、その、『だったら神子《みこ》様に会わせろ』と……」

「きょうしゅつ？」

それって、確か「差し出せ」って意味だよな？　いやいや、それはダメでしょ。

「貴重なものを供出なんてダメですよ。支払いはしてください」

「無償だから拒否されたのかと思い、買い取り額の交渉もしましたが、神子《みこ》様に会いたいの一点張りでして」

うーん。職人さんに誤解されたかな。貴重な魔石を奪うつもりはないので、とにかく話をしてみよう。明日訪問すると伝令を送り、俺達は神殿を出た。

馬車に乗り込んでいるところに、ウォーベルトが、神殿の門扉の向こうに大勢の民が待ち構えていると知らせを持ってきた。揉《も》めている様子はないので、追い払うこともできないらしい。

「ダリウス……何が起こるんだろう」

さすがに不安になる。

「絶対に馬車から出るなよ。内側からしか開かない結界を張ってあるし、マジックバッグに食料も詰めてある。最悪、馬車で数日過ごせる装備だ」

その言葉に頷いたものの、心臓はバクバクと音を立てていて、今にも飛び出しそうだ。

門扉をくぐると、大勢の民が並んでいた。暴動ではなさそうなのが奇妙に思えるくらい、道の両脇にきっちり整列している。

「この人達、何をしたいのかな……？」

ダリウスは堂々としていたけど、俺はカーテンに隠れて外を覗いていた。微《かす》かに囁《ささや》き合うような声が聞こえてくる。

車列が完全に門扉を出た辺りで馬車が止まり、ラドクルトが外から窓をノックした。

「ジュンヤ様、絶対外へは出ないでください」

「ラドクルト、何があった」

「民の直訴ですね。道を塞《ふさ》がれました」

「俺が出る。馬車の周囲の警護を固めろ。エルビス、俺が出たらすぐに結界を張り直せ」

「ああ」

ドアを開けた時に襲われないようにがっちりと壁を作ってから、ダリウスが馬車から降りる。素早くドアが閉まった。息の合った連携がすごい。

ダリウスが出てしばらくすると、辺りが騒がしくなってきた。

「大丈夫かなぁ」

「中にいれば安全ですから、絶対出てはいけませんよ？」

「俺はそうだろうけど、みんなが心配なんだ」

隠れたまま様子を見ているが、いまいち状況が分からない。やがて、興奮しているのか人々の声が大きくなってきた。

「……ください！　……、……を……!!」

あちこちから聞こえてくる大声が混じり合い、それぞれが何を言っているのか聞き取れない。

道を塞《ふさ》がれているそうだから、このままじゃまずいよな。でも、ケローガで民に囲まれた時を思い出して我慢する。あの時は歓迎されていたけど、それでも敵が紛れていた。またみんなに迷惑をかけるのは嫌だから……

「よく聞き取れないな」

「そうですね。それにしても、このまま足止めは困ります。暴動ならともかく、この程度の騒ぎで乱暴な真似はできませんしね」

俺はカーテンの陰に隠れ、外を覗きたいのを我慢している。ケローガでしたのと同じ失敗はしないつもりだった。だから絶対見えないはず、だった。

「神子《みこ》様だっ！　神子《みこ》様が乗っているぞ！　浄化をお願いしよう！」

――これ、ケローガの時と同じだ。

エルビスと目を合わせ、敵の策略だと悟った。俺を外に引っ張り出すためにデタラメを言っている。ティアの居場所を確認した上で、それ以外で紋章付きの馬車に乗るのは神子《みこ》しかいない、という判断なんだろう。たとえ乗っていなくても、騒動を起こすのが目的なのかもしれない。

「エルビス、逃げるにしても、出たら危険だよな」

「そう思います。心苦しいでしょうが、ここは我慢してください」

だが、騒ぎはますます大きくなっているように感じる。

「出てこないのは偽物だからじゃないのかっ！」

さっきとは違う、妙に通る声が響く。マイクのような魔道具があるのかもしれない。街を混乱させて、その最中に俺を消すか攫《さら》うのが目的か？

そんな考えが思い浮かび、恐怖で体が震えた。それに気がついたエルビスが抱き寄せてくれる。

随分長い間、馬車に立て籠《こも》っている気がしていた。

「ここにいれば大丈夫です。怖ければ耳を塞《ふさ》いでいてください」

「怖いけど、何が起きてるか知るためには聞かなくちゃいけない。エルビスがいてくれて心強いよ。……敵の目的が読めないな」

「浄化が進まなければ国はいずれ倒れます。お命を奪われることはないと思いますが……」

「うん。穢《けが》れが収穫にも響いてるし、放っておいたら食糧難だ。だから、無茶はしないと信じたいな」

馬車の中で抱き合って恐怖に耐えていた時、ふと、ざわめきが一際大きくなった。

「静まれっ！　静まれっ！　エリアス殿下のお出ましだ！　下がれっ！」

ティアが来てくれたのか。王族の登場に、さすがにその場は静まり返った。

罠《わな》の可能性も考えてエルビスが窓を覗く。本当に来ていたようで、心から安心した。

「誰かが知らせてくれたんですね。良かったです」

そわそわしながら待っていると、ダリウスが来て扉を開けた。

「もう大丈夫だ。ちょっとだけ外に出るぞ」

「え？　まだ歩けないんだけど」

「俺が抱いてやるから問題ない」

ニヤリと笑う。俺は大ありだ！

こんなみっともない姿を晒《さら》すのがティアの作戦なんだろうか。仕方なくダリウスに抱かれて外に出ると、思った以上に人が集まっていた。

外に出た俺とダリウスの両隣にウォーベルトとラドクルトが立ち、後ろには神兵さんがいる。更にぐるりと近衛騎士が周囲を囲み、二重の円でガードされている。見ている側は威圧感がすごいだろう。

「神子《みこ》は今、浄化を繰り返したために弱っている。それでもそなた達のためにチョスーチの視察に来たのだ。この顔見せを終えたら再び休息させる。これ以上煩《わずら》わせるな」

「恐れながら、直言をお許しくださいますか……？」

「――許す。申せ」

おずおずと話し出したのは、浄水器の製作を頼んだギルドマスターだった。

「ありがとうございます。池での作業は進んでおります。でも、魔石を使えばもっと早く浄化されると噂で聞いております。チョスーチは浄化してくださったとのことですが、池や井戸にも魔石を入れてくだされぱいいのでは？」

彼はティアに怯えながらも続ける。

「その……言いにくいのですが、そのお方には本当はお力がないと言っていた者がおりまして。我々としては、是非この目で奇跡を拝見したいと願っています……」

浄水については説明したはずだが、まだ納得いかないらしい。

「そなたには理由を話したはずだ。池の水はオルディス川から引いたもので、彼《か》の川は穢《けが》れていない。ゆえに池の水は穢《けが》れているのではなく、水質が悪いだけなのだ。その噂は誰から聞いた？」

「えっ？　はい、鍛冶屋の弟子だと名乗っていました」

「名を言え。その弟子が誰から話を聞いたのか調査しなければ」

「知りません」

「……顔見知りか？」

「いいえ、最近ケローガから越してきて弟子入りしたと言っていました。その工房で聞いたと」

引き続きティアがその人物の名前と住所、師事する工房を聞き出したが、終始答えは曖昧《あいまい》だった。

誰が言ったかなんて重要じゃないという声も聞こえたが、それは違う。

ティアはその『弟子』については詳しく調査すると宣言した。

「殿下、我々は神子《みこ》のお力を信じております！　ですから、一日も早く治療をお願いいたします」

集団の一部には、そう言って頭を下げる人々もいた。

「あんた達騙《だま》されるなよ！　魔石でも浄化ができるなら、アイツがアユム様の力を盗んだって話が本当かもしれないだろ！」

どこかで誰かが叫んだのを皮切りに、「そうかもしれない」とあちこちで疑念の声が上がる。

「そなた達、殿下の御前であるぞ！」

そう大声で制したのは、驚いたことにグラントだった。仕事はちゃんとするんだな。

それで騒ぎは一旦収まったが、人々は変わらず不安そうにしている。

「でも、鍛冶屋通りの治療院で浄化してくださったって話も聞いたけど？」

誰かが再び声を上げた。

「それも魔石さ！　隠し持ってたのかも！　商人の兄ちゃんが言ってたし」

「俺は鍛冶屋から、アユム様の魔石を盗んだって聞いたぞ？」

「僕は石工からだ」

あちこちで言い合いが始まっている。結局はどれも、俺が真の神子《みこ》ではないという話だけど。

ティアはそれを止めず、グラントにも、しばらく彼らを見守るように指示した。

するとやがて、興奮からかこの場に王子がいることも忘れて「男娼だと聞いた」「色目を使って籠絡《ろうらく》したらしい」とまで言い出すグループが現れ、俺を擁護するグループと再び揉《も》め始める。いよいよ喧嘩になりかけたところで、ティアが止めた。

「皆のもの、よく考えてみるがいい。これだけの人数がいて噂の出所が分からないという、その意味を。それぞれが噂を聞いた相手を捜し出すのだ。後日集会を行い、改めて結果を聞く。良いか？自分自身で、情報を確認するのだ。その上で皆の話を聞くとしよう」

噂の発信源を辿り、敵を捜し出すつもりだろうか。

「じっくりと訴えを聞いてやりたいが、神子《みこ》ジュンヤは一昨日、中央治療院と鍛冶屋通りで大勢の人々を癒《いや》した」

ティアはそこで言葉を区切り、周囲を見回す。

「その奉仕の結果、見ての通り神子《みこ》は歩くこともままならぬ。患者や立ち会った者達は、浄化がいかに神子《みこ》に負担を強いるか理解しただろう。目の当たりにしておらず疑う者達は、患者に話を聞いてみるがいい。――グラント、人が集まるにはどこがいい？」

「神殿が良いかと思われます。私が手配いたします」

「では任せる。これで解散だ。早く解決したいなら、明日、必ず神殿の集会に来るのだぞ」

集まった人達は一礼し、了解したようだった。

場が落ち着いたので俺達はその場を後にする。その道すがら、ティアの護衛としてグラントを含むユーフォーンの騎士全員が宿に揃っていると聞いた俺は、彼らと話し合いたいと伝えた。嫌なことは早めに解決したいからな。


という訳で……椅子に座る俺の前に、ユーフォーンの騎士達が直立不動の姿勢で揃っている。俺の周りも護衛だらけで、お互いにピリピリした雰囲気だ。

みんなには、暴力でも振るわれない限りは俺に任せてほしいと頼んである。

「グラントさん達は、私の何がそんなにご不満なんですか？」

いい機会だからハッキリさせようぜ。今はお偉い神子《みこ》様バージョンで攻めてやる！

グラントは、俺が倒れた後ティアに警告されたからか、表面上は臣下として接している。しかし内心それも不満なんだろう。部下が俺に無礼な態度をとっても咎《とが》めず放置だ。

俺もそれを咎《とが》めることはせず、むしろもっと本音を聞きたいので、更に刺激してやるつもりだ。

「私達はあなたのお力を見ていないので疑いを持つのはお許しいただきたい。これまであなたは『おまけの君』と呼ばれておりましたし、アユム様がおられないのも不満に感じています」

「歩夢君は、ケローガで国益になる事業を試験的に行っています。彼が使命だと感じた道を進んでいるんですよ。応援してあげないんですか？」

「では、あなたが持つ神子《みこ》の力を示してください。この目で見なければ我々は信じられません。それに、我々より実力の劣る神兵を侍《はべ》らせているのも、納得できません」

「――実力が劣る？」

神兵さんは、護衛の二人も、他の神殿で会う人達も、いつだって真摯《しんし》に対応してくれている。何が劣るって言うんだ？

「そうです。神兵は剣術も魔力も神官や騎士に及ばず、どちらにもなれなかった半端者です。それでもメイリル神に仕えたいと足掻《あが》く、見苦しい負け犬集団です。権威ある神子《みこ》ならば、我らのように実力のある者だけをお傍に置くべきです」

「へぇ……そういう考えなんですね」

ちらりと神兵さんを見ると、悔しそうに俯《うつむ》いている。

大丈夫、二人共。言わせっぱなしにしないから。

「じゃあ、皆さんはどの辺がどれくらい優れているんですか？　私は異世界から来て無知なので、是非とも分かるように教えてください」

　できるだけ嫌味ったらしく見えるようににっこり微笑んで尋ねると、グラントが顔を真っ赤にして怒り出した。

「我々のほうが全てにおいて優秀なんだ！　この地に来たなら、神兵よりバルバロイの騎士を護衛とするのが正しい選択だと、なぜ理解できない！」

　口調を荒らげて詰め寄られるが、全く怖いとは思わなかった。

「彼らの仲間は私のために命を賭けて戦ってくれました。リューンさんもトマスさんも、常に私の安全に気を配ってくれます。ですから、近くにいてくれるととても安心するんです。単純に力が強いというだけでは、あなた達が上だなんてとても思えないのですよ。むしろ、近くにいられると不安になるのはなぜでしょうね？」

　ちょっと芝居がかりすぎかと思いつつ、ため息をついてユーフォーンの騎士に視線を送る。グラントの後ろにいる騎士達の中にも、怒りで顔が真っ赤になっている人がいた。

「グラント様のほうがダリウス様に相応《ふさわ》しいんだ！」

「ディック！　黙ってろ」

「しかし！　こんな役立たずのチビとダリウス様が結ばれるなんて、あってはなりません！」

　一人が不満を漏らすと、後から後から噴出する。俺は、敢《あ》えて言われるままにした。

「我々もみんな納得してません！　ずっと特定の相手なんていなかったのに！」

「バルバロイ家は特別な武門の家系の方々だ！　こんなヒョロヒョロ、認められるか！」

彼らは、バルバロイ家の血を繋ぐのに、体格も能力も劣る俺は相応《ふさわ》しくないと思っている。

「皆さんは今、私情で動いていると判断していいんですね？　……あなた達は、武力は優秀かもしれません。でも、心は神兵さんよりもずっとずっと弱い。私には頼れる騎士、兵達が既にいますので、ご心配は感謝しますが、もう警護は無用ですよ」

「我々が神兵より弱いだとっ⁉」

「ええ、グラントさん。私はそう思います。それに、そんな風に声を荒らげるあなたを信用できないんです。お互い信用できないんですから、早く安全なユーフォーンへお帰りになったらどうですか？」

あれ。俺、冷静なつもりだったけど、キレてるわ。

超攻撃モードが発動中だ。もう口撃が止まらない。

「そうそう。魔石を返却してくださったそうで、ありがとうございます」

「……部下のためにもう一度貸してほしい」

「はぁ？　貸してほしい……だと？　ははは（っ！」

俺は思わず嘲るように笑ってしまった。ひとしきり笑って収まると、猛烈に腹が立ってくる。

「あんた、図々しいんだよ。あれには俺の命を使ってるんだ。お前らにはひと欠片《かけら》も使いたくないね！」

我慢できず立ち上がって怒鳴ってしまった。失敗だ。クールにキメる予定だったのに。

そして、急に立ったせいで、立ちくらみか、グラリと世界が揺れて椅子に倒れ込んでしまった。

「ジュンヤ様！　もう休みましょう！」

エルビスが止めに入るが、俺はまだ言い足りない。

「お前ら……！　お前らはカーラさんやステューイさんの亡骸《なきがら》を見ていないから弱いなんて言えるんだ！　神兵さんは弱くない！」

「死んだのは弱い癖に戦ったからだ！」

「黙れ!!　彼らを侮辱するのは許さない!!」

ユーフォーンの騎士達は、俺が怒鳴り返すなんて思ってなかったのか、驚いたように目を見開いた。

「ジュンヤ様、我らはジュンヤ様に分かっていただければ、それだけで幸せなのです……！　もうお休みください」

神兵さん達も止めに来るけど、こいつらは絶対許さない！

「神兵が勇猛果敢に戦ったのは俺が証明する。お前達に彼らを馬鹿にはさせんぞ！」

ダリウスも、耐えきれないといった様子で俺をガードするように前に出た。

神兵さん、ダリウス。あの二人の名誉は俺達が絶対に守ろう。

それに、ラジート様の怒りは本当に怖いんだ。神子《みこ》だから何もされていないだけ。俺は、ラジート様が乗り移ったレニドールと戦って荊《いばら》に侵食された、二人の死に顔を思い出していた。

バーレーズ司教が荊《いばら》に呑み込まれていく姿や、いつまでも聞こえた悲鳴も――

「あんな恐ろしい相手に……立ち向かう勇気を持った人を……バカに、する、な……」

「ジュンヤ、もう無理をするな」

ティアが俺の手を強く握る。燃えるような怒りに囚《とら》われているのに、体は冷えてカタカタと震えが止まらない。

「騙《だま》された……人、達の、ことは助ける。でも、頑張る、人を……バカにする人間は……助けたく、ない……」

薄れゆく意識の中で、最後にグラントと目が合った。目を逸らさずになんとか続ける。

「あんた達には、負けない……絶対に……！」

そう宣言して限界に達した俺は、ティアの腕の中で暗闇に沈んでいった。


目が覚めると、俺が横になっているベッドにエルビスも突っ伏して眠っていた。疲れた顔をしている。原因は俺だな……

エルビスの焦げ茶色の髪にそっと触れる。起きないな。いつもなら俺の起きた気配を感じて素早く起きてくるから、相当疲れているんだ。

頭を撫でてみる。いつもありがとう、ごめん。そんな思いを込めて撫でていると、温かい気持ちが湧き上がってきた。

「……エルビス」

小さく声をかけると、ピクリと肩が揺れる。

「っ!? あ、ジュンヤ様っ！ す、すみませんっ！」

「ふふふ……寝顔なんてなかなか見られないから、嬉しい」

「えっ？　な、何を、仰るんですか！」

真っ赤になって狼狽《うろた》えるのが可愛い。怠《だる》い体を叱咤《しった》してエルビスに顔を近づける。そして、唇にそっとバードキスを落とした。

「ジュンヤ様……！　あなたという人は」

「へへっ、ごめん。したくなって」

「……嬉しいです」

ちょっとだけ照れ臭いけど、気持ちを伝えるって大事だよな。

伝えると言えば、俺は気を失う前にブチ切れましたね。俺からのメッセージ、彼らにはどう伝わっただろう。

「また倒れちゃって嫌になるなぁ。かなり寝てた？」

最近こんな質問ばかりだ。

「もう朝ですよ。昨夜はお食事を取っていませんので、軽食をお持ちしましょうか？」

「食欲ないから果実水でいいかなぁ。冷たいのが飲みたい」

そう我儘《わがまま》を言うと、エルビスが魔法で氷を作って果実水に入れてくれた。よく冷えた果実水は、寝起きの頭をスッキリさせる。

「最近寝てばっかりだな。それに、冷静に話すつもりだったのに、後半めちゃくちゃキレちゃったよ。神兵さんをバカにされてムカついてさ」

「お怒りは当然です。我々も腹が立ちました。手を出すなと言われたので耐えていましたが、ジュンヤ様はとてもカッコ良かったですよ！」

「倒れちゃったけどな」

「そうですが、グラント達はこたえたみたいです」

「そうなのか？　でも、あの感じだと、やっぱり力を見るまでは信じなそうだね」

ある意味、俺の言い逃げだったしな。

「グラントの奴、失礼なことを言ってただろう？　神兵さんはショックを受けてないか？」

「彼らは大丈夫です。私も知りませんでしたが、たまにあのようなことは言われるそうです。あ！　うちの騎士は功績を知っていますから、敬意をもって接していますよ。安心してください」

「そう、良かった」

あんな酷《ひど》いことを他の人にも言われているなんて……

「神兵さんって、無言の行っていうのをしてたんだろ？　それって辛いことだし、彼らはグラント達みたいにほいほい挑発されない。遥かに精神力が強いと思うんだ」

「ずっと黙っているなんて苦痛ですよね」

これからは、神兵さん達の地位向上も目指したいな。

「集会の件は詳しく決まったのか？」

「ジュンヤ様は行かなくて大丈夫ですよ。少なくとも、現状では体力的に無理です」

「確かにこのままじゃダメだなぁ。エルビス……ちょっとだけ、エッチなことしちゃう？」

恥ずかしくなってはにかんでしまいつつ、思い切ってそう誘ってみたのだが……

「ううっ……お誘いはとても嬉しいのですが、しばらくはキスだけで我慢です。殿下のご発案ではありますが、全員の意見でもあります。私達はジュンヤ様の膨大な魔力に甘えすぎていたのです。どれほど負担を強いているのか、もう一度思い知る必要があると判断しました」

「つまり、エッチなしでの回復がどれくらいかかるか確認中？」

「それもあります」

なるほど。それは俺も知りたいけど……今はやるべきことがたくさんあるんだよなぁ。

「でも、このままじゃ浄化が進まないよ？」

「それも、お力が特別である証明になります」

言いたいことは分かるが、害を被るのは関係のない民なんじゃないだろうか。その疑問を正直に伝えると、エルビスは頷いた。

「もちろん、殿下は民を蔑《ないがし》ろにする気はありません。ちゃんとお考えがあっての決断です。補佐にはケーリー殿もいますから、お任せしてお休みください」

ケーリーさんは調査や段取りが得意らしい。戦うだけが騎士じゃないよな、うん。

その後、部屋にはいられなかったがエルビス同様に心配していたというティアとダリウスに散々体調をチェックされ、二人は午後の集会に備えると言って出ていった。俺は宿に待機で手持ち無沙汰だ。

午後になると、ラドクルト、ウォーベルトなどの近衛が俺の護衛を固める。ティアがグラントに、信用できないので警護はさせられないとハッキリ言ったそうだ。それ、逆恨みされないか？

それはさておき、今日はダリウスと長時間離れ離れになるので、なんだか心細い。

「俺達が出たら宿そのものに結界を施すから安心しろ。宿からは絶対に出るなよ？」

「分かった。屋内は出歩いていいよな？」

「ああ。だが、念のためラドクルトとウォーベルトから離れるなよ。正面玄関にも警備を置くが、できれば近づくな」

集会にはマテリオとマナが同行し、こちらにはソレスが残る。

昨日の今日だが、自力で歩けるまでに体は回復していた。みんなを見送った後は時間ができたので、宿中に展示された装飾品や生地をじっくり見物する。

「うーん、本当にすごいな。金山もあるんだ……」

「はい。それらは国境に近い位置にあるので、諍《いさか》いの原因でもありますけどね」

砦《とりで》の向こうの……ゲジャルだっけ？

「トラージェ側にはないの？」

「ありますが、我が国は魔道具を使って採掘するので効率が違うんです。魔力持ちの少ないトラージェでは機械を発明していますが、手掘りに頼っているところも多く、採掘量は劣ります」

「トラージェは作物の収穫量も少ないらしいね。サージュラさんはそういう問題を打開しようとして、俺や歩夢君に接触を試みたのかなぁ。もしそうだとして俺に聞かれても、農業は齧《かじ》っただけでそこまで詳しくないんだよな。歩夢君はもっと知らないだろうし……」

ケローガで商人として接触してきたサージュラさんは今どこにいるんだろう？　歩夢君は無事かな。

「ただ限さ、浄化が済んで協力できることがあるなら、いつか訪問してもいいと思うんだ。それが両国の平和に繋がるならやるつもりだよ」

「ジュンヤ様はお優しいんですね」

「優しいのとはちょっと違うかな。平和しか知らないから、揉《も》め事や戦争が怖いんだ」

その後、建物が内部まで丸ごと百貨店みたいな宿を主人に案内してもらいながら見ていると、あっという間に時間が経ってしまった。

「ジュンヤ様、殿下が戻りましたよ」

知らせを聞いて出迎えると、帰ってきたみんなの顔は穏やかだった。

「おかえり！　その顔は、作戦成功？」

「ああ、もう問題ない」

「何があったか教えて」

ティアは、急かす俺の肩をポンと叩いて微笑んだ。

「まぁ慌てるな。エルビス、茶を出してくれ」

「はい」

悠々と歩いてサロンに向かうティアの後ろをそわそわとついていく。ソファに座ったティアが隣をトントンと叩くので、大人しく従った。

ティアは、エルビスの淹れた花茶をひと口飲むと、ゆっくりと話し始めた。

side　エリアス

神殿には多くの民が集まった。私が優先して聞き取りを行ったのは、噂話を教えられた相手を連れてくるよう指示をした者達だ。たとえ相手を同伴していなくても受け入れ、調書を取る。

そして、少しでも関わった者同士が近くになるよう並ばせた。

きちんと整理して考えれば簡単な話だ。だが、人の記憶は曖昧《あいまい》で、悪意なく脚色してしまうことがある。そうして噂は一人歩きする。それらを整理したのだ。

『鍛冶屋通りに行きましたが、聞いた名前と顔が一致しませんでした』

『商人だと聞いたのですが、その店にはいませんでした。それに、その商人と取引をしたという人物も見つかりませんでした』

彼らの多くはそう言って、噂を聞いた相手を連れてくることができなかった。更に、昨日、ジュンヤがアユムの魔石を盗んだのだと叫び、騒ぎの発端となったはずの者も捜したが、同じく痕跡が見つからなかった。

「商人から聞いたという者が大勢いるようだが、そなたが代表して報告しろ」

私の前に、恰幅《かっぷく》のいい老人が進み出る。

「報告の前にご挨拶申し上げます。殿下への拝謁《はいえつ》が叶い、望外の喜びでございます。商人代表、ポーターズ商会のタルトンでございます。では、ご報告申し上げます」

彼は我が国を代表する商人の一人で、バルバロイ領を拠点にしている男だ。私に臆《おく》することなく、彼は続けた。

「商人の中には、ケローガから帰還する際に、ジュンヤ様のお姿を拝見したり、記念の絵姿を購入した者がおります。失礼ながら情報収集し、商人ギルドはジュンヤ様が真の神子《みこ》であらせられると認識しております。噂を流したという商人については、当ギルドが責任を持って調査をしております」

ちょうどポーターズ商会の商人がケローガで取引中だったそうだ。その人物はジュンヤが浄化した後、奉仕をする姿も目にしていた。もちろん、人々のために尽力するところもだ。

祭りでひと儲《もう》けを狙って滞在を延ばしたその商人は、これからの売れ線になるので仕入れたい旨の手紙と共に、ジュンヤの絵姿をタルトンに送ってきたそうだ。

「こちらをお持ちしました。ケローガから送られてきた絵姿です」

ケーリーが受け取った額を私に渡す。そこには明らかにジュンヤと分かる美しい青年が描かれ、ケローガで有名なクラールス工房に所属する画家のサインも入っていた。

こういった際に残す正式なサインには、偽造できないよう魔石を砕いた特殊な絵の具を使用する。絵姿のサインにも、もちろんその絵の具が使われていた。

「ふむ、これは良い出来だ。タルトン、後ろにいる者にも見せてやれ」

「はい」

タルトンが集まった者達に絵姿を披露する。絵姿とはいえ、それが少年らしい幼さを残すアユムではないことは一目瞭然だ。

絵姿を受け取ったタルトンはジュンヤが真の神子《みこ》だと確信したそうだが、それと同時に、クードラでは凄《すさ》まじい勢いでジュンヤにまつわる悪評が広がり始めた。

「私共は客にこの絵姿を見せたり、部下が見た神子《みこ》の献身について話をさせておりましたが……悪評が広まるスピードには敵いませんでした」

「タルトン、報告感謝する。下がっていい。さて……皆が話を聞いたとする相手はなぜ見つからないのか。よく考えれば分かるだろう？」

皆は気まずそうに俯《うつむ》いた。

「我々は、騙《だま》されたんですね……」

単純なことだが、悪い噂は毒を含んだ蜜になる。他人の不幸や悪口は、欲求不満を発散するための道具として、面白おかしく脚色されやすい。

そして、噂の出所と思《おぼ》しき男の共通点をまとめていくと、最低でも二人はいるようだ。その男達があちこちで流言を流した犯人だろうが、既に行方《ゆくえ》をくらましていると考えて間違いない。とうに街を出たのだろう。

「皆のもの。これからは、一方の話を鵜呑《うの》みにせずに、両者の言葉に耳を傾けよ。その上で判断するよう心がけるのだ。とはいえ、私も間違いを犯す。大切なのは、繰り返さないことだ。……良いな？」

これは、私自身への戒めでもあった。

「神子《みこ》はそなた達のことを、騙《だま》されただけの被害者だと思っている。謂《いわ》れなく嘲り謗《そし》られ、それでも皆を救いたいと奉仕を続け、そして……倒れた。このことをよく心に留めてほしい」

ジュンヤなら「そこまで言ってない」などと言うだろうが、神子《みこ》の慈悲深さを思い知らせるには、少々の誇張も許されるとは思わないか？

そして、私の言葉は、予想以上に民の心に響いたらしい。少なくとも神殿に集まった者達は、噂に振り回された自分の浅はかさに気がついた。街の住人全てに真実を伝えることは難しいが、今、神殿の外にも大勢の民が集結している。

私は、平伏し後悔の言葉を口々に述べる彼らの声が、小さなさざ波から大きな波になるのを見つめていた。こうして、大勢が己の過ちに気がついたのだ。

だが、まだ終わりではない。私は、ジュンヤの権威を更に確固たるものにする策を立てていた。

「清廉《せいれん》な神子《みこ》は、人の悪心《おしん》により心身を蝕《むしば》まれるということが判明した。それならば逆に、そなた達が誠心誠意神子《みこ》の回復を願えば、祈りは神子《みこ》に届くだろう。そして、王都より派遣されている神官マテリオが、そなた達に神子《みこ》の奇跡を授ける機会を作った。――マテリオ、こちらへ」

「はい」

マテリオの後ろで家庭用の水樽《みずだる》を運んでいるのは、鍛冶屋通りの若い職人二人だ。一人は鍛冶屋通りの井戸を浄化した時の鉢巻きの青年で、手伝いたいと立候補してきたのだ。

鍛冶屋通りのとある工房で実際に使っている水樽《みずだる》が重たい音を立てて地面に置かれると、自然とその周囲に人垣ができた。

「お集まりの皆さん。これから見せる奇跡を、しかと記憶してほしい」

マテリオは拳大の、ペンダントトップに加工された七色に輝く浄化の魔石を民に披露した。その石は、目まぐるしく色を変え輝いている。一見オパールの遊色《ゆうしょく》のようだが、その白く眩《まばゆ》い魔石はオパールとは違い、内側から光を放っているのだ。

あまりの神々しさにざわつく民を尻目に、マテリオは樽《たる》の水にゆっくりと魔石を沈めた。すると、水がキラキラと七色に輝き出す。その光は神殿の壁や天井に反射して人々の顔を明るく照らしたのち、ゆっくりと消えていった。

「ここに、重い病を抱えている者はいるか？」

マテリオの問いかけに、一人の男が仲間に体を支えられながら進み出た。男は石工で、池の工事に関わっていた。マテリオが浄化した水をグラスに汲《く》み、男に渡す。

「神子《みこ》の加護が与えられた水だ。その病もたちどころに治るだろう。さぁ、飲んでみよ」

不安そうにしている石工を見て、マテリオがグラスを取り戻し、ひと口飲んで安全だと示す。再び男にグラスを渡すと、彼は恐る恐るといった様子で口をつけた。

「水が、甘い……それに、なんだろう。体が、軽くなっていく……」

「おい、お前、顔色が良くなってるぞ！」

「なぁ、それに、こいつ今光らなかったか？」

男はかなり瘴気《しょうき》を受けていたのか、浄化されて体から光を放った。衝撃的な光景に周囲が騒ぎ出す。それをマテリオが制し、朗々と語り始めた。

「この浄化の魔石は、神子《みこ》がその命を削って力を込めてくれたものだ。石工殿、あなたが飲んだものは神子《みこ》の命の欠片《かけら》だ。アユム様の力を奪ったという噂があったそうだが、誰が己の命を削るような力を奪うというのだ？　あなた方は、名声を得るために苦痛を伴う浄化を行えるのか？」

私は、マテリオがこれほどまでにジュンヤに忠義を尽くすのかと、少々感心した。

マテリオの切実な訴えは民の心を動かし、石工が代表して深く頭を下げる。

「俺が間違っていました。どうか、神子《みこ》様に謝辞をお伝えください」

石工が平伏するのに倣《なら》い、周囲の者も次々平伏していった。

マテリオは、病を抱える者がいれば自由にこの水を飲んでいいと許可をした。それが人々を愛する神子《みこ》の願いだからと……

不安と憤りに凝《こ》り固まった人々の心は、魔石の輝きと共に溶けていった。

◇

「――私から伝えられることは以上だ」

経緯を聞いた俺は思わず大きなため息をついた。臭いドラマみたいな……俺、めちゃくちゃいい人として演出されていると思う。しかも、そのために一番大きな魔石を使ったらしい。そりゃあ、キラッキラ光るよなあ！

「ティア……過剰演出だよ」

「これまでのことを考えたら足りないくらいだ。あと数日、か弱き神子《みこ》の回復期間を設ける」

そう言って、ティアは俺をひょいと抱き上げて膝に乗せる。

「力の回復はその後だ。最初は誰がいい？　希望を聞いてやろう」

「聞いてくれるんだ？」

「本当はもっと早く回復してやりたかったが、元気になれば必ず無理をすると分かっていたからな。考えておくがいい。誰を選んでも恨みっこなしと、話し合い済みだ」

「それまでに元気になったら？」

「その時は、ただ愛し合えばいい」

回復目的じゃなくてもエッチするんですね、王子様。

でも、メンタルはかなり攻撃されたから正直なところ甘えたい……今すぐ抱きついて、キスしてもらって甘々に愛されたい。そんな気分でいることは……秘密にしておこう。


次の日。まだ長時間は歩けないが、少しだけ街に出てみたいと頼んだ。止められるかと思ったが、午後ならいいと許可が出た。先触れをして警備をキッチリ固めるそうだ。

そして、服装も完全に神子《みこ》主張バージョンになりました……エルビス、気合いがすごいよ。

「ダリウス、そういえば昨日からグラントを見ないけど、どうなったんだ？」

「エリアスが追っ払った。街には滞在しているがジュンヤには近づけないようにしてある」

「昨日の集会には立ち会ったそうです。民の心が動く瞬間をとくと見せつけられたでしょう。余計に顔が出せないでしょうね。ふふふ……」

エルビスの黒い微笑なんて激レアだな。

グラントは、噂に踊らされたところまでは許すけど、その後がダメだ。だから擁護はしない。一回お仕置きして、がっつり凹《へこ》ませてから許してやるか。

そんな話をしながら部屋を出ると、廊下の先をマテリオが歩いていた。

「あ、マテリオ！　昨日は、恥ずかしい芝居させちゃったそうだな。面倒かけて悪い」

俺を崇《あが》める神官様の演技なんて大変だったろうなぁ。

「別に気にしていない……」

「そいつは芝居じゃねぇから大丈夫だぜ？」

「ダリウス様、お静かに」

「はいはい～」

「なに？　なに今の？」

どういう意味？　芝居じゃないの？

ティアが大袈裟に言ったのかも知れないけど……魔石を「神子《おれ》の命の欠片《かけら》」って言ってくれたんだよな？

「マテリオ。あのさ、ありがとう」

「いいと言っている……」

仏頂面が妙に可愛く感じる。俺がヘラッと笑うと心底嫌そうな顔をするのも面白い。もう照れ隠しだって分かっているから。あんたは最高の友達だよ。

馬車に乗って、鍛治屋通りの工房に向かう。正直に言うと少しだけ怖かった。――本当にみんなに納得してもらえたのか、自信がなかったからだ。

工房の前にちょっとした集団がいて、馬車を停めた。馬車を降りると、髭《ひげ》を生やした白髪のお爺さんと、筋肉ムキムキゴリマッチョな人達が集まっている。いかにも力仕事の職人という感じだ。あの日話した鉢巻きを巻いた若い職人もいた。

お爺さんが跪《ひざまず》くと、他の人達も同じく跪《ひざまず》いた。あの日は頭に来ていたからうろ覚えだけど、治療院で見かけた人達もいる気がする。

「神子《みこ》様。先日ご訪問の際、無礼な態度だったことを深くお詫《わ》びいたします。それでもお慈悲の心で癒《いや》していただき、心より感謝いたします」

ああ、俺のしたことは間違ってなかったんだな。

あの時はヤケクソで治癒と浄化をしてしまった自覚はあるけど、それでも元気になった人には信じてもらえたんだ。途中で投げ出さなくて良かった。諦めなくて良かった――

不意に視界がぼやけ、世界が歪んで見えた。

「ジュンヤ様……」

エルビスが俺の目元にハンカチを当ててくれる。……どうやら泣いていたらしい。

「ありがと……かっこ悪い……」

「いいえ。絶対にそんなことありません」

断言してくれるエルビス。

左肩には温かい大きな手が乗った。何も言わないけど、ポンポンと優しく叩かれる。うん、ダリウス、ありがとう。

借りたハンカチで顔を拭いて、前を向いた。

「分かってもらえたならいいんです！　水に流して、これからはご協力お願いします」

まだ街全体が味方とは言えないようだけど、一つ一つの実績が実を結ぶはずだ。

「魔石を見せてください」

お爺さんは研磨職人の師匠で、ボランさんと言うらしい。彼の案内で魔石の入った箱を見せてもらうと、すごく大きな原石がゴロゴロしていた。

「すごい！　でも、こんなサイズに浄化を込めるのはひと苦労だなぁ」

「神子《みこ》様、そいつは確かに大きいですが、原石はこのままでは使えません。実際に使える部分は少ないし、質の悪い部分を削り出して研磨すると、この半分になっちまうことも珍しくありません」

「そうなんですか……」

世の中そんなに甘くない、ってことか。

俺とマテリオで、研磨済みのものから条件にぴったり合う魔石を探す。

「チョスーチに使う魔石だけどさ。あのクラスの大きさが難しいなら、小さい奴をたくさん作るのもありじゃないか？　ちょっと時間かかるかもしれないけど。あ、これ、小さいけどめっちゃいいな」

目についたものをどんどん手に取り、良いものを選り分けてカゴに入れる。

「だが、小さい魔石は消耗《しょうもう》も早い。そんなことをしていたらいつまでも先へ進めないぞ。原因のチョスーチを浄化してゆっくり休ませてやりたいんだが……む、これは質もいいな。もう少し大きいほうが望ましいが……」

「ふぅん、気遣ってくれてんだ。ありがと。お、これいいぞ。いくつ集める？」

「マジックバッグに入れられるから、いくらあってもいい。この街に集まる魔石はどれも最高品質だ。よそではクードラ以上のものを手に入れるのは難しい。おっと、ジュンヤ、それは力を込めたら割れそうだ。この線を見ろ。石目《いしめ》だ。ここで割れてしまう。割って使うつもりなら構わないがな」

へぇ、石目《いしめ》なんてものがあるんだ。

後ろでは何やら話し合いが行われているようだが、俺達は引き続き石の選別作業だ。

「思ったよりあのサイズは見つからないんだな……」

「それはそうだ。大体、あのサイズの魔石に魔力を完全充填《じゅうてん》するには魔導士が手を貸さなければできないし、魔石自体も非常に高額になる。お前が一人でやれたのが特別なのだ」

「そっか～。俺も一日かかったもんな」

「魔導士や高位の神官、司教が揃っていても普通は二、三日かかる。だからお前は普通じゃないと言っているんだ」

「……普通じゃない、ねぇ。

「ん〜？　それって、あんたなりの褒め言葉？」

「……知らん」

「やだぁ、マテリオさんは俺を褒めるのが恥ずかしい〜？」

茶化して顔を見ると、マテリオの耳が赤くなっている。

「……黙って作業しろ」

そんな雑談が楽しくて、ずっと笑いながら作業していた。が、急に眩暈《めまい》に襲われて体が揺れる。

やばい！　と思ったが、マテリオが支えてくれた。そして素早く横抱きにされる。

「支えてくれるだけでいいよ」

「無理をさせたな。座っていろ。残りは私が選別する」

俺の様子に気がついたエルビスに引き取られ、用意してくれた椅子に座ってひと息つくと、目の前に鉢巻きの彼がやってきた。

「先日は酷《ひど》いこと言って申し訳なかったっす。俺、まだ一人前じゃないのに、師匠がいなくなったらどうしようって焦ってて。八つ当たりして……ごめんなさい」

なんて素直なんだ！　グラントと大違いだよ。

純粋に職人として頑張る純朴な若者に感動してしまった。

「もういいよ。不信感があったのに井戸の浄化を試させてくれただろ？　謝ってくれたし、それで帳消しだよ」

俺は右手を差し出したが、こっちには握手の習慣がないんだった。

やり方を教えて改めて手を握ると、すごく硬い手のひらで、努力しているのがすぐに分かった。

思わず彼の手のタコを確認するように触れていたのだが……

「あ、あの、神子《みこ》様っ⁉」

「ん？　あ、ごめん。ベタベタ触って悪かった」

気づくと彼は真っ赤になっていた。迷惑だったかもしれない。謝って、慌てて手を離す。

「あっ……」

「ん？」

「い、いえなんでもないです！　その、神子《みこ》様の手はすごく小さくてスベスベで、ちょっとひんやりしてるけど気持ち良くて、その……」

まだモゴモゴ言っている彼と俺の間に、ダリウスが体を割り込ませてきた。

「――触んな」

「今のは俺から触ったんだ。彼は悪くないよ」

「とにかくダメだ」

眼光鋭く睨まれた彼は、すっかり青褪《あおざ》めて震えている。

「えっと、君、俺のせいで迷惑かけてごめん」

理不尽だよね。分かります！

ここは話題を変えるのが一番だ。

「ところでボランさん。以前知らせたものと同じでなくてもいいんですが、なるべく大きい魔石はありませんか？」

「そうですね……調べましたが、見せていただいた最大級の魔石と同じクラスのものは三個しかありません。一つ下のクラスでしたら五個、更に小さいサイズなら、比較的多く採れています」

「……三個ですか。上位のサイズを優先して研磨してください。小さい魔石も必要ですが、今はできるだけ大きなものが欲しいです」

ボランさんは部下に指示し作業に入ってくれた。俺はダリウスに向き直る。

「ダリウス、考えがあるんだけど、聞いてくれるか？」

「なんだ？」

思いつきではあるが、一つの提案だ。

「大きなサイズの魔石三個を満タンにするには三日かかる。当然、その分チョスーチに行くのが遅れる」

「まぁ、そうだな」

「だけど、装備はここじゃ全部揃わないって聞いた。だから、やっぱりユーフォーンに行くのは避けられないんだろう？」

ダリウスが頷いたので、俺は言葉を続けた。

「ここで仕入れた魔石を持って、俺はチョスーチに直行する。その道中は充填《じゅうてん》に徹する。充填《じゅうてん》が終わったら、三部隊に分かれる。一部隊は充填《じゅうてん》した魔石を持ってクードラに戻る。別の一部隊はユーフォーンで装備を整えて、俺ともう一部隊と、チョスーチで合流だ」

効率的だと思うんだけどな。でも、ダリウスは渋い顔をしている。

「警備が薄くなる」

やっぱりそこか。

「ティアと相談しようよ」

「早く浄化したいのは分かるが、無謀な作戦は許可できない」

「うん……」

警備が手薄になるのはまずいか。これはあくまでも思いつきの提案だからな。

その後、ボランさんが研磨作業を見せてくれた。研磨って本当に技術がいるんだな。魔石の力を最大限に引き出すために無駄なく、でも、カットするべき箇所は決断してざっくり削るという見極めが必要なんだ。研磨が不十分だと、魔力を込めた時に質の悪いところから割れてしまうらしい。

曇っていた石が透き通り始める様は圧巻だった。

俺は直径二センチくらいの石を借りて窓際に行き、光に透かしてみた。宝石のように輝きはしないが、光に透かすと桜に似たピンク色の可愛い石だ。

このサイズなら大したことないなと、透かしたまま試しに浄化を流してみる。魔石は徐々に光を通さなくなり、表面に様々な色が揺らめいてオーロラみたいな模様に変わった。今までで最高の出来かもしれない！　さすが高品質の魔石だ！

「マテリオ！　これ見ろよっ！」

嬉しくなって振り向くと、職人が全員平伏していた。中には啜《すす》り泣いている人もいる。

そして、マテリオも跪《ひざまず》いていた。

「なに……？　どうしたんだ？」

「神子《みこ》ジュンヤの御業《みわざ》を見たのです。もう、誰にも文句は言わせません」

いつもの軽口と違い、マテリオは神官として跪《ひざまず》いていた。ほんの少し寂しいけど、今はそのパフォーマンスが必要なんだな。

「……この力を生かすため、職人さんの協力が必要です。どうか、力を貸してください」

「神子《みこ》様の望むまま、我らをお使いください」

こうして研磨職人や鍛冶屋のみんなが協力者になってくれた。

マテリオや仲間の尽力もあったと思う。相互理解できた時、人はまた成長できるのかもしれない。

それには年齢なんて関係ない。いくつになっても成長できる。

そう……望み続ければ。

日は暮れ始めているけれど、俺の心には太陽のように明るい光が差し込んでいた。

宿に帰ったがティアはまだ仕事らしい。王族ってハードワークだよな。先に湯を使うように言われたので、悪いと思ったが入らせてもらった。

体調が良くなかったのでしばらく湯船に浸かるのは控えていたけど、今日はエルビスとダリウスが介助に付いてくれるらしい……エロいこと抜きで。エルビスは信じられるけど、ダリウス……！

「なんだよ、その顔は」

「いや、なんて言うかさぁ」

「いくらなんでも、弱ってるお前を襲う程酷《ひど》い男じゃないぞ。命がかかってたら別だけどな」

「ははっ、そりゃそうだね。ごめん」

ゆっくりと湯を浴び、体を慣らしてから湯船に入った。体が冷えていてお湯を熱く感じたけど、温度はいつも通りだという。浄化は休んでいるのに、なかなか回復しないな……

俺はチュニック型の浴衣《よくい》を着ていて、二人はハーフパンツのみだ。それだけでも穿《は》いているのは「エッチしない」という意思表明らしい。

「ああ～！　湯に浸かるの何日振りだろう～！　最っ高に気持ちいい～」

あちこち踏ん張りの利かない俺を、ダリウスが背後から抱いて固定してくれているので、沈む心配はない。

エルビスは俺の肩に湯をかけ、絹布《けんぷ》で体を擦《こす》ったり足を揉《も》んだり、いそいそと世話をしてくれる。俺の世話が生き甲斐だと宣言されているので、甘えて身を任せた。

「弱った体で湯に浸かるのは危険ですからね。今日はたくさん歩かれたので、足をしっかりマッサージしましょう」

「俺もマッサージしてやろうか？　ん？」

「ダリウスはスケベに走りそうだからなぁ～」

「ははは っ！　確かに我慢できなくなりそうだ」

「それにしてもさ、自然回復だとかなり時間がかかるってことが分かったな。力の使い方には気をつけないと」

ヤケクソで力を使ったのは反省だ。

「本当です。とても心配しましたよ」

「治療院で浄化した夜はピクリとも動かねぇで寝てるし、死ぬんじゃないかと思ったぜ」

「目が離せなくて、半べそのダリウスと二人で、一晩中起きていたんですよ」

「半べそって言うな」

ダリウスが笑いながら突っ込んでいるが、この男にそんな顔をさせたなんて。

「ごめん」

「お前のせいじゃないだろ？　グラントの野郎、俺もぶん殴りたくなったからな。それに、敵の策にまんまと嵌《は》まったのもムカつく」

「そいつら、まだクードラに潜伏してると思う？」

「顔の割れてない仲間がいるなら、残党がいるかもしれない」

当然、仲間が複数いる可能性のほうが高いよな。ティアも、噂をばら撒《ま》いた奴は最低二人って言っていたし。

やっぱり早く元気になりたい。動けない俺が足を引っ張ることになりかねないもんな。

「あのさ。ティアが誰と最初にエッチするか選べって言ってたんだけど、二人もそれでいいのか？」

俺が聞くと、二人は顔を見合わせた。

「私達はあなたの意思が一番大事です。だから、無理強いはしないと決めました」

「エリアスは、前回やりすぎたって反省してたぞ？　あ、これは内緒だぜ」

苦笑するダリウスの顔を見て、ああ、と思い出す。あれか、俺のオレ拘束事件……

「私も抗議しましたよ」

「ふふっ。反省してるなら許してやるか～」

冷えた体が温まると、ダリウスが俺を抱いて風呂から出してくれた。

「自分で歩いても大丈夫だと思うけどな」

「ダメだ。転んだらどうする」

そう言われても……ドキドキしているのは俺だけ？　裸同然なのに、二人は全然気にならないのか？　ダリウスなんか、ほんの数日前にエッチして、俺はこの腕に抱かれて何度も……

うう、考えちゃダメだっ！

洗い場の寝椅子に座らされ、エルビスが俺の体に触れてチェックする。

「だいぶ温まりましたね。お力を使って無理をするとすぐに体が冷えてしまうので心配です」

全くエッチな動きじゃないのに、二人の濡れて輝く褐色《かっしょく》の肌がエロい。

慌てて別のことを考えて気を紛らわしていると、二人が石鹸《せっけん》で俺の体を洗い始めた。

「二人がかりなんて贅沢《ぜいたく》だなぁ」

「そうだ。俺様が奉仕するのはお前だけだぜぇ？」

ダリウスが石鹸《せっけん》をつけた手で足指の間を一本ずつ指で洗う。太くて節くれだった指がくすぐったいけど、それより動きがエロい。

「ダリウス、くすぐったいから、それしなくていい」

「そうか？　気をつける。エルビスに、末端は冷えやすいからマッサージしながらしっかり洗えと言われたんでな。これならくすぐったくないか？」

言いながら、今度はめちゃくちゃ優しい動きで洗ってくれる。

そんな気遣いされたらときめいてしまう！

というか、その……愚息が元気になりかけているっ！　二人は平然としているのに、俺だけエロい気分になって恥ずかしい。バレないようにさりげなくチュニックの裾で股間を隠す。

エルビスはエルビスで、手の指先から二の腕にかけてマッサージしてくれている。細くて繊細な指の動きは滑らかで、なおかつ絶妙な力加減だ。

気持ちいいよ、もちろん気持ちいいんだけど。

必死に耐えているのに、足指を終えたダリウスが、今度は足首からふくらはぎにかけて下から上にスルリと撫でる。

「ふっ……んんっ」

「ジュンヤ、元気だな？」

大きな手が内腿《うちもも》を撫でて、思わずぴくりと反応してしまった。

「い、言うなよっ！」

「抱いてやりたいが、元気になるとすぐに無茶するからなぁ」

「ジュンヤ様、マッサージが気持ちいいんですね？」

「そうだよ……二人の手が気持ちいいのが悪い……」

もじもじと座り直し、そこを両手で覆い隠す。

「もういいから、部屋に帰る」

こういうのは生理現象と割り切って部屋で抜こう。

「そうですね、お部屋でシて差し上げます。ここでは逆上《のぼ》せてしまいますからね」

……エルビス？　すっごくいい笑顔だけど、シちゃダメらしいよ？

「でも、まだダメだって……」

「ご奉仕は禁止されていません」

「そういえばそうだな、うん。お前もこのままじゃ辛いだろ？」

ダリウスまで同意している。

「一人でスるからいいって」

「私にお任せを。ダリウス、お前は先日ジュンヤ様といただろう？　今日は私の番だ」

あのさ、エルビス。俺への対応と違いすぎるよ？

「なんだよ、ずるいぞ！」

「お前はジュンヤ様をっ、ゴホッ、んんっ！　……あれだ。もう十分だろう？」

「ジュンヤならいくらだって舐《な》め回せるわ！」

な、舐《な》め……っ⁉

「ふん、私のほうがお前以上にご奉仕できる自信がある」

エルビスが無双モードにっ！　しかもこのままだと本気の喧嘩になりそうだっ！

「二人共、落ち着けって！」

「ジュンヤ様、本音を言ってもよろしいですか……？」

今日のエルビスは目つきとか妙にエロいんだけど、気のせいかな。

「う、ん。いいよ。何？」

「私は、私は……ジュンヤ様に隅々までご奉仕したいんです。その、時間をかけて、ですね。ダメ、ですか？」

「ご、ご奉仕って、あの、それってエッチなほう？」

「エッチなことが、したいんです……！」

エメラルドの瞳がうるうるして……俺、この目に弱いんだ。ダリウスも、いつもと違うエルビスの様子に戸惑っているみたいだ。

「エ、エルビス……」

お願いは聞いてやりたいけど、ダリウスはどうしよう……

「仕方ねぇ……エルビスに任せるわ」

「えっ⁉」

「エルビスが二人きりの時も抜け駆けしてねぇのは知ってる。だから、今回は引いてやる」

「ダリウス、いいのか？　私が……」

「いいって言ってるだろ？　俺は先に出るっ！」

そう言うと、ダリウスはさっさと浴場を出て行ってしまった。うそ、あのダリウスが。そして、エルビスと二人きり……

「ジュンヤ様。私が触れるのはお嫌ですか？」

「イヤじゃないっ！」

とっさに返事をしてしまって恥ずかしい。でもさ、正直に言うと『抜く』んじゃなくて、『シたい』んだ。

「部屋で、シて？」

「は、はいっ！　さぁ、お体を拭きますね？」

エルビスが珍しく慌てて俺の体を拭く。自分で拭こうとしたら、役得だからダメだって言うんだ。本当にエルビスは……可愛いよな。

エルビスは俺を抱いて浴場を出ると、足早に部屋に戻った。それを見たノーマとヴァインは何かを察したのか、エルビスに任せると言って出ていく。俺の侍従、優秀すぎるんじゃないですか⁉

ベッドに押し倒され覆いかぶさってくるエルビスだが、やけに切羽詰まっている感じだ。

「ジュンヤ様っ！　私はずっと触れたくて……こんなに強引に、申し訳ありません」

珍しく食い気味に迫るエルビスの首に手を伸ばし、引き寄せる。

「エルビス、どうした？　いつもと違うよ？」

声をかけると強く抱きしめてきた。それは性的なものではなくて、子供が縋《すが》りついてくるような。そっと背中を撫でる。

「ジュンヤ様の目が覚めない間、怖かったんです……怖かった……今度こそ失うのではと、一瞬たりとも目が離せなかったのです。グラントと話した後にあなたはまた倒れて。何もできない自分が不甲斐ないです。ジュンヤ様がいなくなったら、生きていけません……」

そうか。ごめん。ごめんな。

ついに泣き出してしまったエルビスの頭や背中を優しく撫で続ける。もしかして、エッチがしたいと言ったのは辛い気持ちを誤魔化すため？

「ごめんな。俺が無茶したせいで、不安だったよな」

「うっ……うぅ……も、う……倒れるのを、見たくない、です。浄化をやめてほしいと思った、自分が嫌いです」

「うん、うん。俺も、心配させないようにもっと強くなるからな」

「ジュンヤ様の、せいでは、ないです。周りが、悪いん、です。これは、私の勝手な、想い、です……」

しゃくり上げながら必死で訴えるエルビスが愛おしい。

「エルビス。大事にしてもらえて嬉しいよ。ありがとう。大好きだよ」

こんなエルビスを初めて見た。これまでも何度も心配させて涙を流させてしまったけど、今みたいに大泣きなんてしなかった。それほど心配させてしまった……

大事な人をこんなに泣かせてしまって、俺はバカだ。信念を貫こうとするあまり、周囲が目に入ってなかったな。泣きやまないエルビスをひたすら抱きしめ撫で続けた。

「すみません……」

ようやく顔を上げたエルビスは、見たことがないほど酷《ひど》い顔になっている。それがかえって愛しい。涙を唇で吸い取ると、それさえ甘かった。

「ジュンヤ様っ！　汚いですっ」

逃げようとするエルビスをホールドして涙を舐《な》め取る。

「だ、め、でっ、んんっ……」

俺はエルビスに強引にキスし、自分から舌を差し入れた。逃げないで……

「ん、んぅ、は……」

「俺にもいつも言ってくれるだろう？　エルビスだって汚いところなんかない。もっとキスしよ……？」

「待って、ください。少し、顔を洗ってきますっ」

ん、気持ちは分かるから仕方ない。

「分かった……早く戻ってきて」

仕方なく腕を緩めると、エルビスはダッシュで隣室へ行き、また猛ダッシュで戻ってきた。それはいいのだが、なぜかベッドサイドに突っ立っている。

「なんだよ。早く、ここ！」

俺が隣を叩くと、おずおずとベッドに上がり抱きしめてきた。

「もうその気じゃなくなった？」

「まさか！」

「ふふっ、良かった」

「あなたが確かに私の腕の中にいることを確かめたい。この手で、唇で、全てで感じたい」

もう涙は止まっていたけれど、涙の余韻が残ったその顔は、俺の全てが欲しいと言っている。

「いいよ……ううん、違う。お願いだから、エルビスが納得するまで確かめて」

「ジュンヤ様……お覚悟を」

一瞬、エルビスの瞳がぎらりと光った。


——ピチャ……ピチャ……クチュ……

足元から、いやらしい水音が絶え間なく聞こえてくる。

「エルビス、そこは、やだぁ……」

「確かめていいと仰いました」

全身を隅々までエルビスに舐《な》め回された後、今は一番恥ずかしい孔《あな》を指で掻き回し舐《な》められている……

「あっ……あぁう……はぁ、あんっ！　ひゃうっ」

「はぁ……ジュンヤ様は汗も美味しいですが、蕾と精液が一番美味です」

「あっ！　やぁ……舌、挿《い》れちゃ、んあぁ！」

熱い舌先が後孔を抉《えぐ》り、体内を舐《な》め回される。エッチな交玉の効果で羞恥心は綻《ほころ》び、思考が快楽に蕩《とろ》けていた。そんな状態でエルビスに隅々まで愛されたら、淫《みだ》らになるのは仕方ないと思う。

「ふふ、気持ち良さそうで嬉しいです」

ナカのいいところを何度も指でトントンと刺激され、体が勝手にビクビクと跳ねる。

耐えきれずに自分の陰茎に手を伸ばすが、エルビスに阻まれた。

「ダメです。それも私のものですよ。一人でシてはいけません」

「そんなぁ。じゃあ、エルビスがシて……触りたい……」

張り詰めたそこはもう限界寸前だが、刺激が足りなくてイけない。焦らさないでほしい！

「ジュンヤ様はエッチで可愛いですね。こっちも舐《な》めてほしいんですか？　どこをどうしてほしいのか、教えてください」

「エルビス……お願い、俺の……舐《な》めて」

エルビスは嬉しそうに笑うと、俺の陰茎をパクリと口に含んだ。うっとりと蕩《とろ》けた表情で俺のを咥《くわ》えている。それがとてつもなくエロくて目が離せないし、興奮してしまう。

こんなのやばい、すぐイキそうっ！

必死で耐えていると、様子を窺《うかが》うような目と視線が絡み合った。そしてソレを咥《くわ》えたまま、エロい顔で笑う……

「～～っ！　も、イクッ！　や、イッちゃうぅ！　っ～！」

ビクビク震えながらエルビスの口の中でイッてしまった。早いことは分かっているけど、エロい顔にやられてしまったんだ。

「はぁっ、はぁ、あぁ……」

イッたばかりだけど、奥に欲しい……あの太い陰茎に串刺しにされ、メチャクチャに揺さぶられて、ナカに熱い精液をたっぷり注がれたい……

「エル、ビス。ナカに、来てくれ……」

「ジュンヤ様……私も挿《はい》入りたいです」

「もう、我慢できない。頼むから、最後までシて。怒られたら、俺が守るから」

絶対に怒られると分かっている。でも、抱いてほしい。

エルビスも決意した表情で頷くと、服を脱ぎ捨てて俺の左脚を抱えた。

「罰を受けても構いません。私も限界です。もう協定なんかどうでもいい。今日は、私があなたを独り占めにします」

性急に、熱くて太い先端が潜《もぐ》り込んでくる。時間をかけて愛され蕩《とろ》けたそこは、エルビスを悦《よろこ》んで迎えた。腰を前後に動かしながら徐々に奥に入り込んでくるエルビスが堪《たま》らなく気持ちよくて、つい締めつけてしまう。

「くっ、あまり、締めないで、ください」

「はっ、はっ、そんなの、無理ぃ、ううっ…ああ、ふぅ」

「痛く、ない、ですかっ?」

「ない。んっ…きもちぃ。もっとシていいよ……」

「いやらしい顔も可愛い……愛しています。お望み通り、いっぱいシてあげますね？」

「エルビスでいっぱいに、し、あぁっ！」

一気に奥まで突き上げられ、体がずり上がる。すかさず腰を掴んで引き寄せられて、力強い抽送《ちゅうそう》で攻め立てられた。

「可愛いことを仰るから、加減できませんっ」

「しないで……っ」

もう、お互いの荒い息遣いしか聞こえない。繋がって、何度もキスして、唾液も注いでもらう。口腔《こうこう》も舐《な》め回され、下からも突き上げられた。上も下もいやらしい孔《あな》になって、エルビスの思うままに犯されるのが嬉しくて堪《たま》らない。陰茎も同時に責められ、弱いところを散々擦《こす》られた後、ついにエルビスが最奥を開いて入ってきた。

「あぁう……」

「辛いですか？」

「ちが……いぃ」

「ダリウスがここの悦《よ》さを教えたんですか？」

ギラギラと獰猛《どうもう》な眼差しで見下ろすエルビス。こんなエルビス、見たことない。

嫉妬、か？　エルビスが嫉妬で理性を飛ばしたら、どんな風に俺を抱くんだろう。

「そう。ダリウスに、教えられた……あいつの形になるまで、された」

エルビスはどうする?

挑発するように自分の唇をペロリと舐《な》めると、エルビスは俺の両足を肩に担《かつ》いで腰を引き上げた。

「うっ! あっ!」

猛烈に突き上げられ、全身に電流のような快感が流れて声が抑えられなくなる。

「あっ、あ〜っ! あっ、ひぅっ! ま、てっ、ゆっく、あうぅ!」

最奥をしつこいくらい擦《こす》られる。いつもと違う激しい動きに翻弄《ほんろう》される……

「ダリウスなんか、忘れさせます。ここは、私の形に書き換えます」

エルビスの力が、はいってくる……すき、エルビス、すき。気持ちいい……

自分でも何を言っているのかもう分からない。分かるのはエルビスが大好きだってことだけ。はしたない声を上げ続ける俺の顔中にエルビスのキスが降ってくる。

「あ、も、待って、無理。イッ、ちゃう……!」

「我慢しないで、イッてください」

ビクビクと痙攣《けいれん》しながら絶頂を迎えた。そんな俺を、エルビスは満足げに見下ろしている。

「素敵ですよ、ジュンヤ様」

「エルビス……名前、呼び捨てがいい……」

敬称は、ほんの少しだけ壁を感じるんだ。

「しかし」

「俺達、恋人だろ……? 名前呼びながら、ナカに欲しい」

「……ジュンヤ」

躊躇《ためら》いながらも呼び捨てにしてくれて、想像していた以上に嬉しかった。

「もっと」

「ジュンヤ……私の、ジュンヤ」

「そうだよ。俺は、エルビスのだよ。ずっと一緒にいるからな」

エルビスは俺を抱き上げ、繋がったまま対面座位の姿勢になる。褐色《かっしょく》の胸元に縋《すが》りついて顔を上げると、情念の籠《こも》った視線が注がれていた。

「何？」

「ジュンヤが淫《みだ》らに喘《あえ》ぐ顔をずっと見ていたい……」

そう言うと、堰《せき》を切ったように何度も俺の名前を呼びながら突き上げを再開し、俺も身を任せて揺さぶられる。弱って冷えていた体が熱を持ち、汗が一筋、背中を流れた。

「あぅ、ああっ」

「愛してる、ジュンヤ」

ぎゅっと抱きしめられた時、最奥に熱が注がれ、エルビスのチカラが体の隅々まで広がっていくのを感じた。

二人で横たわってキスを繰り返しているうちに、回復したエルビスに再度挑まれる。もちろん、拒んだりしない。何度も交わり最後の熱い迸《ほとばし》りを受け止めると、エルビスを締めつけて痙攣《けいれん》しながら、この日一番の絶頂を迎えた。

「エルビス……大好き……」

お互いのあらゆる体液でドロドロの体を抱きしめ合い、余韻に浸る。

「だいすき……」

「ジュンヤ様、私も大好きです」

……もう『様』に戻っちゃった。

意外と逞《たくま》しい腕の中にすっぽり収まり、心身共にエルビスで満たされて、俺は眠りについた。

ｓｉｄｅ　エルビス

私は、クードラに着いてから毎日不安に駆られている。ケローガで二人神子《みこ》の告示があるまでジュンヤ様はずっとぞんざいに扱われてはいたが、これほど酷《ひど》くなかった。

それに、マヤト大司教の尽力もあり、ケローガでは浄化後も比較的安定していた。ナトルの件は別だが……あの時はジュンヤ様に限らず、殿下やダリウス共々、冷静ではいられなかった。

思い起こせば、神子《みこ》降臨以前の殿下は感情を捨てた人形のように淡々と公務に臨《のぞ》んでいて、幼少期を知る私は痛々しく思っていた。王妃のレイブン妃は、殿下の母君が陛下の寵愛《ちょうあい》を受けていたからか殿下への風当たりが強く、幼い頃から躾《しつけ》と称した厳しい指導をしていた。

私が侍従に付いてから、殿下が武者修行としてバルバロイ領で過ごしていた時期がある。その頃には既に大人しいどころか無表情で、私はずっとなんとかして差し上げたいと思っていた。

武者修行の間はバルバロイ公爵家に滞在することになり、そこでダリウスと出会った。あいつは殿下を強引に連れ出し、勉強や鍛錬《たんれん》をサボって遊びに行ったり、男と悪い遊びをしたりと、よく困らせてくれたものだ。殿下は気が紛れたようだが、奴はダメだ！　いつの間にか殿下を脱童貞させていたり、とんでもないことばかりしでかしていたのだ。

あぁ……大変だった！　あのバカを何度お仕置きしたことかっ！

殿下は今では立派になられたが、ジュンヤ様が絡むと冷静さを失ってしまうようだ。それは私も同じだから何も言えないが……おっと、思い出すとつい思考がブレてしまうな。

今は、ジュンヤ様のことだ。この街は驚く程ジュンヤ様に反発しており、何か工作をされているようだった。ジュンヤ様は健気に耐えているが、常に気が抜けず、精神的疲弊《ひへい》は大きいだろう。それでも行動で示すと言って精一杯頑張っておられる。

そこへ更に、ダリウスの元婚約者グラント殿が引っ掻き回しに来た。ダリウスが過去について正直に話していたのは驚いたが、ジュンヤ様が凛《りん》としてグラント殿を退けたのは痛快だった。

しかし、その後も困難は続く。治癒と浄化でようやく納得する者はまだいい。アユム様の魔石のおかげではと疑う者のせいで、ジュンヤ様の笑顔が次第に硬くなっていく。周到に作られた笑みだが、侍従や騎士達はずっと心配していた。

そんな時に起こったのが、鍛冶屋通りでの無茶な浄化だ。貼り付けたような笑みで淡々とこなしておられたが、顔色がどんどん白くなり、心を閉ざしておられて、声をかけてもお気づきにならない。突然体が傾ぎ、ダリウスが抱き留めた。

それでやっと休憩させられると思ったのに、グラント殿……いや、心の中では呼び捨てでいいだろう。ダリウス以上に凍らせたいと思った相手は初めてだ！　とにかく、グラントが我々を更に苛立たせた。

普段穏やかなジュンヤ様が、グラントの行いを淡々と非難し、ご自身と神兵の尊厳をお守りになった。しかし、無理が祟《たた》ったのか、糸が切れたように倒れてしまわれた……

私とダリウスは万一に備え、常にお傍に侍《はべ》っていた。眠り続けるジュンヤ様の髪をダリウスは撫で続けている。

「あんな作り物みたいな笑顔……初めて見たな」

ダリウスがジュンヤ様の美しくも疲れの滲《にじ》む寝顔を見つめて、ポツリと零した。

「ああ。社交辞令の笑顔も知っているが、今日のはとても……悲しい笑顔だった」

「俺はあんな顔もう見たくねぇ。でもよ、ユーフォーンで出回る噂とやらを聞くと、また辛い思いをさせるんだろうな……」

「我々がお心を守って差し上げるしかないだろう？」

「そうだな。分かってるが、こいつにはいつも笑っててほしいんだよ。……俺も覚悟を決める時だな。兄上との衝突は、避けては通れねぇだろうし」

無神経男にも人間らしいところがあるらしい。――いや、ジュンヤ様によって、これまで隠れていた部分が露わになったのかもしれない。

私達は青白い顔で眠るジュンヤ様を見つめていた。握った手の冷たさに胸がぎゅっと締めつけられる。

「お前、大丈夫か？」

「何がだ？」

「お前もぶっ倒れそうな顔してる」

「私は……私はただ、ジュンヤ様を守りたい。それだけなんだ」

上手く言葉が出てこない。今の気持ちをどう表現すればいい？

言葉が続かず黙ってジュンヤ様を見つめていると、肩をポンポンと軽く叩かれた。ダリウスもまた無言だが、無理して言葉にしなくていいという意味だろう。

ダリウスが私にこんな態度をとったことはない。やんちゃでおバカなエロ団長。散々私を困らせてきた悪戯《いたずら》坊主が、私を気遣える男になっていたのだと、はたと気がついた。

「目を覚ますよな？」

「マテリオは大丈夫だと言っていた。万一の時はご意思に関係なく抱かせていただくしかない」

「……それは嫌だな。俺は、恥ずかしがって、それでも欲しがってくれるあの目が見たいんだ」

「そうだな。私もだ……」

私達は一晩中交代しながらキスで力を流した。殿下も仕事の合間に現れてはキスしていった。殿下も片時も離れず一緒にいたいに違いないが、ジュンヤ様を守るために奔走《ほんそう》しておられる。

「殿下、お眠りになっていますか？　仮眠でもいいので寝てください」

「そなた達も寝ていないだろう？　ジュンヤはどうだ？」

「ピクリとも動きません。時折体勢を変えて差し上げないといけないほど深い眠りです」

「……二人共、聞いてくれ」

殿下はベッドサイドに腰かけ、布団の上からジュンヤ様の脚をそっとさすりながら話し始めた。

「ジュンヤを回復させるのはある意味簡単だ。だが、私は当面回復させないほうがいいと思っている」

「なんでだ。そりゃあよ、今は意識がねぇから無理やり抱くことになっちまう。できればシたくないが、早く元気になったほうがいいだろう!?」

ダリウスは大声を出しかけたが堪《こら》え、静かに反発した。私も納得できない。キスだけで回復させようとしたら、一体何日かかるか分からない。

「ジュンヤの魔力量は凄《すさ》まじい。だから我々はすぐ治癒も浄化もと、麻痺していなかっただろうか。少なくとも私は、ジュンヤなら大丈夫だと思い始めていた」

その言葉でハッとする。確かに、マテリオ達神官は一日何人と決めて治癒をしている。ダリウスも私と同じらしく、考え込んでいた。考えるまでもなく、ジュンヤ様は神官達の何倍もの患者を癒《いや》しているのだ。

「確かに、そうですね」

「ジュンヤは神子《みこ》だが、人だ。奇跡の力に頼りきりになっていた私達も猛省しなければ。何より、ジュンヤ自身が己の限界を知り、自制できるようになってほしい」

殿下の言葉には、ジュンヤ様への強い想いを感じた。

「殿下のお言葉に従います」

「俺……私も、殿下のお心に従います」

その後しばらく、今後について三人で話し合った。民にも、ジュンヤ様がいかに犠牲を払っておられるのか知ってほしい。彼の、人を救いたいという崇高な心も。

「私は明日……いや、もう今日か、やることがある。そなた達はここでジュンヤを守ってくれ。頼むぞ」

「「御意にございます」」

私達は跪《ひざまず》き臣下の礼をとって、出ていく殿下を見送った。


その後、ジュンヤ様の名誉を回復しようと獅子奮迅《ししふんじん》の勢いで働いていたマテリオが、最大級の魔石を美しく加工していたことを知った。ジュンヤ様でさえ簡単には充填《じゅうてん》を為《な》し得なかった、空恐ろしい輝きを放つ魔石だ。

七色に発光し、表面を虹のごとく様々な色が揺らめくのだ。ほとんど採掘されないサイズのため、余程のことがない限り使用しない手はずだった。

マテリオはそれを金細工で加工し、神々しさを最大限に引き出していたらしい。

あれを持ち出したマテリオの心情を想像する。あの男は、決して怒鳴ったり八つ当たりしたりしない。冷静というより、感情が欠落した男だと私は思っている。そんな男が、門外不出とも言える魔石を神殿で使用した。

巡行メンバーと日常会話すらろくにしない男が、ジュンヤ様の浄化が命懸けであると、人々に滔々《とうとう》と語ったそうだ。グラントがジュンヤ様を悪し様《あざま》に責め立てた時は、攻撃的魔法を持たないマテリオから強烈な圧力を感じた。頭上から見えない何かに押さえつけられたような、あまり覚えのない感覚だった。

そういえば、召喚後なら神子《みこ》は清らかでなくても構わないのだと我々に明かした時、マテリオは『ジュンヤ殿をメイリル神の化身と崇拝しております』とはっきりと告げた。そして、彼が巡行に同行すると決まって酷《ひど》く嫌そうな顔をしたダリウス……

そうか。そういうことなのか？　本人に自覚はないようだが、あれは崇拝ではないのでは？

一つの仮説に辿り着いたが、沈黙を守ろうと思う。ジュンヤ様は奴に友として接しているし、ライバルを増やす必要はない。

ダリウスと取り留めのない話をしながらお傍に侍《はべ》り続け、二日目の朝。ジュンヤ様が目覚めた時には安心して泣きそうだった。また眠りに落ちてしまうのではと思うと、一時も離れたくなかった。目覚めたばかりなのに鍛冶屋通りの治療院を心配するジュンヤ様に、殿下は訪問を許可してくださった。同時に、私は神子《みこ》の権威を示せと命じられた。

ノーマとヴァインにも下命を伝え、ジュンヤ様がもっと美しく見えるよう、私達は全力を尽くした。黒を纏《まと》う美しく神々しいジュンヤ様。私のジュンヤ様は美しい。美しいだけでなく愛らしい。

時に凛々《りり》しく、時に淫《みだ》らに身をくねらせるジュンヤ様……

美しくて美しくて可愛い可愛い可愛いかわいいいかわいい……！

――しまった。少々妄想に耽《ふけ》ってしまった。幸い二人には気づかれていない。こんな時、いかなる時も平静を装う訓練を受けていて心底良かったと思う。

鍛冶屋通りの工房に着くと、大勢が待ち構えていた。その中には、ジュンヤ様に反発していた者も、浄化した患者も含まれている。護衛達も気を張り詰め、緊張感に息が詰まりそうだった。

だが……諦めなかったジュンヤ様の努力は実を結んでいた。研磨職人ボランが代表して謝罪と感謝の言葉を述べ傅《かしず》いた。身をもって浄化を体験した彼らから、ついに信用を勝ち取ったのだ。

ジュンヤ様の目には喜びの涙が溢れ、微笑みながら涙を流すお姿は清らかで美しかった。

工房では、マテリオと魔石の選定をなさっていた。我々は邪魔をしないように見守っていたのだが、ジュンヤ様とマテリオは、軽口を言い合える気の置けない関係になっているようだ。口調も砕けていて、私もあんな風になれたらと思ってしまった。

工房を後にする直前、ジュンヤ様が何気なく魔石に浄化を込められた。奇跡のように不思議な輝きを放つ魔石を見た職人達は、畏敬の念を抱き平伏した。

その瞬間、これで流れが変わると、確信した。一朝一夕では困難だが、彼らが真実を話していけば、必ずや好転するはずだ。

宿へ戻ると、ジュンヤ様のご入浴をダリウスと共に補佐することになった。正直言ってダリウスはいらない。邪魔だ。とはいえ、そもそも遠慮という言葉を知らないお坊ちゃんだから仕方がない。

ジュンヤ様に負担をかけないという約束をして、お傍に付く。まだ回復しきっていないお体は、わずかな魔力の使用でもダメージを負うのか、ひんやりと冷たかった。特に指先は冷たくなるので、ダリウスには念入りにマッサージするよう伝えてある。

いざお世話を始め、我々は必死で我慢していたのだが、ジュンヤ様のほうが反応しておられた。嬉しいが、まだ回復はしないとの約束がある……！

気づかないフリをしながらお身体を洗った。しかし。

「ふっ……んんっ……」

可愛らしいお声に反応しないよう、脳内で侍従心得を唱える。

「ジュンヤ、元気だな？」

おい、ダリウス！　気づかなかったことにできないのか!?

そう思うが、ダリウスに内腿《うちもも》を撫でられてピクピクと反応し、真っ赤になって声を殺している姿が可愛らしい……私達の手が気持ちいいからなんて、言い訳も可愛くて仕方がないです！

「もういいから、部屋に帰る」

そのほうが良さそうだ。それに、最後までシてはいけないだけで、ご奉仕は構わないのでは？

そうだ。こんな状態ではお苦しいだろう。うん。

「そうですね、お部屋でシて差し上げます。ここでは逆上《のぼ》せてしまいますからね」

ご奉仕させていただきたいのだっ！　いつでも何度でもいつまでも。

しかし、ジュンヤ様は羞恥心が強く、なかなか許可をくださらない。しかも一人でスると言う。

なんともったいない。一滴残らずいただかなくては。私は邪魔者を排除しようと決意を固めた。

「私にお任せを。ダリウス、お前は先日ジュンヤ様といただろう？　今日は私の番だ」

あの悩ましい美しさがこいつのせいだったと思うと腹立たしい。私だってジュンヤ様を癒《いや》して差し上げたいのだ。

「なんだよ、ずるいぞ！」

「お前はジュンヤ様をっ、ゴホッ、んんっ！　……あれだ。もう十分だろう？」

「ジュンヤならいくらだって舐《な》め回せるわ！」

それには同意する。しかし、私はジュンヤ様が清拭《せいしき》の際に背中を拭かれるとピクリと反応してしまうことや、脇腹が弱いことなど、全部全部知っている！

「ふん、私のほうがお前以上にご奉仕できる自信がある」

この手で直接肌に触れ、ジュンヤ様の命を、熱を感じたい。こうしているだけでは足りない。侍従としてではなく、恋人として肌に触れる。それが私にとって最も重要なことなのだ。私はなんと強欲になったのだろう。

「仕方ねぇ……エルビスに任せるわ」

「えっ⁉」

突然ダリウスが引いた。なぜ？　嬉しいが、驚きで上手く言葉が出ない。

「エルビスが二人きりの時も抜け駆けしてねぇのは知ってる。だから、今回は引いてやる」

「ダリウス、いいのか？　私が……」

いつもジュンヤ様のお傍にいる私を疑っているとばかり思っていた。だが、この男は冷静に観察していたのか？　いや、違う。信頼されているのだ……

浴場を後にするダリウスの背中を見守る。捻《ひね》くれた我儘《わがまま》御曹司と思っていたが、ジュンヤ様との出会いでこれほど変わるとは。

ジュンヤ様に服を着せて抱き上げ、部屋へ向かう。自分では平静を装っていたつもりだが、ノーマとヴァインがそそくさと退室し、上手く演技ができていなかったことを悟った。しかし、もう体裁など気にしていられない。

私も触れたい。キスだけでは足りない。私の奉仕で、蜜色の肌が薔薇《ばら》色に染まるのが見たい。

夢中でのし掛かってしまい、ジュンヤ様が驚いて私を見上げている。滑らかな肌には温もりが戻っているが、不意に、昏睡状態だった二日間が脳裏をよぎった。どうしたというんだ……愛して差し上げようと喜び勇んでここまで来たというのに。

「ジュンヤ様っ！　私はずっと触れたくて……こんなに強引に、申し訳ありません」

心配そうに見上げるジュンヤ様が頬に触れてくれた。……温かい手だ。

「エルビス、どうした？　いつもと違うよ？」

感情を言葉にできず抱きついてしまった。ジュンヤ様が背中を優しく撫でてくださる。

「ジュンヤ様の目が覚めない間、怖かったんです……怖かった……今度こそ失うのではと、一瞬たりとも目が離せなかったのです。グラントと話した後にあなたはまた倒れて。何もできない自分が不甲斐ないです。ジュンヤ様がいなくなったら、生きていけません……」

「ごめんな。俺が無茶したせいで、不安だったよな」

そうです、ジュンヤ様が悪い。こんなに心配させて！　でも、その信念もお守りしたいんです。

堪《こら》えきれない涙が溢れ、嗚咽《おえつ》を抑えようと努める。

「うっ……うぅ……も、う……倒れるのを、見たくない、です。浄化をやめてほしいと思った、自分が嫌いです」

「うん、うん。俺も、心配させないようにもっと強くなるからな」

ついに感情を抑えられなくなり、声を上げて泣いてしまう。それでも想いは伝えたい。

「ジュンヤ様の、せいでは、ないです。周りが、悪いん、です。これは、私の勝手な、想い、です……」

「エルビス。大事にしてもらえて嬉しいよ。ありがとう。大好きだよ」

優しい声と優しい手に甘え、しばらく抱き合っていた。どれくらいそうしていたのか分からない。

でも散々泣いて、心の澱《おり》は涙と一緒に流れていったように感じた。

その時、ジュンヤ様が私の涙を舐《な》め取った。

「ジュンヤ様っ！　汚いですっ」

逃げようとしたが阻まれ、目元を、頬を熱く濡れた舌で触れてくる。

「だ、め、でっ、んんっ……」

ジュンヤ様にキスされ、滑り込んできた舌が私の舌を優しく撫でる。

ああ……ジュンヤ様……

「ん、んぅ、は……」

「俺にもいつも言ってくれるだろう？　エルビスだって汚いところなんかない。もっとキスしよ……？」

「待って、ください。少し、顔を洗ってきますっ」

これでは格好悪すぎる！　大慌てで顔を洗い鏡で確認すると、酷《ひど》い顔をしていた。こんな姿を見せたことなどないのに恥ずかしい。

戻ったものの、気まずくてベッドサイドで立ち竦《すく》んでしまう。

「なんだよ。早く、ここ！」

隣に来るようベッドをトントンと叩くジュンヤ様。

なんて可愛いお誘いなんだっ！　誘いに応じてベッドに上がり、そっと抱きしめた。

「もうその気じゃなくなった？」

「まさか！」

「ふふっ、良かった」

ジュンヤ様が微笑む。あなたは、臆病者の私にいつも手を差し伸べてくださる。いつも、もう一歩踏み出していいのだと勇気をくれる。

今も、私の身勝手な欲求に応え、全てを与えてくれるという……

「ジュンヤ様……お覚悟を」

ジュンヤ様は納得するまで確かめていいと仰った。だから、欲望のままに触れてしまおうと決めた。

ジュンヤ様は比較的体毛が薄い。そのせいか、どこもかしこもすべすべで手触りは最高だ。首筋に鼻先を埋め、芳醇《ほうじゅん》な香りを吸い込む。舌を這わせ、じわりと滲《にじ》んだ汗を味わった。そうするとジュンヤ様の力が流れ込んでくる。鎖骨のくぼみを舌で辿り、忙しなく上下する胸を飾る尖《とが》りを口に含んだ。

「勃《た》ってきましたね」

恥じらう姿が可愛くて、わざと音を立てて舐《ねぶ》る。甘噛みすると、ジュンヤ様はビクッと震えて背を反らした。

「あっ、や、噛んじゃ、だめっ」

「おや。嘘ですよね？　ちょっと痛いのがお好きで、噛まれながら先を舐《な》められるのもお好きですよね？　正直に教えてくれたらいっぱいシて差し上げます。それともやめますか？」

敢《あ》えて尖《とが》りを避けながら、両方の乳輪を指と舌で撫でさする。

「……なんで？　今日、いじわるだ……」

「心配させたからです。ねぇ？　教えてください」

「ううっ、早く、噛みながら舐《な》めてっ！　お願いだからっ」

可愛くおねだりしてくださったので、お望み通り甘噛みしながら舐《な》めさせていただく。ひくひくと震える体からは汗が噴き出し、素晴らしいスパイスとなって私を酔わせる。

「んん、きもちぃ、エルビス、好きだよ……」

「私も愛しています」

乳首を刺激する手は止めずに、舌を徐々に下へ下へと這わせる。形のいいへそに舌を差し入れると、ジュンヤ様がビクッと跳ねた。

「やっ！　なんでそんなとこ⁉」

「美味しいですよ？」

視線を感じて腹を舐《な》めながら見上げると、黒い瞳が羞恥と興奮に潤《うる》んでいる。視線を外さずに先走りでぐしょぐしょになっている肉茎をゆるゆるとさすると、ジュンヤ様はぎこちなく私から視線を逸らした。

もっと焦らすつもりがあまりの可愛さに我慢できず、愛しいジュンヤ様を喉奥《のどおく》まで頬張ってしまう。

「はぁぅ！　急に、だめぇ！」

知っています。ずっとイクのを我慢していますよね？　早く蜜をください。

「やばっ！　早いって！　イッちゃう！　はぁ、うぅ、ふぅ……」

あっという間に口中に溢れた蜜を飲み干すと、全身に力が流れ込んだ。

「ありがとうございます……ジュンヤ様、もっとシていいですか？　許してもらえます、か？」

「うう……ゆるすぅ……」

なんだかんだ言いつつ、やっぱり許してくださるのですね。遠慮なく、隅々まで堪能します。

ゆっくりと脚を広げ、愛らしい蕾を見つめる。先走りと香油で濡れたそこは、まるで自ら濡れそぼって私を誘うようだった。素早く交玉を奥まで挿入し、内部をほぐす。

もちろん、最後までシてはいけないと分かっている。しかし、ジュンヤ様の蕾がひくつき、ナカを愛撫されたがっているのが見て取れた。指でたくさんご奉仕しよう……

交玉の効果で潤滑油が溢れ始めたそこを愛撫しながら蕾の縁《ふち》を舐《な》めると、ジュンヤ様の手が伸びてきて私の頭を退けようとする。しかしその弱々しい抵抗に煽《あお》られ火がついた。肉茎と蕾を同時に責め立て、抵抗する気力もなくなるくらいの快楽に堕《お》とそう……

「エルビス、そこは、やだぁ……」

「はぁ……ジュンヤ様は汗も美味しいですが、蕾と精液が一番美味です」

「あっ！　やぁ……舌、挿《い》れちゃ、んあぁ！」

強欲に私を求めてほしい。そのためには理性を失わせるべく、丹念《たんねん》に愛撫を施した。ジュンヤ様の体は言葉とは裏腹に、私を誘うように身悶《みもだ》えている。いよいよ我慢できなくなったのか、自身を慰めようとするのを再び阻んだ。そして、口淫を懇願する言葉を引き出す。

私を求めてくれる喜びに打ち震え、口に含んで奉仕を始める。あなたに奉仕することこそ、私の生き甲斐です……！

焦らされ続けたジュンヤ様は、私の口内でいとも容易《たやす》く弾けた。最も尊い雫《しずく》に込められた力が私の体に染み渡る。

「エル、ビス。ナカに、来てくれ……」

達した余韻の残る、気怠《けだる》げで艶《なま》めかしい表情が私を誘う。

これはいけないことだ。二人と約束したのに。

ジュンヤ様は私達の協定を知っている。それでも繋がりたいと仰っているのだ。しかし、私は……

「もう、我慢できない。頼むから、最後までシて。怒られたら、俺が守るから」

私の愛しい人は、なんて格好いいのだろう。ここまで求められて拒むなど、恋人とは言えませんね。罰を受けても構わない。大切な人の望みを叶える以上の喜びがあるだろうか。

服を脱ぎ捨て性急に繋がると、熱くぬかるんだ内部が私を締めつけ絡みついてくる。

久しぶりに味わうジュンヤ様に溺《おぼ》れ、無我夢中で貪《むさぼ》ってしまう。その最中、私はダリウスが教え込んだであろう痕跡を最奥に発見した。奥の奥を貫かれて歓喜によがるなんて……エロ団長が！

更に、ジュンヤ様ご自身に「あいつの形になるまで、された」と挑発される。どんなに夢中になっても体格差を気にして加減してきたというのに、あなたは罪作りな人だ……

「あっ、あ～っ！　あっ、ひぅっ！　ま、てっ、ゆっく、あうぅ！」

煽《あお》ったのはあなたです。それに、そんなことを言いながら、私の腰に脚を絡めて、一緒に腰を振っている自覚はあるのですか？

もう手加減はしません！　ダリウスの痕跡を消すまでは。

「あ、も、待って、無理。イッ、ちゃう……！」

ジュンヤ様はあっという間に上り詰め、蜜色の腹に白濁が散る。ダリウスが残した痕《あと》を上書きできた暗い悦《よろこ》びを感じていた。

「素敵ですよ、ジュンヤ様」

「エルビス……名前、呼び捨てがいい……」

恍惚《こうこつ》とした表情でジュンヤ様が仰った。しかし、それは私にとって非常に高い壁だ。躊躇《ためら》う私に、ジュンヤ様が切なげに微笑む。

「俺達、恋人だろ……？　名前呼びながら、ナカに欲しい」

「……ジュンヤ」

思い切って口にすると、想像以上の愉悦を覚えた。

「もっと」

「ジュンヤ……私の、ジュンヤ」

「そうだよ。俺は、エルビスのだよ。ずっと一緒にいるからな」

あなたは簡単に、私の壁を壊してくれる……

繋がったまま抱き上げ、ピッタリと肌を合わせる。ジュンヤ様の顎《あご》を持ち上げて、視線を合わせた。

「何？」

「ジュンヤが淫《みだ》らに喘《あえ》ぐ顔をずっと見ていたい……」

抱き合ったまま突き上げを再開すると、ジュンヤ様の手が背に回された。好きにしていいという合図なのだろう。ジュンヤ様の目尻から、生理的な涙が溢れるのを舐《な》め取る。

「愛してる、ジュンヤ」

何度言葉にしても足りない。しかしこれ以上の言葉は見つからない。

何度も名前を呼び、彼にとって私もまた特別なのだと心に刻みつける。この時間をもっと味わいたかったが、あまりの幸せに耐えきれず、気がつくと熱い隘路《あいろ》に欲望をぶちまけていた。

「エルビス……大好き……」

「ジュンヤ様、私も大好きです」

うっかりまた敬称をつけてしまった。いつか、公的にも伴侶になれた暁《あかつき》には……。いや、これは贅沢《ぜいたく》すぎる望みだろうか……

力尽きて眠るジュンヤ様の寝顔を幸せな気持ちで見つめ、そっと抱きしめた。

◇

目覚めは快調。気怠《けだる》さもなく気力に満ちている。隣にはエルビスがいて、頬を撫でてくれた。

「エルビス……おはよ」

「おはようございます、ジュンヤ様。今日も美しいです」

呼び捨てはエッチの時だけかなぁ。でも、それはそれで特別感がアップするかも。

笑顔でキスしてくれたエルビスだが、何やら考え込み始めた。

「ジュンヤ様。以前ご説明したように、我々は行為での回復を行わないという協定を結んでいました。時期が来たらジュンヤ様に相手を選んでいただき、褥《しとね》を共にすると決めていたのです。……殿下にお叱りを受けるかもしれません」

「それはエルビスのせいじゃないよ。俺がエッチな気分になったせいだ」

「しかし、ダリウスにあんな風に言った癖に、私は最後まで致してしまい……あっ、しかしそのことは全く後悔していません！　すごく、すごく、すごく幸せな時間でした……」

「うっ、恥ずかしいことを堂々と！」

この迷いのなさがエルビスのいいところだけどな。可愛いがすぎる！

「黙っていても会えば確実に伝わりますし、協定を破ったと、正直に謝罪に行ってきます」

「俺も行くよ。二人の責任だろ？」

要するに、調子に乗ってやりすぎなきゃいいんだろう？　それに俺としてはさ、エルビスの箍《たが》が外れてくれたのが嬉しいんだよな～。だから、これは連帯責任だ。

「一緒に怒られよう」

「……分かりました。でも、歩けますか？」

「正直、無理だと思う！」

にこやかに打ち明けるとエルビスも噴き出し、二人で笑った。

「叱責を受けると思いますが、ジュンヤ様の顔色は良くなったので、どんな罰も怖くありません」

「ふふっ……俺が悪いって説明するから大丈夫」

軽くキスしてから着替える。エルビスは、ノーマを呼んでティアとダリウスに話があると言伝《ことづて》を頼んでいた。

それにしても、俺の体は色んな液で酷《ひど》い有様だったのに、エルビスのおかげで知らない間にピカピカだ。いつも悪いと思うけど、終わると眠くて無理なんだ。

「殿下にお会いしたら、神殿での浄化の後がどうなったのか教えていただきましょう。私もこちらに詰めていましたし……」

そうだ。神殿でマテリオが浄化の魔石を使って大勢を浄化した後の話は聞いていないんだった。

「そもそも、外に出してもらえるのかな？」

「……」

二人で無言になってしまう。エッチの後の俺は人前に出したくないらしいし、でも街のことは気になる。許してさえもらえれば、午後には歩けるとは思う、経験上。

「とにかく殿下達のところへ参りましょう」

抱っこされて移動する。ティアの部屋は三階だ。ティア付きの護衛の前を通った時、めちゃくちゃ視線を感じた。もしやまた、輝いているとか香りがするとかいう奴？

それも気になるが、ダリウスがキレてないか心配だっ！

エルビスが合図すると、扉番の騎士がノックして室内に声をかけた。

「エリアス殿下、ジュンヤ様がおいでになりました」

「許可する」

「失礼します」

覚悟を決めて入室すると、椅子に座ったティアとダリウスが強張った顔で俺達を見上げていた。

「――着席を許可する」

ティアの低音が響きます。そうですよね、完全にシたってバレてますよね。

「エルビス。ダリウスからは奉仕と聞いていたが、それで終わらなかったな？」

「お、お許しくださいっ！　私が暴走してしまい、ジュンヤ様に無体をしてしまいました！」

エルビスは椅子から滑り落ちるように床に膝をついた。

「違うよっ！　俺がエルビスに頼んだんだ！　だからエルビスは悪くないっ！」

「いいえ、私が悪いんですっ！」

何度か同じやり取りをして互いを庇《かば》い合う。二人は黙って聞いていたが、おもむろにティアが口を開いた。

「正直、ダリウスに聞いた時、エルビスなら耐えきるかもしれないと思った」

「も、申し訳――」

「待て。最後まで聞け」

ティアがエルビスを制して続ける。

「いいか？　協定を結んだのは、回復したジュンヤが無茶をするからだ。自覚はあるな？」

「ううっ、はい」

バツが悪いと敬語になるのはなぜでしょうね。

「私達は、ジュンヤが突っ走っていつか命を落としてしまわないか心配なのだ。神子《みこ》だからではない。愛する者が無茶をして倒れるのを見るのは辛い。ジュンヤに強い信念があるのは分かっているし、それを美しいと思っている。だが、最も心配している部分でもあるのだ」

「……ごめん」

項垂《うなだ》れてため息をつく。無茶をした自覚があるから何も言い返せない。

「だから私達は話し合い、敢《あ》えてお前を回復させなかった。だがとても辛かった。……分かってもらえるか？」

「うん……」

助ける方法があるのに見ているだけなのは辛いと思う。

「俺はエルビスに託した時、信じた。古い付き合いで、自制心の強さを知っているからな」

「すまない」

「まさか、エルビスが暴走してジュンヤを抱くとは思わなかったぜ」

ダリウスは意外そうにエルビスを見つめていた。これまでの三人とのエッチだって、エルビスは常に一歩引いていた。だから信頼して任せたんだろう。

「本当に、申し訳ない」

俺達は二人で小さくなって頭を下げた。我慢できないなんて大人として失格だ。エルビスを横目で見ると、俺と同じくらいしょぼくれていた。完璧侍従だもん、叱られたことなんかないよな……

ティアとダリウスはしばらく無言で、俺達は針の筵《むしろ》にいるような気分だった。

「ふっ……くくくっ！」

ん？　これ、ダリウス？　笑ってる？

「ははは っ！」

え？　ティア？

ティアがこんな風に笑うなんて滅多にないことだ。俺達は困惑して、笑い出した二人の顔を見比べるばかりだった。

「ハッハッハ！　引っかかったな～！　二人ともしょんぼりしちまって！」

「くっくっく……！　いや、すまぬ。先を越された腹いせだ。ふふっ！」

……やられた～!!

「殿下、お、怒っておられるのでは？」

「とんでもない。目の前でジュンヤに可愛くねだられたら、理性が吹き飛ぶのは当然だ」

「ああ～、あの時、めっちゃくちゃ可愛かったからなぁ～！　むしろ、これで喰《く》ってなかったらエルビス不能説が出るところだったぜ？」

なんてことだっ！

エルビスを見るとまだポカンとしている。ごめん、ちょっと可愛い。

「怒って、いないのですか？　え？　えっ？」

「いいと言っている。妬《や》いてはいるが、選ばせる時期が早まっただけだ。場合によっては私がジュンヤをいただきに行っていただろうからな」

ティアは心底面白そうに笑っている。本当に怒っていないみたいだ。

「ああ、こんな風に笑ったのは初めてだ。エルビス、そなたも人間だったと分かって嬉しいぞ」

「殿下……」

「『完璧でクールな氷の侍従殿』だからな。長い付き合いだが、やらかすところが見られて俺も嬉しいぜ」

「「騙《だま》された……！」」

俺とエルビスは顔を見合わせた。

エルビスが相好を崩す。

「でも、良かったです。たとえ怒られても後悔はしませんでしたが」

「おいおい、目の前でいちゃつくんじゃねぇよ」

「はぁ……先日の挽回をしたかったのに、エルビスに先を越されてしまった。次は私の番だぞ？」

「ごめんな？　だって、その……」

いや、言葉にするのは恥ずかしいのでやめとこうかな。

「ジュンヤ、どうしたんだ？　何を考えていたのか教えてくれ」

「ん？　まぁ、いいじゃん」

「いーや！　聞かせろっ！　今回の詫《わ》びにな！」

ううう……前に立つ二人の目が催促している。横からも視線を感じる。俺を守り、尊重してくれる三人に、正直に言うべきだよなぁ。

顔を見られるのは恥ずかしく、俯《うつむ》いて言葉を絞り出した。

「あのさ。俺、回復とか関係なしにシたくなる時があって。えっと、でも、自分からは言えなくて。

本気で嫌がってる時は察してほしいけど……浄化関係なく、シたいな……」

思い切って言ったのに、長い静寂が居た堪《たま》れない！　何か喋《しゃべ》ってくれよぉぉ！

「……ごめん。変なこと言ったよな」

視線を逸らしたまま謝って顔を上げると、三人共ギラギラした目で俺を見ていた。

あれ？　今すぐ食われそうな感じだけど、なんで？

「ジュンヤ――煽《あお》ってんのか？　今すぐヤりてーんだけど？」

「なんということだ……私の自制心を試す気か？」

「いつでも触れていいんですかっ⁉」

三者三様の反応にオロオロする俺。

「スるのはいいけど、三人同時はキツイから許してっ！」

スッと真顔になる三人……その顔、今すぐ押し倒す気だった？　ねぇ⁉

「分かった。これからは遠慮せず抱いていいのだな？　我慢が長いとつい抱き潰してしまうからな。これについてはまた話し合う必要がありそうだ。だが、クードラはまだ危険だから、行為で負担がかからないよう調整しよう。ユーフォーンの神子《みこ》への考えがどうなるかは、クードラ浄化の一件で流れが変わるかもしれん。現状ではゆっくり可愛がる時間を作るのは難しいな」

「ティア、落ち着いて！　息継ぎして！　あのさ、俺は逃げないから、焦らないで」

ちょっと暴走気味のティアだったが、正気に戻ったみたいだ。良かった良かった……

「俺、ちょっと勃《た》っちまったんだけど」

「このエログマめっ！　今日は我慢！」

「口、いや手でもいいからよぉ。この前はやめないで〜っておねだりしてくれたろ？」

「もー！　これだからダリウスは！」

「分かったよ、一人寂しくヌけばいいんだろ？」

エロエログマはいつだってエロに忠実だ。たまには一人遊びもいいのではないでしょうか！

「ジュンヤ様の可愛い顔……また見たいです……」

エルビスはと言うと、二人とは何か違うスイッチが入ったらしい。顔が赤いのは、何やら妄想……回想しているのか？　いや、聞かないほうがいいことが世の中にはある。

みんなの様子がおかしくて俺はどうしたらいいのか分からなかったが、しばらくしたら全員復活してくれた。一度どこかに消えていたダリウス、いかにも抜いてスッキリな顔すんな！

「コホン。さて、ジュンヤの今後の予定は変更する。その香りでは虫が湧きまくるのは確実だ」

「宿に待機？」

「そうだな。代わりに私が外を視察してくる。ダリウス、ここの警備は任せる」

「お任せあれ」

「またグラントと行くのか？　あの人、本当に大丈夫？」

「ああ。あれは筋肉バカだが、王家とバルバロイへの忠誠心は確かだからな」

確かに、その辺はちゃんとしていた。でも、あそこまで俺を目の仇《かたき》にするのは、俺がバルバロイ家に相応《ふさわ》しくないとかの純粋な気持ちだけじゃないと思うんだけどなぁ。

「ティア。今度、グラントとサシで話したいんだけど、機会を作ってもらえないか」

「二人きりは許可できない。私も同席か、ダリウスを傍に置け」

「分かった、そこは任せる。でも、俺達の会話は、余程のことがない限りはただ見守っていてほしい」

「そうだな。奴も腹を割って話す頃合いだろう」

ティアも、グラントには何か裏があると思っているんだろうか。

「浄化のスケジュールが大幅に遅れてごめん。魔石の充填《じゅうてん》をしながら待ってるよ」

「たまには何もせず休ませてやりたいのに。でも、それでは嫌なんだな？」

「うん。動けないならともかく、力はもらえたから」

「キスしていいか？」

俺が頷くと、ティアが近づいてきて覆いかぶさり、舌を絡ませるキスを繰り返した。

「はぁ……ティア……こんなキスされたら、困る……」

「ふふふ……私はもっと困ったのだ。ジュンヤも困ればいい」

そっか。我慢したんだもんな。

「なぁ、俺もキスしたい。いいだろう？」

ダリウスもティアを押しのけて割り込んできて、俺の前に跪《ひざまず》く。

「もう、仕方ないなぁ……ん、んんっ！」

口中を舐《な》め回されて、体から力が抜けてしまった。やっと離してくれたけど、しがみついている手を離したらきっと体を支えきれない。

「も、こんなの……バカ……」

「ご馳走《ちそう》さん」

ニヤッと笑って抱きしめられた。そんな俺の頭をひと撫でしたティアの表情がすっと王子の顔に切り替わり、視察の準備を始める。

正直言って街の状況が分からないから送り出すのは心配だったが見送るしかない。ダリウスが俺を抱き上げてくれて、部屋を出る。

「ティア。気をつけて」

ティアの政敵は、俺とティアを離したがっているだろう。グラント達は俺に反発していても、王子のティアは守ってくれるよな？　このところ離れて動くのに慣れてしまったけど、この街では妙に胸騒ぎがする。

根拠のない不安を抑え込むため、少しの間ダリウスにしがみついていた。

視察へ向かうティア達を見送ったものの、なんとなく不安な気持ちが消えない。そんな俺に目ざとく気がついたダリウスが声をかけてきた。

「どうした？」

「ん？　うーん、上手く言えないんだけど、胸騒ぎがするんだ」

さっきまで感じなかった何か。ティアが心配で堪《たま》らない。でも、考えても仕方がない……

「エリアスにはケーリリーも付いてるし、視察先は事前に警邏《けいら》と騎士が確認してる。そうそうおかしな真似はできねぇと思うぜ」

「そう……だね。マテリオはどこに？」

「治療院だ」

「俺だけ何もしてない。このままで本当にいいのかな？」

「何言ってんだ？　ぶっ倒れるまで浄化したばかりだろ？　何かしたいなら、もっとコントロールできるようになってから言え」

「うっ！　正論だな」

騎士も体調を整えていないといざという時に戦えないものだ。まだ動き回れないけど、力は復活した。全快するまでは治療院の訪問は控えつつ、どんどん魔石への充填《じゅうてん》と宝玉の浄化を進めよう。

「先に宝玉をやるよ。一番手強いからな。早くラジート様に会って直接浄化したいところだけど……。ってことで、みんな、いいかな」

宝玉は、マテリオが用意してくれた箱に入っていれば比較的安全だが、開ける時は人払いが必要だ。少なくとも同じ部屋にいる人間には浄化の魔石を持たせなくては危険。

「俺は残るぞ」

「私もです」

ダリウスとエルビス以外が部屋を出ていったことを確認して、この数日浄化できなかった宝玉を取り出す。

「ラジート様、どこにいるんですか？　……聞こえてるのかなぁ？　俺の浄化は効いてるんですか？」

独り言になってしまうが、黙っていると意識が飛びそうなので話しかけ続ける。

「ちょっとだけ緑が薄くなってきたと思うんですよ。早く俺に会いに来てください。あなたも浄化しないと、宝玉の浄化が終わりません」

相変わらず返事もなければ、ラジート様が会いに来る気配もない、虚しい会話。でも、どこかで聞いていると信じている。

時間を計る魔道具である時間計を見ていたエルビスがやめ時を知らせてくれる。時間計は、約一分が経過するごとに色が変わる。今は、四回色が変わったら終わりにすることにしていた。

「今日はおしまいです」

箱に戻し、鍵をかけてようやくひと息ついた。鍵は誰も開けられないように、コミュ司教にもらったお守りと一緒にネックレスにして首にかけている。

「お茶にしますね」

「ありがとう」

エルビスに香りのいい花茶を出してもらい、ひと口飲んでホッとした。

「最近では、薄っすらと赤い部分が増えてきたんだ」

「そうか、頑張ったな」

「これまでの成果が出てきたのですね」

そう！　そうなんだよ！　ほとんど黒に近い濃緑《こみどり》の隙間からチラチラと赤い色が見えて、つい嬉しくて無理しそうになるのを我慢している。

エルビスに力をもらって、今度は小指の先程の大きさの魔石に、浄化を充填《じゅうてん》する。小さな井戸ならこのサイズでも結構役に立つんだ。

「少し休めよ。あれを浄化した後だろ？」

「余力はあるから大丈夫」

「ふーん……そんなにシたのかよ」

「‼」

「ゴホッ！　ゴホッ！」

俺もエルビスも突然のことに狼狽《うろた》える。

「いや、あ、あの！」

「わたっ！　私は！」

じとーっと俺達を見るダリウスが口を尖《とが》らせた。

「俺、我慢したのに。初めてあんな我慢したのに。結果がこれだよ。ジュンヤはエロエロツヤツヤだし、いい匂いだし、ムカつく」

拗《す》ねてる。クマが拗《す》ねている。

「ダリウス……ごめんな？」

あれ、そっぽ向いちゃったよ。ふらつく体で頑張ってダリウスに近づくと、手を引っ張って膝に乗せられた。顔を逸らしていても、気配で分かってくれているんだよな。

「なぁ、ごめんって」

「俺には一人でさせといて。ああ、くそっ！　いい匂いがするっ！」

俺をがばっと抱き込み、首筋に顔を埋めてくる。抱きしめ返したいけど、強い力で抱きすくめられて上手く腕が動かない。でも、なんとか抱きしめ返すことができた。

「俺が悪かったよ。無茶したツケがこんなに長引くなんて思わなかった。今度、またちゃんとシよう？」

「絶対だぞ？　また可愛くイクとこ見せてくれるよな？」

「言い方が恥ずかしいけど、いいよ。俺もシたい時、誘っちゃうかも」

ダリウスはからからと笑った。

「大歓迎だ。いつでもお誘いオーケーだぜ？　ちゃんと加減するからさ」

「うっ、そうだな。手加減はしてほしい。だからもう怒んないでくれよ？」

「怒ったんじゃない。……妬《や》いただけだ」

ごめんなさいとキスをして、なんとか機嫌は直ったみたいだ。そんな風にようやく収まった頃、緊急連絡が入った。

宿で一番広い部屋に騎士が集まっている。ダリウスはその先頭に立って報告を聞いていた。

「まさか直接狙ってくるとはな。殿下はご無事か？」

「はい。ケーリー殿とグラントが近くにいましたので無事でした。一見するとただの野盗でしたが、剣筋を見るに、訓練を受けた精鋭と判断しております」

そう――視察をしていたティアが治療院を訪問後、襲撃を受けた。近くにいた民を巻き込んでの乱闘になり、騎士も大勢怪我を負ったそうだ。マテリオやマナが近くにいたので治癒できたらしいが、捕らえた敵の一人は自害し、残りは民を盾にして逃げてしまったという。

なんて奴らだ。一般人を盾にするなんて……!

「今いる場所は安全か?」

「あまりいいとは言えません。それに、こちらへ戻るにも道中が心配です。このまま殿下はユーフォーンへ直接向かったほうがいいかもしれないと、ケーリー殿からの伝言です。ユーフォーンへ行く部隊とは道中で合流すると。ただ……」

「エリアスが渋っているんだろう? ジュンヤを一時的にでも置いていくことになるからな」

「はい、とても心配しておられます」

ダリウスはしばらく考えていたが、やがて顔を上げて頷いた。

「よし、殿下には先行していただく。皆、武器と食料以外は捨て置け。ユーフォーンで改めて装備する。殿下には、すぐに追いつくことと、ジュンヤは私が守るから安心してほしいと伝えてくれ」

「はっ!」

伝令の騎士は再びティアのもとへ戻っていった。

「ダリウス……ティアは本当に大丈夫かな?」

「怪我はしていないらしいからな。ユーフォーンの騎士も大勢いるから大丈夫だ。この状況では、先日提案してくれた三手に分かれる案はなしだ。いいな？」

それはもちろん。俺が頷くと、ダリウスは部下と忙しく話し始めた。

ティアに会いたい。とにかく今は、急いで出発の準備をするしかない。

「ジュンヤ様、準備をしましょう」

「うん、急ごう。早く追いつかないと。すぐに出れば途中で追いつくよな。あ、充填《じゅうてん》した魔石を少し置いていかなくちゃ。それから……」

何を持っていって何を置いていくか。急ぎの旅なら身軽がいい。

「あ、アランデルは？　こっちにいるよね？」

「はい、大丈夫ですよ。こちらで仕事をしていましたから無事です。ダリウスが忙しい時はルファが見ていますし」

「良かった。ティアについていたら大変だったろうから」

子供が危険に巻き込まれなくて良かった。

ユーフォーンまでは通常二日、飛ばせば一日半だという。噂を聞く限り行きたくはないが、ここまでの道中に罠《わな》が仕掛けられている可能性もあるし、領主館のほうが守りも固いので、ティアの安全を守るには仕方ない。

せっかくクードラで理解され始めていたのに。次に来る時には分かり合えたらいいなぁ。

「エルビス、さっき充填《じゅうてん》した魔石は全部クードラに置いていくよ。浄化が予定より遅れる可能性が高いし」

「はぁ……きっと、ジュンヤ様が命をかけて作ったものが、あっという間に使われてしまうんでしょうね……。せめて感謝してくれればいいのですが」

「んー。でもさ、何かしてやるから感謝しろって考えは、ちょっと傲慢《ごうまん》だと思うんだ。感謝って、本人がどう思うかであって『ほら、やってやったぞ！』って言われたら反発したくなるだろ？　そもそも、俺が見捨てるのが嫌でやってることだし、ある意味自分のエゴだからな」

「欲がないと言いますか……」

「ははっ！　これも一つの我欲さ」

エルビスは俺のものばかりバッグに詰めている。まあ、服はオーダーメイドで高いから置いていけないか。後で回収に来ればとも言ったが、ユーフォーンでの反発対策には必要だと言われた。確かにそうかもしれない。見た目だけでもマシにしなくちゃな。

しばらくして、全員の旅支度が終わった。既に斥候《せっこう》を送り、ユーフォーンまでの道中をチェックしているという。俺はバタついたが、騎士にはよくあることらしく、あっという間に準備を終えていた。待たせてしまったようだ。

暗い気持ちで馬車に乗り込んだ。今日はノーマ、ヴァインも同じ馬車だ。

敵は俺達を分断して人数を減らし、目的を果たすつもりかもしれないと聞かされた。だから、ティアを襲った奴らの一派が今度はこちらに来る可能性だってある。

動き出した馬車から外を見る。人々がこちらを遠巻きにしているのが分かる。王子襲撃は既に街中の噂になっているらしく、大騒ぎだという。

それにしても……クードラでは思うように活動できなかったな。浄水器は未完成だが、魔石を置いていくから池を浄化する分はしばらく保《も》つだろう。でもこの空虚感は埋められない。

中央広場に近づいた時、騎士達のざわめきが届いた。まさか襲撃か⁉　と隣にいるエルビスにしがみつく。震えて待っていると、ダリウスがやってきた。

「ジュンヤ。大丈夫だ。歩けるか？　ちょっと降りてくれ」

「本当に大丈夫？」

「ああ、警備もしているし、魔法でいつでもガードできる」

途中で降りるのにあまりいい思い出がないので少々ビビるが、襟を正し虚勢を張る。

怖くなんかないぞ！

馬車を降りると、広場にたくさんの人がいた。や、やっぱり怖い……！

無意識に前を歩くダリウスの上着を掴むと、振り向いて頭を撫でてくれた。それで少しだけ肩の力が抜ける。前方を見ると、研磨職人のボランさんとギルドマスターのリヒャルトさんがいた。

「ジュンヤに渡したいものがあるそうだ。――ボラン、直言を許す。神子《みこ》になんの用だ」

その言葉で、ボランさんが恭《うやうや》しく綺麗な箱を掲げながら近づき、俺の前で跪《ひざまず》いた。

「神子《みこ》ジュンヤ様。昨日のご訪問時にお渡しするのが間に合わなかった魔石を献上いたします。多大なる慈悲への感謝と、今後の巡行にお役立てください。我が工房一同の願いです」

「ボランさん……」

ダリウスを見上げると、無言で頷いた。ここは神子《みこ》として受け取れってことだな？

「ご厚意をありがたくお受けいたします。この魔石は必ずこの巡行に役立てます。工房の皆さんの誠意と献身に感謝します」

俺の脇から進み出たラドクルトが代わりに箱を受け取った。

改めて周囲を見回す。たくさんの人、人、人だ。受け入れてくれた人、まだ半信半疑な人もいるように見えた。住人同士が意見の食い違いで喧嘩になったという話もチラリと聞いた。

「ダリウス様、私からもよろしいでしょうか」

今度はリヒャルトさんだ。浄水器について何か言われるんだろうか……

「王都からいらした神官様方に、浄化と浄水の違いについて教えていただきました。無計画に池を造り、それが腹痛の原因となるとは思いもしませんでした。神子《みこ》の教えに従い、浄水器は必ず完成させます」

マテリオ達が奔走《ほんそう》してくれたらしい。マテリオはティアと一緒にいるから今すぐは礼を言えないけど、あいつらしいな。

……ありがとう。

奮闘してくれた仲間のために、俺は一歩前に進み出た。

「クードラの皆さん。事情があって、私達はこれから街を離れます。ですが、神殿のチョスーチの浄化は済んでいますし、浄化の魔石も預けていきます。ですから、安心して水を飲んでください。まだ信じられない人もいるかもしれません。俺のことは信じなくてもいいので、魔石の力を信じてください」

静まりかえった人々を見渡し、続ける。

「そして、一つお願いがあります。俺のことで喧嘩をするのはやめてください。意見の違いは誰にでもあるものです。でもそれは、反論するなという意味ではありません。考え方の違いがあるのは当然のことです。意見交換から視野が広がることもあります」

俺を神子《みこ》として受け入れろなんて、言葉だけでは難しい……

「俺は、皆さんが信じていても、信じてくれなくても浄化をします。誰かに言われてやっているのではありません。大事な人を守るためにしています。ですから、そのことだけは信じてほしいです。……おっと。これじゃ、お願いは二つになっちゃいますね」

ボランさんの後ろに、神官のニーロさんが見えた。

「ニーロ神官。治療院で怪我人が出たと聞きました。魔石を置いていくので治療に使ってください」

俺はエルビスを呼んで、さっき作った魔石をいくつかニーロさんに渡し、ぺこりと頭を下げた。

残りは池の浄化維持用だ。

「それでは、皆さんお元気で」

「神子《みこ》様、お慈悲をありがとうございます。旅の無事をお祈り申し上げます」

広場には沈黙が落ちたが、それでいい。少なくとも何人かは俺を信じてくれている。見返りが欲しいんじゃない。俺を信じて守ってくれる、みんなのためにやるんだから。

だけど、馬車に乗ろうとした時、少しずつざわめきと拍手が大きくなってきた。

「神子《みこ》様、ごめんなさい……」

「ありがとうございました」

「お気をつけて」

「すみませんでした」

あちこちから色んな声が聞こえ、全部は聞き取れない。でも、はっきり届く言葉もある。

ありがとう。ごめんなさい。心からの声はちゃんと心に届く。ちゃんと聞こえるよ……

「また、必ずクードラに来ます」

そう言いながら、いつの間にか涙が流れていた。最近泣いてばかりだな。でも、顔を上げて進もう。


さぁ、行こう！　ユーフォーンへ！


クードラの関門へ向かう間、思いの外多くの人達が見送ってくれた。嬉しいけど、おかげで時間がかかってしまった。でも支持を確固たるものにするには、相応の対応が必要だ。

ようやく門の外へ出て、街を離れたらペースアップだ。いつもより早く流れる景色を眺めながら、ティアを思う。敵に追跡されたりしていないだろうか？　マテリオやマナは？　マナの双子の兄弟ソレスはこちらにいる。平静を装っているが、弟が心配だろう。

早く追いつきたい。でも多分三時間以上は遅れている。あっちもハイペースで走っているなら、下手したらユーフォーンまで合流できないかもしれない。

「エルビス……道中も大丈夫かなぁ。ティアが心配だ」

「殿下の直属は皆猛者《もさ》ですし、勇猛なバルバロイの騎士もいます。大丈夫ですよ」

「うん……そうだね。俺が信じなくちゃ」

俺ができることはない。悲しいけどそれが現実だ。だからせめて、魔石への充填《じゅうてん》を続ける。この一つ一つが、ティアの、誰かの助けになると信じて。

——その後、丸一日進んでもティアには追いつけなかった。仕方なく野営し、天幕の中でダリウス、エルビス達と地図を囲んで話し合っていた。

「くそっ。追いつけなかったな」

「そういえば、ピアスでお互いを追跡できると殿下が仰っていたはずだが」

エルビスがそう言い出すまで、俺もその機能をすっかり忘れていた。

「あ、そういやそうだったな。探知用の魔道具を預かってる。ちょっと待て」

ダリウスが、手鏡くらいのサイズで、蓋《ふた》付きの懐中時計のような形状の魔道具を持ってきた。

「そんなに大きかったんだ」

「ああ。もうちょい小さくしろってアリアーシュに文句言っとくわ」

蓋《ふた》を開けると、懐中時計なら時計盤がある場所が、ゆらゆらと水面のように揺れている。柔らかいのかと思って触ると硬くて、不思議だった。

「これに魔力を流すそうだ」

ダリウスが魔力を流すとさざ波が立ち始め、青、緑、金、黒の光が浮かび上がった。ピアスに付いている宝石――俺達四人の瞳の色だ。青、緑、黒は一箇所に集まっている。ダリウス、エルビス、俺だ。金だけ離れた場所にあるのだが、馬車にしてはかなり先行しているらしい。

「これは……予想よりかなり進んでるな。待ち伏せされ、馬車を捨てて騎馬で移動しているのかもしれない」

「加勢が必要だろうな。だが、こちらも人員を減らしすぎるのは怖い。どうするか……」

顎《あご》に手を当て考え始めたダリウスに、思考を邪魔するかもしれないと思いつつ問いかける。

「この魔道具はこれ一つ？」

「もう一つ、エリアスが持っている。二つしかないから、俺達三人が離れるのは悪手だ。……少し外す」

ダリウスは天幕を出ていった。ティアが馬車を捨てたなら、馬が足りず乗馬できないメンバーはどうなったのか……心配で堪《たま》らない。

「マテリオやマナはどうしただろう？　それに侍従さんも」

「別行動にした可能性もありますよ。敵の狙いは殿下でしょうから」

少ししてダリウスが戻ってきた。

「待たせたな。ジュンヤ、そんな顔するな。エリアスの位置は変わってないだろう？　どこかで休んでるんだ。むしろ夜も移動しているほうがやばい。止まってんなら安心だ」

「――そうだね」

余程のことがなければ夜は動かないだろう。

俺達を更に分断するのが目的だとしたら、なるべく全員で移動したほうがいい。そう判断したダリウスは、第三騎士団のスライトさんを含む数人を、援軍として送り出したという。

一日中移動したのにこれから夜駆けなんて大丈夫かと聞いたら、第三騎士団はタフさが強みだと笑っていた。何もかもが心配で仕方ないけれど、無事を祈りつつ朝を待つ。一刻も早く合流すべく、明日は早朝から移動開始だ。

――そして、まんじりともしないまま朝が来た。

「用意できたか？　出発だ！」

ダリウスの合図でまた馬車は進む。この先にはアズィトという小さな町があり、ティア達は昨夜その手前まで進んで、今はその町に留まっているようだ。合流できるだろうか。顔を見るまで安心できない。

「あの探知機、でいいのかな？　あれをティアも持ってるなら、俺達が追いかけてきてること、知ってるよね？」

「そうです。きっとそれを見ながら対策を考えていらっしゃいますよ」

エルビスの慰めの言葉が救いだ。馬も休ませないといけないし、瞬間移動なんてできない。遅々《ちち》とした歩みを誰もがもどかしく思いつつも、それを口に出さない……否、みんな口数自体が少なくなっている。不安を口にしたら、本当になってしまいそうで怖いのかもしれない。

そんな緊張感の中、ようやく町を囲う外壁が見えてきた。探知機の金色の光が近づいたのを見て、俺は思わず微笑む。なのに、馬車は町の手前で止まった。

「ラドクルト、どうして止まったんだ？」

「安全を確認してからです。罠《わな》の可能性もありますから窓は閉めてお待ちください」

「分かった」

一刻も早く無事を確認したい気持ちを抑え、窓際に齧《かじ》りついてジリジリと時間が過ぎるのを待つ。

やがて誰かが戻ってきて……そこには援軍として出たスライトさんもいた。

「ジュンヤ様！　殿下は無事です！　良かったですね」

「ラドクルト……！　うん、良かった！」

やばい、泣きそう。我慢我慢！

馬車が動き出し、ようやくアズィトへ入る。だがどうも空気が重い気がした。相変わらず緊張感が漂《ただよ》っているのは、ティアが襲われたせいだろう、警邏《けいら》らしき姿があちこちに見えるからかもしれない。

しばらく進んで――突然、人通りがなくなった。まさかまた何か起きたのではと窓を叩く。

「ラドクルトッ！　大丈夫!?」

「大丈夫です。この一帯を封鎖してるんですよ。安心してください」

「なんだ……そうか。俺、ビビってばかりでカッコ悪いな」

「戦を知らないんですから当然です。私達が警戒していますから安心してください」

ティアがいるという建物は町長の家らしい。他の家より立派な構えだが、申し訳ないが領主館のような安心感は持てないので、早くユーフォーンへ行くべきだと思った。

「ジュンヤ、降りていいぞ」

ダリウスに言われて町長の家の前で降りると、玄関先にユーフォーンの騎士が立っていた。顔色があまり良くない。戦闘もあったし、走り通しだったのかもしれない。

「ティアッ！」

挨拶もそこそこに家に入ると、ティアがいた。無事だった！　俺は駆け寄って抱きついた。

「ティアッ！　ティア！　良かった、無事で本当に良かった！」

「心配させたな。私は無事だ」

夢中でしがみつくと、俺の頭がティアの心臓辺りにぶつかる。確かな鼓動が聞こえた。嬉しい、良かった。

「ティア、キスして……」

周囲の目なんかどうでもいい。ちゃんとティアの存在を感じたかった。俺の望み通り、たっぷり舌を絡ませるキスをしてくれて、ようやく落ち着く。

「ジュンヤは大丈夫だったか？」

「俺は大丈夫。一体何があったんだ？」

俺の質問にはケーリーさんが答えてくれた。

「我々は商会を視察した後、残りの治療院を慰問《いもん》していました。ジュンヤ様が浄化したニーロ神官のいる治療院では、重症だった者達が快方に向かい笑顔が戻り始めていて、これでジュンヤ様への悪評も訂正されるだろうと安心したところでした。ですが、治療院を出たところを襲われたのです」

ニーロ神官の治療院を出たティア達は、石工の工房に向かう予定だった。しかし、その道中で盗賊のような格好をした不審者に囲まれた。ただの盗賊であれば、当然騎士の敵ではない。

ネイビーの制服はバルバロイの騎士だと誰もが知っている。つまり、それでも挑んできた彼らはただの盗賊ではないということ。十人程のそいつらは役割分担し、連携も取れていた。護衛騎士を引きつける者と、ティアを直接狙う者だ。

「バルバロイの騎士に一対一で勝つのは困難です。ですから、彼らは隊列の分断を狙っていました。殿下の護衛の気を逸らし、隙を突こうとしたのでしょう。最初の攻撃は、幸い私もグラントもエリアス殿下のすぐ近くに控えていたので、凌《しの》げました。しかし、奴らは民を武器に使ったのです」

吐き出すように言うケーリーさんの顔は不快感を隠さず歪んでいる。

「民を武器に？　一体……」

「毒です」

端的に答えたケーリーさんの声は怒気を孕《はら》んでいた。

「毒？　どうやって⁉」

「風魔法に乗せて毒霧を撒《ま》いたのです」

「そんなの、無差別攻撃じゃないか！」

「ええ。殿下や我々が苦しむ民を救わないはずがないと考え、卑劣な手段を取ったのです」

一帯は毒霧で覆われ、騎士達も大勢倒れた。その隙にティアが狙われたが、ティアとケーリーさん、そしてグラントは治癒の魔石を持っていたため、毒は無効化された。

「毒さえ無視できれば、グラント殿にたった五人で敵うはずがありません。彼らの多くは大怪我を負い、退却しました」

たった五人だって？　あいつ、どんな強さだよ……

だが、これで何が起きたのか把握できた。か弱い一般人を平然と巻き添えにした敵に、怒りが込み上げる。

「その後は治療院から駆けつけたマテリオ殿とマナ殿が治癒してくださり、こちらに死者は出ませんでした。民もなんとか無事でした。騎士達も、ニーロ神官が神殿から応援を呼ぶと言っていましたから、大丈夫でしょう」

「そう、か……マテリオ達はどこ？」

「あの人数を一度に癒《いや》すのは彼らでも難しく、休みながら治癒をしてくれています」

「なら、俺も治癒に行くよ！　騎士の顔色が悪かったのはそのせいか」

「――ジュンヤ様、本当に治療なさるのですか？」

ケーリーさんは俺に問いかけた。

「あれ程あなたを愚弄《ぐろう》したバルバロイの騎士達を迷いなく癒《いや》しに行くと……。私なら捨て置きたくなります」

「でも、この窮地には彼らも必要だろう？　ムカつく奴らだけど、ティアを守るためだから、やる。

言っとくけど、俺の心が広い訳じゃないからね？」

俺が笑うと、ケーリーさんは肩をすくめた。

「十分広いですが……分かりました。よろしくお願いします。部下のガイトに案内させますが、護衛は必ずお連れください」

ティアは苦笑し、心配が尽きないと言いながらも好きにしろと応援してくれた。

ティアとは一旦別れ、まずは町長の家を警護する騎士の治癒をすることにする。ダリウスも残って今後の対策を話し合うのだが、俺と離れるのを酷《ひど》く心配していた。

ラドクルトとウォーベルトがいるから大丈夫だし。それに、ティアを守る騎士がヨレヨレじゃ困るからな。お前ら、まだ許してないぞ！

変わらず玄関先に立っているバルバロイの騎士を見ると、顔色がさっきよりも青い気がする。

彼らを観察する視線がついキツくなってしまう。立っている二人は俺と目を合わせないけど、貴族と視線を合わせないのは普通らしい。とはいえ、理由はそれだけじゃないんだろうな。

「あのさ。ちょっと手を貸して」

バルバロイの騎士に敬語を使う気はない。二人は声をかけた俺をチラリと見たが、無視を決め込んだ。ムカつく。でもティアのためにと強引に手を引っ張り、無理やり握る。

「何をする！　触るな、淫売め！」

淫売ですか。あー、腹立つ。

逃げようとする手を掴まえて浄化を流した。さっさと治ってティアを守れ！　あんた達は嫌いだけど実力はあるんだろう？　それに俺も動かないとマテリオとマナが苦労するし、お前らのためじゃないからな！

少々乱暴なやり方だけど、治癒されているのが分かったらしく、騎士は突然抗《あらが》うのをやめた。

「なぜ……？」

「簡単だ。ティア……エリアス殿下を守れ」

その手を離し、近くに立っていたもう一人の騎士に近づくが、後ずさりされる。

「ラドクルト、ウォーベルト、そいつ捕まえてくれるか？」

ニッコリ笑って二人に頼むと、ウォーベルトがそいつの足元を一瞬で土の塊《かたまり》で固定した。

「おぉ～！　初めて見た」

「俺もムカついてるっす！　ジュンヤ様のこと何も知らない癖に！　全身固めないのは騎士の情けっす」

いいね、ウォーベルト。俺がビビって青い顔をするそいつに近づいて手を伸ばすと、往生際悪く手を払い除けられた。今度はラドクルトがその背中に回って羽交《はが》い締《じ》めにする。

「さぁ、ジュンヤ様。やっちゃってください」

ああ、やるとも。そいつにも力を流し、嫌々だが回復してやった。二人のポカーンとした間抜け面は爽快だった。

酷《ひど》い目に遭うと思ったのかな？　俺はあんた達と違うからな。一緒にするなよ。

だが、これからこの間抜け面をたくさん見られるかと思うと、急に面白くなってきた。

「さぁ二人共！　この調子でやっちまおう」

ニヤッと笑うと、ガイトさんが引きつった顔で俺を見る。

「ガイトさん、俺、転んでもただでは起きない人間なので。あなたの力も貸してくださいね？」

ニッコリと笑顔でお願いしたはずなのだが、ガイトさんは無言で首をブンブン縦に振るだけだった。嫌だなぁ、俺、怖くないよぉ～？

さて、グラントも部下といるらしいし、お仕置きタイムかな？

そんな風に考えながら、治療所代わりにしているという町の集会所へ向かった。集会所はさほど遠くない徒歩圏内にある。通り道をいつまでも封鎖しているなんて町民に大迷惑だ。さっさと撤収するためにも、治癒してやろうじゃないか。

「こちらです」

町が小さいから集会所もあまり大きくない。そこにはマッチョがひしめくように横たわっていて、とても暑苦し……いや、大変な状況だった。そのマッチョ達の間を、小さなマナがヨロヨロと歩いているのが見えた。顔色が悪い。力を使いすぎたんだろう。

「マナッ！」

俺が駆け寄ると、マナは振り向いて弱々しい笑顔を見せた。

「ジュンヤ様……」

目の下にはクマができている。顔も青白い。薄茶の髪はボサボサで、疲れきった様子だ。マナは可愛い顔をしているんだが、一気に老けたみたいに見える。

「大丈夫か？　俺が代わるから少し休め。その間にこれ食べて」

飴《あめ》とクッキーを渡す。

「でも……」

「神官が倒れちゃダメだろ？　ほら、ここに座って。寝てないなら仮眠しなよ？　ソレス、マナのこと頼む」

「はい。さぁ、マナ。休まなきゃ」

ソレスが気遣いながら端へ連れていくのを確認してマッチョ達に向き直ると、これまたヨレヨレなマテリオを発見した。こっちも酷《ひど》い顔色だ。

「マテリオ、追いついたよ。俺がやるから代わろう」

「いや、ダメだ……私がやらねば」

「いいから休めって。ほら、こっち」

腕を掴んで引っ張ると、普段なら俺の力じゃビクともしない体がぐらりと揺れる。それを支えながら、マナのところまで連れていき、座らせた。

「ほら。これ、食べろ」

飴《あめ》を差し出すが、マテリオはぼんやりしている。座ったら気が抜けたみたいだ。こいつのこんな気力のない顔、初めて見たよ。相当無理したんだな。それに、マナと同じで目の下に酷《ひど》いクマがあった。とりえず飴《あめ》を一粒取って、カサカサの唇にくっつける。

「ほれ、口開けろ」

「…………」

無言で開いた口に飴《あめ》を押し込んだ。

「あまい……」

「飴《あめ》だから当然だろ。クッキーもあるし、二人共補充関係なく食べて元気出せ。ろくに食べてないんじゃないか？」

「そういえば、食べてないかも、です……」

「ああ、食事……？」

え、ちょっと……記憶が飛ぶほど大変だったのかよ。あいつら、二人をこき使いやがって！

二人の手を握ってゆっくり俺の力を流すと、二人は気持ち良さそうに目を閉じた。

「あったかいです……ジュンヤ様」

「いい香りがする……」

「少しはマシかな？　後は任せろ。横になってもいいぞ？」

「それはできない。私も戻る。奴らがまた何かするかもしれない」

「だーめ。俺の力を信じろよ、護衛もいるし。なぁ、マテリオ。俺を怒らせた奴らはどうなった？」

「ああ……ふふふ……ここで見物するのも一興か」

マテリオが珍しくほんの少し笑った。そうそう、のんびり見物していてくれ。

肩をポンと叩き、俺はバルバロイの騎士達のほうへ向かった。そこにはグラントがいて、部下の様子をチェックしているようだ。マテリオとマナの頑張りで、二十人程いたという負傷者のうち、完全回復は八人。

少ないようにも思えるが、その八人は毒をかなり吸ってしまい、極めて危険な状態からの完全回復だ。最初は八割程に留めて回復させる人数を増やそうとしたらしいが、完全回復を望まれたらしい。

そりゃあクマもできるわ！　俺も神官も、治癒を一度中断して魔力が回復してから再度行えば、かなり負担が減るのに……

相当な無理を強いられたはずなので、二人の仇《かたき》を討とうと思う。

すぐ近くまで歩いていくと、グラントは俺に気づいて嫌そうな顔をした。

「やぁやぁ、グラントさん！　やっと追いつきましたよ！　大変でしたね」

「ブフォッ!?」

「ウォーベルト！」

噴き出したウォーベルトをラドクルトが窘《たしな》める。いや、笑いたくなるよね。わざとだし～。

「何をしに来た？　嘲笑いに来たのか？」

「とんでもない。神子《みこ》たるもの、どんな相手にも慈悲を与えなければいけませんからねぇ～」

普段ならこんな話し方はしない。身内をからかう時はやるけど。それを分かっているウォーベルトは笑いを堪《こら》えてプルプル震えている。だが耐え抜け！　笑うな！

「神子《みこ》だと……？　随分と自信満々じゃないか。何を企んでいる？」

「企んでなんかいませんよ。治癒に来たんです。殿下を守ってもらわないといけませんからね」

「魔石をくれればそれで治るだろう？」

でかい図体に見下ろされてムカつくけど、にこやかに笑ってみせる。

「え？　渡しませんよ？」

「なんだと！　ふざけるな！」

いや〜、大地を揺るがすような怒号ですね。はい、怖い怖い……な〜んてな。怒鳴れば言うこと聞くと思ったら大間違いだ。舐《な》めるなよ。

「前にも言いましたよね？　魔石には私の命を込めているんです。そして、神官の治癒も同様に命を削っています。あなた達の言葉は、無償で命を差し出せと言っているのと同じだと分かってますか？　おっと、当然ご存じですよね？　ホント、失礼しましたぁ〜」

グラントは怒りで顔が赤くなっている。でもな、マナやマテリオがあんなにボロボロになっているのに、気遣う素振りもないってどうなの？

「はっ！　どうせどこかに魔石を隠し持っていて、あたかも自分の力で治癒したように振る舞う気だろう？」

カッチーン！　ムカつく。この男、最高に腹立つ！　あんたがそう来るなら、受けて立とうじゃないの。

「ラドクルト、これ持ってて」

俺は腰に下げていた魔石の入った袋をラドクルトに預けた。

「ジュンヤ様？　どうするつもりです？」

俺はジレを脱いでシャツだけになった。シャツのボタンが宝石なので、これも疑われるかもと思って更に脱ぐ。肌着とブリーチズだけになっちゃうけど、まぁいいか。

「ジュンヤ様！　なんて格好を！」

「エルビス、必要だからやるんだ。ごめん。これ持ってて」

慌てて手を伸ばしてくるエルビスに脱いだばかりの服を押しつける。そして、鍵とお守りを通したネックレスも外した。これで疑う余地のない姿になったと思う。

「そ、そんな格好で誘っても、我々には通じないぞ！」

「バッカじゃないの？」

誰がお前なんか誘うか。

「なんだと⁉」

「なんでもないですぅ～。とりあえず、一番具合悪い人は誰だ？」

答えがないのでグルリと見回すと、すぐそこに、特に顔色の悪い奴が横になっていた。そいつに近寄る。

「おい！　近寄るな！」

「来る……なっ！」

紙のように真っ白な顔をしている癖に拒絶するが、無視だ。

「はいはい～！　皆さん、注目ぅ～！」

わざと、すげームカつくだろうなという態度で声を上げると、十分注目を集めることができた。

「はい、手に触りますよ〜」

しゃがんで左手を握る。振り払えない程弱っているようだ。こんなマッチョに本気で振り払われたら俺なんか吹き飛ばされてしまうから、これはラッキーだ。

ゆっくり治療してやる。そうそう、グラントさんは全員の完全回復がご希望みたいですからね。やってやろうじゃないの。エルビスのおかげでパワーMAXだぜ！

「なんだ……これは……？」

彼は最初こそ拒絶していたが、今はもう抵抗をやめて大人しくしていた。クードラで瘴気《しょうき》を受けたらしいので、浄化もしてやろう。いやぁ、神子《みこ》様大サービスだなぁ。

騎士の顔色がどんどん良くなり、手を握る力も強くなっていく。ひとまず乱暴しそうにないので治癒を続けていたが、仰向けに寝ていたそいつが空いた右手で俺の左腕を掴んで引っ張った。踏ん張れず、覆いかぶさるようにそいつの上に乗っかってしまう。

「っ」

しかも、俺の髪に鼻を突っ込んで匂いを嗅《か》ぎ始めた！

「なんだよ⁉　は、離せ！」

怒鳴りつけて必死でもがく。

「無礼者！」

すぐにラドクルトが引き離してくれてホッとした。あぁ〜、匂い嗅《か》がれた！　気持ち悪い！

「す、すみません……いい匂いがして……」

「ふざけんな！　馴れ馴れしいんだよ！」

急いで立ち上がって距離を取り、髪を洗うように頭をゴシゴシ擦《こす》る。

「グラント！　あんた部下にどういう教育してんだ⁉　治療してる人間にベタベタ触るのが騎士様かよ！　おい！」

完全にタメ口に戻っちゃったよ！　でもこれはキレても仕方ないよな？

「お前が何かしたんだろう⁉」

「ああ、したよ！　治療と浄化をな！　無作法だな、全く。これじゃ他の奴も信用できない。もうやめた。帰る」

帰るフリをして背を向ける。これで何も変わらなければもうどうにもならないと思うが、さて、どう出るかな。

数歩歩き出したところで、さっきの騎士がすごいスピードで俺の前に出てきて跪《ひざまず》いた。

「申し訳ありません！　グラント様ではなく私に非があります。神子《みこ》様のこう……すごくいい匂いに釣られて……い、いや、そうではなく！　お力をこの身で体験し、噂は偽りだったとようやく分かりました。どうか仲間にも治癒をお願いします！」

「うーん……どうしようかな」

腕を組んで顎《あご》に手を当て、高飛車な演技を続ける。

不意にグラントが俺の腕を掴み、あっという間に肌着を脱がされた。ジロジロ上から下まで確認し、膝をついたかと思うと俺の下半身をベタベタ触ってボディチェックを始める。

あまりの素早さととんでもない行動に、俺だけじゃなく誰も反応できなかった。

「……何もないな」

ちょっと、俺、上半身裸なんですけど⁉

「グラントさんよぉ。人前でコレはないだろうよ……」

ちょうど俺の前に跪《ひざまず》いているので、両拳でこめかみを挟んでギリギリと締めた。

「イテテッ！　やめろ！」

「それは俺の台詞《せりふ》だよな？　そう思わない？　いや、他にもっと言うべき台詞《せりふ》があるよな？」

「ぐぅ……それは、その」

「ジュンヤ様！　早くこれを‼」

「グラント殿！　なんて真似をするんだっ！　無礼にも程があるっ！」

エルビスが肌着を拾い、素早く着せてくれる。続けてシャツを着せてくれる間、ラドクルトとウォーベルトが大声でグラントに猛抗議していた。

「ジュンヤ様。これはもう、治癒する必要はないのでは？」

「そうだね。俺もそう思う」

グラントもその隣で跪《ひざまず》いたままの騎士も振り切って、集会所を出ていこうとする。だが、足を上げた瞬間に左手首を掴まれた。

本当に……うんざりだ。

「離せって。もう終わり。あんた達とは分かり合えないことが分かったよ」

「……どうすればいい？」

「何が？」

「許してもらうには、何をすればいい？」

俺はこいつを許せるか？　無礼すぎる男だ。……許せそうにないが、ティアを守る騎士がたくさん必要なのも事実。

「謝罪を……本気の、正式な謝罪を求めます。あなたの部下が見ている前で跪《ひざまず》いて、騎士として謝罪をしてほしい。それが嫌なら、私はもう何もしません」

「謝罪……」

「あなたは謝るのが苦手そうですね。ですから無理しなくていいんですよ？　そもそも、心からの謝罪じゃないと響かないですし……」

口先だけの言葉っていうのは分かるものだ。嫌々謝られても嬉しくない。

黙々と服を整えて、ネックレスを首にかけた。

「……分かった。いや、分かりました」

「副団長！　そんな奴に謝らないでください！」

「ディック、決めたんだ。俺が間違っていた。見ただろう？　この驚異的な治癒の力を。確かに治癒も浄化もできる……彼は……神子《みこ》様だ」

ディックと呼ばれた騎士は、いつかも真っ先に食ってかかってきた男だった。グラントに心酔しているのか、頭を下げさせたくないらしい。だがグラントがそいつを制して下がらせる。

「ユーフォーンの騎士達よ。騎士の礼を取れ。動けない者には手を貸してやれ」

「みんな病人だろ？　それに、無理に謝罪させても意味ないよ？」

「必要なことです」

集会所の騎士達はヨロヨロと起き上がり、片膝をついた。ディックは最後まで立っていたけど、グラントに促されてとうとう膝をついた。

「神子《みこ》ジュンヤ様。数々の無礼をお許しください。我々は意固地になり、神子《みこ》様の力を信じようとしませんでした。ですが、御業《みわざ》を目にし、過ちを認めます」

グラントの言葉は、予想に反して真摯《しんし》なものだった。

「ユーフォーン第一騎士団副団長、グラント・ステーツは、神子《みこ》ジュンヤ様へのこれまでの無礼の数々を謝罪します。以後、第一騎士団は身を賭《と》して神子《みこ》をお守りし、神子《みこ》への忠誠を誓います。我らの謝罪をお受けいただけますよう、お願い申し上げます」

信じていいのか？　信じるとして、これにはどう返事するのが正しい作法なんだ？

困っていた俺の耳元でエルビスが囁《ささや》いた。

『お受けになる場合は応《おう》、受けない場合は否《いな》とお答えください』

そうだな……騎士にとって膝をつくというのは重い行為だと聞いた。誠意を見せたグラントのことを、信じてもいいかもしれない。

「応《おう》。あなた方を許しましょう」

「神子《みこ》の慈悲に感謝いたします」

ここまでしたんだ。信じてみよう。……一人を除いてだが。

「グラントさん、治癒を再開しますので、みんなを楽にさせてやってください」

「グラントとお呼びください……神子《みこ》のお許しが出た。もういいぞ」

グラントの言葉で、がっくりとその場で頽《くずお》れる人、それを必死で支える人と、あっという間に酷《ひど》い有様だ。重症の騎士から治癒するが、事前に宣言した。

「俺は触るけど、そっちからは触らないこと！　触ったら即やめるからな！」

何度も釘を刺し、ラドクルトとウォーベルトにがっちり脇を固めてもらって、順に癒《いや》していく。

不思議だな。悪意が減った効果なのか、魔力の消耗《しょうもう》が少なくなったように感じる。

俺は、にこやかに微笑む慈悲深き神子《みこ》様の演技をしたまま、黙々と治癒を施していった。全員終わる頃にはマテリオ達も回復していて、近くで俺の様子を見守っていた。

騎士全員を回ったが、ディックの目から俺への憎しみは消えなかった。だから、ディックだけは密かに完全には回復させなかった。まぁバレないだろうし、ここまでやればあとは自然回復するだろう。

「ジュンヤ様、お疲れ様です！　さすがですね！　今日は一段と輝きが増してました。綺麗です～」

マナが目をうるうるさせて憧れの眼差しで見つめてくるので、つい苦笑してしまう。隣のマテリオは呆れた顔だ。

「何度見ても……」

「普通じゃない、だろ？　ははっ」

そこへグラントがやってきた。

「部下達を癒《いや》してくださり感謝します」

「謝罪は受け入れましたが、あなた達を心から信じるのは難しいです。それは伝えておきます。ですが、殿下を守り抜き、誠意が伝わったらいずれ信頼できる日も来るでしょう。それと、ここまで献身的に治療を施した二人の神官に、謝罪と感謝を」

試して悪いが、俺の命令にちゃんと従うのかどうか、どうしても知りたかった。

「その日が来るまで努力いたします。マテリオ神官、マナ神官、無礼な態度を取りましたこと、どうぞお許しください」

「「謝罪を受け入れます」」

二人は頷いてあっさり受け入れちゃうし、グラントもすっかり大人しくなり、俺の毒気も抜けてしまった。堅苦しい空気を打ち消すように、少し姿勢を緩める。

「……グラント、敵はまだ来ると思うか？」

一番不安に思っていることだ。

「我々がまだ毒で弱っていると考えていれば、確実に来るかと。神子《みこ》が弱っていたことも知っていたようですし、我々が和解したと知られぬよう、引き続き弱っているフリをします。ですので、神《み》子《こ》も同様にお願いします」

「分かった。作戦に乗ろう。それと、俺のことはジュンヤと呼んでくれ」

「いいえ。ユーフォーンでのこともありますし、私達が認めた証として、『神子《みこ》』と呼ぶのをお許しください」

確かに、この先のユーフォーンも大変そうなんだよな。仕方ないか。神子《みこ》と呼ばれると、自分が自分じゃないように感じられて好きじゃないんだが。

「分かった。任せる」

「神子《みこ》ジュンヤ様。我らを剣として存分にお使いください」

グラントとその部下の騎士達は俺の前に跪《ひざまず》いた。

えっと……俺、お仕置き、完了？

町長の家に戻ってからティアに集会所でのことを報告した。グラントの作戦を伝え、全員が弱っているフリを継続する方向で決定する。

「なるべく早く出発する。時間を置くほど、敵も回復するからな。無理を押して進むフリをして、襲ってきたら返り討ちにする。ケーリー、ダリウス、グラント、頼んだぞ？」

「「「はっ、お任せを」」」

各部隊のリーダーである三人は厳しい顔で頷いた。

それを合図に、通りの封鎖が解除され、各々出立準備を始める。ここは農業メインの静かな町なので、あまり防衛には向いていない。旅の途中の休憩地点、そういう位置付けの町だ。だからいっそのこと出てしまったほうがいいという。

準備が終わり、俺はエルビスとマテリオと一緒の馬車に乗っていた。ユーフォーンの神殿や司教の話も聞きたかったからだ。

だが——封鎖を解いてすぐのことだった。大きな音がして、怒号のような大声も聞こえてくる。

「な、なんだっ？」

「ジュンヤ様、窓に近寄らないでください。私が見ます！」

カーテンの隙間から外を覗いたエルビスの顔色が、さっと白くなった。襲撃なのかっ!?

「どうしたらいい!?」

「馬車には防御魔法がかかっています。簡単には扉も開けられ——っ！」

馬車がグラッと揺れた。ぐらぐらと揺さぶられ、どうやら横に倒そうとしているらしい。

「っ！　エ、エルビス！　マテリオ！」

「何かに掴まれっ！」

「ジュンヤ様！　隙を見て外に出ましょう！」

外では剣のぶつかり合う音、そして爆音が響く。不意に馬車の揺れが収まり、扉が開いた。

——ダリウスだ！

「ジュンヤッ！　無事かっ？」

「大丈夫！　どうなってる？」

「ともかく出ろっ！　魔道具での爆撃だ！　あんなもん町中で使いやがって！」

転がるように馬車から降りた俺達は、砂埃に烟《けぶ》る町を見た。壁も家も崩れ、まさに戦場だ。民の犠牲を全く考えていない、非情な攻撃だった。

「酷《ひど》い……！」

「こっちだ！　ついてこい！」

ダリウスとラドクルト、ウォーベルトに先導されて路地へと逃げ込む。振り向くと、俺達を追ってくる人影が見えた。

「チッ！　ネズミめ」

「団長、我々が相手をします。ジュンヤ様を！」

そう言って、ラドクルトとウォーベルトが立ち止まった。

「頼むぞ」

「そんなっ！」

「ジュンヤ様！　俺ら強いっすよ！　任せてください！」

「死んじゃダメだからなっ！」

「死んだらお仕置きされそうっすからね！　さぁ早くっ！」

ダリウスに腕を引っ張られ、後ろ髪を引かれる思いで走る。

「馬がパニックを起こして今は使えん！　一旦どこかに身を隠すぞ！」

「はぁっ！　はぁっ！　分かった……っ！」

どれくらい走ったのか分からない。ダリウスに抱えて走ってもらうほうが速いが、それではとっさの攻撃を躱《かわ》せないので、自分の足で必死でひた走る。小さな村だから網を張るのが容易だったのだろう、あちこちに敵らしき姿が見えた。

くそぅ、体が鈍《なま》ってる！

足がもつれて走れなくなってきた。角を曲がる手前でダリウスが急停止し、俺を背中に隠した。

「――待ち伏せか。エルビス、マテリオ。ジュンヤを頼んだぞ」

「ダリウスッ！」

「死なねーって約束したろ？　行け。ユーフォーンのパッカーリア商会で落ち合うぞ」

「さぁ、ジュンヤ様、行きますよっ！」

「ダリウス、信じてるからなっ！」

「おう！　任せろっ！」

「はぁっ！　はぁっ！」

俺達は来た道を少し戻って一つ手前の角を曲がり、また走る。

全員が息を切らし、スタミナも切れてスピードが出ない。でも、隠れる場所もなく、どこが安全なのか分からない。ようやく見つけた、路地裏に山積みにされた箱の陰に身を潜《ひそ》めた。

「はぁはぁ……すまない、走るのは、苦手だ……」

マテリオがぐったりと座り込んだ。

「俺も鈍《なま》ってて、もう動けない……」

「はっ、はぁ……ジュンヤ様、どこか、隠れ場所を探します。待っていてください」

一人で行こうとするエルビスの袖を引っ張り止める。

「離れちゃダメだ！」

「しかし、このままでは……爆音は収まっていますが、このままでは見つかります！」

エルビスはそう言うと、俺を振り切って行ってしまった。

「ど、どうしよう、マテリオ。別の馬車に乗ってたノーマとヴァインも無事かな……アランも」

「待つしかない。体力を回復しよう。せめてエルビス殿の足を引っ張らないようにしなければ」

「うん……」

隅で小さくなっていると、不意に足音が近づいてきた。

……どっちだ？

マテリオと目を合わせ、味方であるように祈る。だが、現れた二人組は顔の半分を布で隠した敵だった。

「神子《みこ》様、見～つけたっ！　手柄は俺様がいただき～！」

「っ！」

マテリオが俺の前に立ちはだかる。

「神官様、カッコつけてるけど戦えないでしょ？　無理しないでそいつを渡せば死なずに済むよ～？」

「死など恐れない。ジュンヤは絶対渡さない！」

「マテリオ、無茶するなっ！」

もう一人がマテリオに剣を向けた。

「邪魔だ、退け！」

「あ〜、めんどくさっ！　なぁ、殺しちゃおうぜ。神子《みこ》様さえ生かしとけばいいって命令だろ？」

「そうだな。あんたはメイリル神にでも祈ってろ。一撃で殺してやる」

剣が振り上げられた時、こちらを振り向いたマテリオに突き飛ばされた。

「あっ⁉」

「走れっ！」

振り下ろされた剣がマテリオの背中を斬り裂き、切っ先から血が滴《したた》って……マテリオがガクッと膝をつく。

このままじゃ殺される！

必死で這い寄って抱き起こすが、マテリオは俺を押しのけようとする。

「一人で逃げろ！」

「あんたの命を犠牲にして生き延びたくない！　一緒に逃げるぞっ！」

「っ！」

俺は突き飛ばされた時に掴んでいた砂を、奴らの目を狙って投げつけた。

「うぐっ！　くそうっ！」

「こ、このっ！　いてぇ！」

上手く直撃し、奴らが目を押さえている隙にマテリオを連れて逃げ出す。その途中、点々と続く血痕を追われていることに気づき、隙を見て止血しながら何度も角を曲がって逃げ続けた。

もう自分でもどこを走っているのか分からない……だが、どうにか敵を撒《ま》けたようだった。

ヨロヨロしているマテリオを支えながら歩いていると、逃げるうちにぐるりと一周したようで、最初に隠れた場所に戻ってきてしまった。敵もまさか同じ場所に戻ると思わないかもしれない。それに、マテリオは大怪我を負っている。ちゃんと治癒しようと、箱の陰に隠れて座らせた。

「私を置いていけ……お前が捕まったらどうする……」

「絶対置いていかない！　すぐに傷を塞《ふさ》いでやるからな」

『……ヤ様……ジュンヤ様。聞こえますか？』

「え？」

背中の傷に触れようとした時、誰かが俺を呼ぶ声がした。でも、見回しても誰もいない。

「……今の聞こえた？」

「ああ、聞こえた。どこからだ？」

『後ろです、箱の下のほうを見てください』

声に導かれて箱の陰を覗き込むと、地面に近い場所に通気口のような穴があり、声はそこから聞こえていた。

『一番下の箱にボタンがあるのが見えますか？　押したら、少し離れてください』

マテリオを反対の壁に移動させ、言われるがまま箱を探りボタンを押す。マテリオの隣まで下がって待つと、山積みの箱が横にスライドしていき、小さな扉が現れた。すごい仕掛けだ。

俺は小さいから余裕そうだが、マテリオは這いつくばってようやく通れそうなサイズ感。それに、こんな知らない土地で知らない声に従って隠し扉なんて、大丈夫なのか？

『お早く』

迷っていても仕方ない。マテリオも頷いたので、俺が先に扉をくぐる。

しばらく這って進むと、開けた空間にぶつかった。道が途切れると同時に梯子《はしご》が現れて、それを使って下に下りる。天井裏を這ってきて、壁伝いに部屋に下りているようなイメージだ。まるで忍者のからくり屋敷みたいだ。下りきると、魔灯の灯《ひ》が揺れていた。

「外の箱は、こちらのボタンを押せば元通りです。もう大丈夫ですよ」

そこには、王都で知り合ったノルヴァン商会の店主が立っていた。

「お久しぶりでございます、ジュンヤ様。大変なことに巻き込まれてしまわれましたね」

「ノルヴァンさん、なんで」

「説明は後です。今は神官様の手当が先でございますよ」

「そうだっ、マテリオ！　さぁ、座ろう。治癒してやるから！」

「力を、無駄に使うな……」

「無駄じゃないっ！　ほら、こっち」

ノルヴァンさんに誘導され、マテリオを椅子に座らせる。

「酷《ひど》い怪我だ……」

背中に触れて治癒し、騙《だま》し騙《だま》しの応急処置だった傷を今度こそ完全に塞《ふさ》ぐ。ひとまず大丈夫だろう。でも、かなり出血したせいでマテリオの顔色が悪い。もう少しやろうと思ったが、マテリオに止められた。

「逃げるための余力を残せ」

「でも」

「頼む。お前が捕まったら……私は生涯悔やむ。だから、頼む……」

必死の訴えに仕方なく頷き、後で完治させてやると心に誓った。

「ノルヴァンさん、ここは？」

「私の別宅です。ユーフォーンに仕入れに行く時に使っています。あまり使わない家ですから、家賃の高いユーフォーンで買うのはもったいないですからね。ここは地下の隠し部屋です。私は商人ですので、強盗対策をしています」

「そうでしたか。……助かりました」

「いえいえ。ジュンヤ様も神子《みこ》である——否、むしろ真の神子《みこ》であるという噂は、商人の間では有名でした。殿下と懇意にされていることも、です。今回の騒ぎはそれ絡みでしょうか。ああ、言わなくても大丈夫です。ただ、お助けしたかっただけですから」

「そうだ、ジュンヤが真の浄化の神子《みこ》だ。それゆえに狙われている」

「マテリオ……」

ノルヴァンさんは納得したように頷いた。

「ジュンヤ様のご高名はきちんと王都にも届いております。ですからひと儲《もう》けと踏んで、ジュンヤ様の絵姿等、諸々製作しようとクードラやユーフォーンへ受注に参ったのです。しかしながら、クードラもユーフォーンもどういう訳か反発する者が多く、上手くいかなくてこの町で思案していたところでした」

大きなため息をつき、こちらを見たノルヴァンさんのメガネが、キラッと光った気がした。

「ジュンヤ様。この噂、意図的に流されたものですね？　私達商人の情報より早く噂が流れるなど、あり得ません」

やっぱり、情報戦は商人が上か。俺は頷いた。

「俺やティアを邪魔に思う人達がいるらしいです。でも、負ける気はありません。どうです？　俺でひと儲《もう》け、もう一度狙ってみませんか？」

「もちろんそのつもりです！　私はジュンヤ様の商才にも惚れております。この後はどうなさるご予定ですか？」

「はぐれたらユーフォーンのパッカーリア商会で落ち合うことになっています」

「なるほど、了解いたしました。我がノルヴァン商会が責任を持って送り届けましょう」

「……いいんですか？　危険ですよ？」

ノルヴァンさんは不敵な笑みを浮かべた。

「商人たるもの、危険を恐れていては儲《もう》けなど得られません。その上、惚れ込んだ貴人をお守りできるのです。全力を尽くしましょう」

「ノルヴァンさん……ありがとうございます」

もっとお礼を言いたいのに、これしか言葉が出てこない。

みんなにはどうやって俺達の無事を伝えよう。みんなも、無事なのか？

「あの、ティア……エリアス殿下やみんなに無事を知らせたいんです。それに、エルビスが途中ではぐれてしまって！」

「はい、敵に知られず接触する方法を考えましょう。お任せください」

「良かった……本当に、助かりました」

「今は神官様の回復を待ちましょう」

「はい」

「この部屋に入るには特殊な手順を踏む必要があるので、中にいれば安心です。しばらく外の様子を探りますので、ここでお過ごしください。万一に備え、当面籠《こも》れるようにできております」

ノルヴァンさんが室内の設備を案内してくれる。地下の隠し部屋という割には結構広い。

「手洗いはこちら、水はこちらです。食事は、火を使うとリスクがあるので携帯食になります。お許しを。ここに入っておりますのでご自由にどうぞ。急に買い物が増えては感づかれるかもしれませんのでね」

寝室は複数あった。一番大きな部屋を使うように言われ、言葉に甘えてマテリオをキングサイズのベッドに寝かせる。

「退屈しのぎには本がございます。遮音が効いておりますし、天井は二重天井で地上階の音も聞こえませんから、会話の際も通常通りどうぞ。では、私は一度上に戻ります。ドアを開ける合図は、ベルを二回、一回、二回です。それ以外はこの魔石を起動しないでください」

セキュリティがすごいな。さすがだ。俺は袋から浄化の魔石を取り出し、ノルヴァンさんに預けた。何も言わなくても分かるはずだ。彼は魔石に驚きつつも、上の階へ戻っていった。

「マテリオ、少し休めるみたいだから、もっと治癒しよう」

「ダメだ……万一の時は一人で逃げろ」

この頑固者め。

「俺がそんな人でなしだと思うのか？　あんたのこと大切に思ってるのに、伝わっていないのか？」

「ジュンヤ……」

「分かったら、とにかく休め！」

傷は塞《ふさ》がったが、切られた背中がかなり痛むようなので、横向きに寝かせる。痛むのも当然だ。神官服が血で真っ赤に染まる程の大怪我だった。それに、走り続けて疲れ切っているんだから。

コップに汲《く》んだ水を介助しながら飲ませてやり、俺も口をつけて、ようやくひと息ついた。

「エルビス、大丈夫かな」

「お一人なら魔法で戦える……きっと誰かと合流できたんじゃないだろうか」

「そう、だな。みんな強いから、俺が足を引っ張らなければ、きっと無事だ」

「何を言っている。お前は、もう少し自信を持て……お前が……いる、から……」

「……マテリオ？」

言葉が途切れて目を向けると、マテリオはいつの間にか眠ってしまっていた。あんたは今日、大勢を治癒して、血も流した。休息が必要だよ。

血塗《まみ》れの背中を見て、体を拭いて着替えさせてやろうと思った。重い体をのろのろと動かし、クローゼットからマテリオが着られそうな服を探す。真っ赤な神官服はハサミで切って脱がせた。濡れタオルで上半身を拭き終えると、桶《おけ》の水が真っ赤に染まり泣きそうになった。本当に、生きていて良かった……

服を着せてやろうとしたが、意識がない相手を着替えさせるのって難しいんだな。相手の協力がないと、人の体はこんなに重いんだ。それに、俺自身も疲労困憊《こんぱい》で限界だった。裸の上半身にしっかり上掛けをかけてやり、俺も上着を脱いで隣に潜《もぐ》り込む。

もう無理……疲れた。みんなに会いたい。どうか無事でいて……

ふと目が覚めると、目の前にマテリオの寝顔があった。部屋を暗くするのが怖くて、明るいまま寝てしまったんだ。

マテリオの顔はまだ青白く、回復には時間がかかりそうだった。横になったまま背中に手を回し、治癒を流す。また無駄な力を使ってと怒るかもしれないが、寝ている間ならバレないだろう。

マテリオが俺を守って斬られた瞬間を思い出す。

こっちの世界の生まれなら、危険な時に友人を置いて逃げられるのか？　いや、生まれなんて関係ないよなぁ。あんたを置いていける訳ないだろ、バカな奴め。二人でユーフォーンに辿り着こう。きっと、ティアも捜してくれているはずだ。それに、あの探知機があれば、俺の居場所は分かるはず……

ノルヴァンさんに会えたのはラッキーだった。でも、気掛かりはエルビスだ。どこにいるんだろう。ダリウスや騎士は無事だろうか。みんなは合流できただろうか。

「ゔぅ……」

「マテリオ？　大丈夫か？」

「ぐぅ……っ！」

突然ガバッと飛び起きたのでビックリした。驚いている間に、肩をガシッと掴まれる。

「うおっ⁉」

「本物か⁉」

「ほ、本物？　そうだよ、俺だよ、ジュンヤだ！　目ぇ覚めたか？」

俺の答えに安心した顔になったと思ったら、またバッタリとベッドに倒れたので、襲われた時の夢でも見たのかもしれない。

「具合どうだ？　なんか食べよう。血を流したから栄養を取らないと」

「私が……」

「怪我人は大人しくしとけって」

食料庫から、プロテインバーに似た食べ物とジャム、瓶に入ったジュースを取り出し、水差しに新たに水も入れた。好みをよく知らないから何種類か持っていって選んでもらおう。

トレイに載せて寝室に戻ると、マテリオはまだぼんやりとしていた。サイドテーブルにトレイを置く。起きている間に服を着せようと、寝る前に選んでおいたシャツを持って近寄る。

「どうした？　大丈夫か？」

「あぁ……起きる……」

「えっ？　まだ無理だろ？」

俺が止めるのも構わずベッドから出ようとしたが、踏ん張りが利かず床に倒れ込んだ。

「危ないっ‼　まだ寝てろって！　うう、重っ」

マテリオの体を支えてどうにかベッドのほうに押し返す。背中にクッションを入れて体を起こし、シャツを着せてやった。

「多分貧血だ。傷は塞《ふさ》がったけど、血が足りてないんだから無理に動くなよ。これ、少しでもいいから頑張って食べて血を増やせ。神官服は血塗《まみ》れでもう着られそうにないから捨てた。ごめん」

「いや、いい……すまん」

「何言ってんだ。それは俺の台詞《せりふ》だろ。あんたの傷は、俺のせいだ……」

「それは違う。私が勝手にしたことだ」

うーん。これはきっと無限ループだろうなぁ。

「あのさ、死なないでくれよ。死んだら寂しいだろ……頼むから、もう無茶するな」

「寂しい、のか？」

「寂しいよ。寂しい。だから、死ぬような真似はするな。どんなにみっともなくても俺は生きる。だから、あんたも生きる選択をしてくれ」

「――分かった」

そう言うと、トレイからプロテインバーのようなものを取り、もそもそと食べ始めた。俺も同じものを齧《かじ》る。特別美味くもないが、一本食べると結構腹が膨れた。

この後はどうしようかと相談していると、ベルが二回、一回、二回と鳴る。合図だ。慌てて梯子《はしご》の部屋に走ってボタンを押すと、上からノルヴァンさんが現れた。

「お待たせしました。取り急ぎ現状報告です」

「マテリオと一緒に聞かせてもらっていいですか？　寝室にいます」

ノルヴァンさんと共に寝室に移動し、俺達は報告を聞いた。

「まず殿下のことですが、ご無事です」

「他の人は？　エルビスは？　ダリウスや騎士も！」

「落ち着いてください、これからご報告します」

「すみません……」

焦って取り乱し、食ってかかってしまった。ノルヴァンさんは親切にしてくれているのに。

「今申し上げた通り、エリアス殿下はご無事です。騎士に怪我人が出たようですが、噂では殿下が少々……大変だったそうです。しかし、既にユーフォーンに向けて町を出ています」

「大変だったって？　また襲われたの!?」

「いいえ、ジュンヤ様のことです。神子《みこ》と合流するまでは町を出ないと怒鳴っていらしたと、目撃した住人が騒いでおりました。なにせ氷の王子の怒号ですからね」

――怒鳴ったのか。あのティアが。

「最後は、お付きの方が無理に連れ出されたようです。ですが、決してジュンヤ様を見捨てた訳ではなく、捜索のための騎士達が残っております。接触を試みましたが、怪しまれて斬られそうになりまして。後で、もう一度出直します」

そんな危険を冒してくれて、どう感謝したらいいんだろう。

「ダリウス様や、当店にいらしたことのある騎士様なら私の顔を覚えているはずです。ただ、もう夜になります。周囲が見えないので、敵もジュンヤ様を捜している可能性を考えると、尾《つ》けられる危険は回避したいのです。明るくなるまでお待ちくださいますか？」

「はい……分かりました」

そう返事する以外、何ができたろう。また上の階に戻っていくノルヴァンさんを見送る。

「なぁ……これしかないよな？」

「そう思う。皆が、お前を守るために動いている。だから今は耐えるんだ」

「うん。あ、また顔色悪いよ、少し寝たほうがいい」

「連絡方法を考えたいんだ。寝ている場合じゃない」

「倒れたら意味がないだろ？」

無理やり横にさせると、マテリオはあっという間に寝てしまった。まだ起きていられないくらい弱っているんだ。多分、ここから先は体力の問題だから、治癒してもあまり意味はない。でも……マテリオの手を握ってゆっくり力を流す。たとえ無駄でも、マテリオが命をかけてくれたお返しになればいいと思った。

ダリウスがラジート様の呪いに冒された時はこれで回復できたから、治癒と浄化で体力も回復するんだと思い込んでいた。でも、病人や怪我人を癒《いや》した時、体力は回復しないと分かった。大きく違う点は……キスとエッチだ。エッチというか、「体液交換した時」と言うのが正確なんだろう。

つまりあれか。マテリオにキスでもすれば元気になる？　いやいやいやいや！　早まるな俺っ！　明日になれば誰かと合流できるはず、うん。

さっき眠ってしまったので寝つけず、寝室を出て本を読む。恋愛小説らしきものから歴史書まで色々あった。確かに、これだけあればしばらく籠《こも》っても退屈しないな。

時々マテリオの状態をチェックしながら眠気が来るのを待ったが、まだまだ眠れそうにない。横になるだけでも違うだろうと思い、マテリオの隣に潜《もぐ》り込んだ。

同じベッドで寝る必要はないと思うけど、離れていると不安になる。マテリオの胸に手を当てて鼓動を確かめているうちに、いつの間にか睡魔に襲われていた。


地下にいると時間の経過が分からない。目を覚ましたものの、焦りだけが募っていた。気を紛らわせるためにマテリオと話したかったが、体が睡眠を求めているのなら寝かせたほうがいいだろう。

一人で目覚めてからどれくらい経ったのか分からないが、またベルが鳴り、ノルヴァンさんがやってきた。

「ジュンヤ様、私の部下が騎士様と連絡を取れました。ただ、念のためこの家の話はしておりません。別の場所で会います。ですので変装をしていただきたいのです。神官様の具合はいかがでしょう？」

「まだ眠ったままで……」

「そうですか。敵の狙いはジュンヤ様なんですよね？　でしたら、今はジュンヤ様だけでも脱出していただいて、神官様は我らがユーフォーンに送り届けましょう」

確かに狙いは俺。一緒にいるほうがマテリオには危険だ。ここなら安全……

「そうですね……」

置いていったら怒るかな？　怒るよなぁ……でも、これから行く先で最悪捕まっても、俺一人で済む。もう、マテリオが斬られることはない。

ノルヴァンさんが用意してくれた服に着替えて肌を褐色《かっしょく》に塗り、茶色い髪のカツラをかぶる。厚底ブーツで身長も誤魔化した。俺の隣では、なぜかノルヴァンさんも変装している。

「私の部下のフリをしていてください。うちの部下がジュンヤ様に扮《ふん》します」

「でも、身長からして、彼は子供では？　子供にそんな危険を冒させる訳には……」

「彼は成人でございますよ」

この世界では珍しく背が低い人らしい。でも、子供じゃなくたって、命の危険がある役を無関係の人にやらせるなんて、と躊躇《ちゅうちょ》していたのだが……

「ジュンヤ様。僕は大丈夫ですからお任せください！」

「危険な真似はさせられません」

「いいえ。これは私共の利益のため。いわば先行投資でございます。勝手にするのですからお気になさらずに。それと、私は今から商人のベイルです。名前は呼ばなくてもいいですよ。どうしても必要がある時は、店長と呼んでください」

さすが商人、口が上手い。仕方なく了承し、身を潜《ひそ》めていた別宅を出て、騎士がいるという料理屋に向かう。貸し切りにしてあるそうだ。

「さぁ、この店です」

店に入ったノルヴァンさんの後に続く。俺は俯《うつむ》いてフードをかぶり、俺の身代わりをしてくれる青年の後ろを歩いた。店内には三人の騎士がいるようだ。ちらりと目をやると、ネイビーのブリーチズが見えた。

よりによってバルバロイの騎士か。大丈夫かな……

「お前がベイルだな？　そのフードをかぶったのが神子《みこ》様か？」

厳しい口調で問う騎士に緊張が走る。

「はいはい、お連れしましたよ。……謝礼はいただけるんですよね？」

「無論だ。顔を見せろ」

もう一人が詰問《きつもん》する。……この声には聞き覚えがあった。

「はいはい、この方ですかね？」

身代わりの青年は俯《うつむ》いている。ノルヴァンさんが彼のフードを取り黒髪が覗いた、その瞬間——

「うぐっ！　な、ぜ……」

「がはっ!?　……ディッ……ク？」

ディック！　あいつか！　最後まで俺に反発していたグラントの部下……！

二人の騎士が倒れ、床に血溜まりが広がっていく……

「騎士様、何を……」

ノルヴァンさんが後ずさる。俺も身代わりの彼に逃げるよう合図したが、ディックのほうが早く、ドアの前を塞《ふさ》がれてしまった。

「そいつをもらうぞ」

ディックは、まだ身代わりの彼を俺だと思っているようだ。

「騎士様！　な、なぜお仲間を斬ったのですか？」

「そいつを欲しがってる奴がいる。お前らにもたっぷり報酬をくれてやるよ」

「そうですか！　ならば問題ありません。私は商人、ここは取引といきましょう」

ノルヴァンさん……？　作戦でもあるのか？

「おい、お前！　騎士様のほうに行け！」

らしくない乱暴な態度で、ノルヴァンさんが青年の背中をディックのほうへ押しやる。奴が顔を確認しようとフードに手をかけた、その時、ノルヴァンさんが俺の腕を引っ張った。

「こっちへ！」

「待てっ！」

俺の手を引いて走り出すノルヴァンさん。身代わりの青年が心配で首だけ振り返った先で、ボンッという音と共に煙がモクモクと立ち昇った。そしてその煙の中から青年もこちらに走ってくる。

無言で俺の手を引いたまま、ノルヴァンさんが走る。背後から追ってくる足音が響いていたが、不意にゴンッと派手にぶつかる音がした。

煙で俺達を見失ったらしい。剣を振り回しているのか、ガチャンと食器の割れる音が響く。

「チクショウ！　待て、淫売めっ！」

罵《ののし》る声を背に、勝手口から素早く外へ出た。無言のまま時折背後を確認しながら、無事ノルヴァンさんの別宅に戻ってくる。

「こ、ここは大丈夫なんですか⁉」

「名前も家も全て偽装しています。どうぞご安心ください。ですが、このままこの町にいては、あの部屋から出られなくなりますね……」

さすが抜け目のない人だ。でも、この先どうしよう。あの刺された騎士達は無事だろうか？

「こうなったら、商会の馬車で脱出しましょう。念のため準備はしておりました。ジュンヤ様のご無事は別の方法で知らせるとして、脱出を優先します」

「マテリオは……」

「お一人で置いてはいきません。もちろんお連れしますよ。さぁ、早く準備をしましょう」

また違う服に着替えてカツラの色も変えた。駆け足で地下の部屋に向かう。マテリオは起きていたのだが……

「何者だっ！　ジュンヤをどうしたっ！」

血相を変えてベッドから飛び出そうとしたので、慌てて声をかけて止める。

「俺だよ！　ジュンヤ！　変装してる！　こっちはノルヴァンさんだよ」

「はぁ？　なぜそんな格好を!?」

「神官様、事は急を要します。詳細は後でジュンヤ様に聞いてください。まずはお着替えを」

ノルヴァンさんに促されて支度を終え、マテリオもなんとか梯子《はしご》を上りきった。だが、ぜいぜいと息が荒い。

「裏の荷馬車にお乗りください」

案内されて車庫に行くと、ノルヴァンさんの『別宅』はかなり大きな家であることが分かった。さすがノルヴァン商会だ。示された荷馬車には既にびっしりと商品が詰まっていて、隙間なんかなさそうだった。

だが、後ろの搬入用の扉ではなくサイドの装飾を操作すると、その装飾のついた面がすっと横に開く。ここもからくりか。一見してスペースがあるようには見えなかったぞ？

「さぁ、ここへお入りください。狭いですが、どうにか二人で横になれる程度のスペースはあります」

なぜこんなスペースがあるのかは聞いてはいけない気がして、俺達は黙っていた。

「外のことが気になるでしょう。その時はこのボタンを押すと、正面の景色だけですがこの鏡に映ります。ご自身の魔力を使うので消耗《しょうもう》にお気をつけください。食べ物や飲み物はこちらに。手洗いはありませんので、申し訳ありませんが、この棚にある玉《ぎょく》をお使いください。これは体内を洗浄する玉で、後ろの……尻の穴にですね、入れるのです、はい。触れた手も洗浄されますのでご心配なく」

それから、玉を使うと肌に塗った顔料も落ちてしまうからと、新たな顔料も渡された。

「わ、分かりました。マテリオ、ほら、頑張れ」

背中を押してどうにか押し込み、俺も乗り込む。

「扉を開けるのはこの黄色いボタンですが、安全圏に入ったらこちらからお声をかけますので、お二人は絶対に触れないでください。遮音は緑のボタンです。安全圏まで丸二日はかかると思いますので、どうか耐えてください。時間計はこちらです。では、申し訳ありませんが閉めます」

扉が閉まると、小さな魔灯だけが頼りだ。マテリオは梯子《はしご》で相当消耗《しょうもう》したらしく、ぐったりと横たわっている。座席兼ベッドのようになっていてスペースに余裕はない。寝る時はピッタリくっつかないと無理そうだ。

「マテリオ、頑張れ。脱出するぞ」

「ああ……すまない……」

マテリオはか細い声で答えた。そうして、馬車は発車した。

馬車に揺られながら事情を説明すると、マテリオは騎士同士の仲間割れと裏切りに驚いていた。だが、相手がディックと知って合点《がてん》がいったようだ。

それ以降は、町を出るまで会話をしないと決め、無言で揺れに身を任せていた。

「――その馬車、待てっ！」

突然外から大声がした。

あれ？　この声……神兵のリューンさんだっ！

教えられたボタンに魔力を流し、鏡に映ったのは間違いなく彼だった。思わず黄色の――扉を開くボタンを押そうとして……手が止まる。リューンさんの背後にディックがいたからだ。

……ダメだ。リューンさんが殺されてしまうかもしれない。何か合図をしたいけど、ディックにも気づかれてしまうだろう。

「はいはい、これから商売でして、荷物をご覧になりますか？　どうぞどうぞ」

ノルヴァンさんは検閲に慣れているのか、さっきとは声音も変わっていて演技派だ。彼もまたさっきとは服装も変えて肌も染めていた。

後ろの扉が開き、ガタガタと音がして、中を検分しているようだ。思わず息を押し殺すが、俺達がいるこのスペースには気づいていない。

「チッ！　もういい。おい、負け犬、お前らもさっさと降りろ！」

リューンさんも一緒に検分していたみたいだが……あの野郎！　神兵さんに失礼な！

ディックは先に降りたらしく、前方に移動してノルヴァンさんと話している。なら、今後ろにいるのは神兵さんだけ？

俺は遮音を解除して、壁をコツコツと叩いた。

「――何か聞こえなかったか？」

「ああ。なんだろう。生き物を積んでいた様子はないよな？　ああ、ジュンヤ様……一体どこにおられるのか」

コツコツ……コツコツ……

ディックにバレる前に気がついてくれっ！　お願いだ。二人共、気づいて……！

「やはり音がする。トマス、ここじゃないか？」

コツコツ。

「……もしや、ジュンヤ様？　はいなら二回、いいえは三回鳴らしてください」

コツコツ。

「っ！　なぜお隠れに？　ユーフォーンの者に問題が？」

コツコツ。

「神官様と一緒ですか？」

コツコツ。

ああ、これだけじゃ伝えきれない。

「分かりました。このままお行きください。パッカーリア商会でお会いしましょう。エルビス様達もご無事です」

コツコツ。

良かった。分かってもらえてホッとした途端、外から怒号が響いた。

「おいっ！　いつまで捜してんだっ、のろまめ！　俺が見ていないならいねーんだよっ！」

「煩《うるさ》い奴だ……リューン、ここは空振りだ。行こう」

「そうだな。町中くまなく捜そう」

二人が荷台を降り、再び馬車が動き始めた。時間稼ぎをしてくれるつもりだな？　でも無理はしないでくれ……！

揺れる馬車の中、横たわるマテリオの汗を拭う。体温が低いのに脂汗なんて、あまりいい状態じゃないと思う。

「大丈夫か……？」

「寝ていれば、体力はいずれ戻る……。み、水をくれ」

「うん」

なんで治らないんだろう。こっそり治癒をし続けているのに。怪我の治療だけじゃダメで、魔力も減っているのかな。

水を飲むためにどうにか起き上がったマテリオだったが、踏ん張りが利かないらしく、体を寄せて支えてやる。

——水、か。もしかしたら……

「マテリオ。考えてたんだけど……試したいことがある」

「なんだ……？」

「水《コレ》だけどさ、俺から口移しで飲んでみろ」

「はぁ？　な、何を言っている！　いいから、それを」

マテリオがグラスに手を伸ばすが、遠ざけて渡さない。

「治癒だけじゃ足りないんだ。気づいてるだろう？　傷は治ったけど魔力は激減、そのせいか体力も戻らない。だから、これは――治療だ。うん。もしかしたら、俺の体液で回復するかも」

「治療……？　し、しかし」

「一回やってみて効果がなければ終わり。それでいいだろ？　このままじゃ、万一発見された時に逃げられない」

「確かにそうだが……その時は」

「置いてかないぞ」

自分で言っといてなんだけど、これ、とんでもない提案だ！　自分からマテリオにキス……いや、治療の一環です！　だからキスじゃない。でもこれは三人に知られてはいけない事案だ！

嫌いな奴が相手なら俺だってこんなことは言わない。でもマテリオは大事な奴だから置いていくなんて絶対できないんだ。特に今は体力もないし、いつ捕まるかも分からない。

そうなったらこいつはどうなる？　囮《おとり》にされる？　その時生きていればいいけど、もしものことがあったら？　あのディックの様子では、憂《う》さ晴らしに殺されてしまうかもしれない。

「よし、確認しよう。これは治療だ！」

「これは、治療……」

マテリオには横になってもらい、頭の下にクッションを入れた。それから俺が水を口に含み、顔を寄せていく。顔が近くなり、マテリオが耐えきれないといったように目を閉じた。やっぱり目を瞑《つぶ》っちゃうよね。俺もだよ。

これはキスじゃない、キスじゃない……

唇が触れると、マテリオが震えているのが分かった。嫌がっているのか、それとも緊張しているから？

思い切って唇を重ねる。でも。マテリオはなかなか唇を開かない。そのままぐっと押しつけると、ゆっくりと唇が開いた。

これはエロじゃない、エロじゃないですよ！

口内の水を全て移して唇を離すと、マテリオの喉《のど》がごくりと音を立てた。不意に、庇護者《ひごしゃ》になり得るかどうかの確認を、マテリオが固辞していたことを思い出す。これで結果が分かるかもしれない……

「どうだ……？」

マテリオは目を閉じたままだ。

「力が……入ってきた……」

「そ、そうか！　良かった。今ので足りる？」

尋ねると、マテリオが目を開けて俺を見つめる。

「……足りない」

「わ、分かった。もう一回、な？」

水をまたひと口含んでそっと上体を屈《かが》めると、背中に手が回ってきた。

おいおいおい！　その手はなんだよマテリオ！　分かってるよな？　雰囲気出しちゃダメだぞぉぉ！　マテリオさーん!!

「ん……」

マテリオは、さっきよりも素直に口を開いた。不意に、更に水を求めるようにマテリオの舌が動いて、俺の舌と触れ合う。その瞬間、舌先にピリピリと甘い痺《しび》れが走り、覚えのある感覚に襲われた。

やばっ！　甘いし、嘘だろ？　これって……!?

思わず体を引こうとしたが、背中に回ったマテリオの手がガッチリと俺を押さえ込んでいた。

何なに？　なんでっ？　さっきまで弱々しかったのに逃げられないぞ？

「んむっ」

舌がスルリと入ってきて俺の舌を搦《から》め捕り、口蓋《こうがい》を舐《な》め回される。

「んっ、ふぅ……ん……」

絡み合う舌からマテリオの力が入ってきた。閉じられない口から唾液を啜《すす》られ、ようやく唇が離れる。

「はあっ、はぁ……急に、なん……だよ……」

そう言う俺だっておかしい……ジンジンする……どうしよう。

マテリオの腕から逃れようとするが、今度は片手が腰に回ってきて阻まれた。

「分からない。私はどうしたら……流れてきた力が甘く痺《しび》れる。これはなんなんだ？」

「と、とりあえず離れよう？　落ち着いてから考えよう。ほら、手ぇ離せって」

「無理だ。なぜか分からないが離せない」

これ、無意識でやっているのか？

「なら、このままでいいから、話そう。うん」

「話、と言っても……」

「えーと、どんな感じ？　まだ魔力が足りないか？」

「足りないかと聞かれれば足りない。だが、違うんだ。どう言えばいいのか、体が……熱い」

上に乗っている俺の尻に当たる硬いもの。その意味。もしかして、マテリオも庇護者《ひごしゃ》だったのか？　それに、俺もおかしくなってきている。俺はもぞりと尻を動かした。

「こ、これ……」

「これは何かの間違いだっ！」

「俺のせい……だろ？」

「とにかく！　治めるから！」

でも、腕は俺をしっかり抱いたままじゃないか！

「そう言うなら、手ぇ離してくれないと……」

俺だって触れられた腰の辺りがゾクゾクしちゃってるんだぞ。

「分かっている！　分かっているんだが……こんなはずでは……！」

もしかしたら、魔力が満ちたら落ち着くかも。そう思った俺は、もう一度マテリオにキスしてやった。

「っ！　んんっ……」

ちゅ……くちゅっ……

嫌がるかと思ったが、大人しいどころか貪欲に舌を絡めてくる。

「ん、んんぅ……ふぁ……はぁ、マテリオ、もぅ、終わり……」

唇が離れ、マテリオがごくりと音を立てて唾を呑み込むと、また腕の力が強くなる。このまま続ければ、体力も回復するかもしれない。

でも、俺もちょっとやばいよ。息子が起きちゃった。あんまりくっつかれるとバレてしまう。

「あっ⁉」

不意に視界が反転し、マテリオに組み敷かれてベッドに押しつけられていた。

「はぁはぁ……ジュンヤ……私は、欲しいものがあるんだ。頼みを、聞いてくれるか？」

「何？　俺にできること？」

「お前じゃなければダメだ。……コレが、欲しい」

マテリオは俺の兆《きざ》していたそこをやんわりと握った。

「それって、まさか」

「飲みたい……慈悲をくれ……」

「そんな無理しなくても！」

「無理じゃない。私は、触れてみて気がついた。お前が――好きなんだ」

「そ、んな。きっと媚《び》薬《やく》効果のせいだよ！」

「絶対に違う。庇《ひ》護《ご》者《しゃ》の検査を辞退した時は贖《しょく》罪《ざい》の気持ちが強かった。神《み》子《こ》を崇《あが》め、守ろうと思っていた。だが、お三方に抱かれた後のお前を見ていると、気がおかしくなりそうだった！」

初めてぶつけられた本音。ルビー色の瞳はまるで炎を宿しているようで、俺は言葉を失い、ただ見つめることしかできない。

「お前は私をなんとも思っていないだろうが、私は……この思いに気がついてしまった」

「俺、は」

そんな……ずっと友達として見てきたから、急にそんな風に言われてもパニックだ。

「今、この時だけ……私のものになってくれないか……？」

それって。それってさぁ。

「俺を、抱きたい……のか？」

「――そうだ。無茶を言っている自覚はある。これっきりでこの気持ちは封印する。その代わり、生涯お前を守ると誓う」

「生涯って……そんなの……」

「もし許してくれるのなら、それは私にとっては一生を賭ける価値のある時間だ」

なんて……重たい思い。一体どれだけ耐えていたのか。

「俺、気づかずに無神経なことしてたかも。ごめん」

「お前はお前らしくあればいい。それが……愛した理由だから」

参った。どストレートに告白されてしまった。

困惑はしているが、不思議と嫌悪や拒絶したい気持ちは感じない。ラジート様にキスされて気づいたが、俺も相手に心を寄せていないと生理的にダメなんだ。つまり、俺の心はマテリオを受け入れている。この甘い感覚が、そう告げている。

これが愛とか恋なのかは分からないが、マテリオのことは親友だと思っている。だから、この関係が壊れるのは怖い。

「急に言われても分からないよ……分からないんだ」

「最後までしなくてもいい。ただ、触れて奉仕したい。お前に触りたい」

それ、俺だけが恥ずかしい思いする奴じゃん。狡《ずる》いと思うんだけど。

「俺ばかり恥ずかしいのは嫌だ……」

「――そうか」

マテリオはそう言うとスッと俺から離れ、音を立ててベッドに倒れ込んだ。

「おい、大丈夫かっ⁉」

「ああ。少し力を分けてもらったし、そのうち回復するだろう……すまない。さっきの言葉は忘れてくれ」

「忘れる？」

忘れられるのか？　そして今まで通りにして、マテリオは俺を諦める……？

「そんなの、難しいよ……」

「すまなかった」

「謝ってほしい訳じゃないっ！　ただ、びっくりしたんだ。そんな風に見えなかったからさ。だって、俺達の出会いって、色恋が発生するようなものじゃなかった気がするんだ」

「そうだな。散々酷《ひど》いことをした。そもそも、私はついさっきまで自分の気持ちに気がついていなかった。だから正直戸惑っている。強引な真似をして悪かった」

いや、めっちゃ落ち込んでるじゃん。お陰でお互いのアレは落ち着いたけどさ。

壁に向かって横向きに寝ているマテリオの隣に、背中合わせで横になる。体温を感じられる程近い。

「最初の頃のことはもう気にしてない。むしろ、あれがあったから、今では腹を割って話せる相手になったんだと思う。そういう意味でも、あんたは特別なんだ」

「そうか……それだけでも良しとするか」

「だからかな？　あんたも……俺の庇護者《ひごしゃ》だったんだ。なぁ、ちょっとこっち向けよ。顔見て話そう」

俺は体勢を変えて、マテリオの背中に話しかけた。すると、ぎこちなくこちらを向いてくれる。

「どういうことだ？　庇護者《ひごしゃ》になるにはお互いの心が通じていないとダメだと聞いた」

「これが恋か友情かは分からないけど、俺達、どこかで繋がってるんだ。口移しした時、水が甘くなかったか？　俺は、あんたの舌が、甘かった」

ふと感触を思い出す。ティア、ダリウス、エルビスの三人共、力をもらう時の感覚はそれぞれ違うし、マテリオもまた違った。上手く表現できないけど、柔らかな力が入り込んできたんだ。

するとマテリオが両手で顔を覆う。

「なんてことを……言うんだ……」

薄明かりでも分かる程、マテリオが赤面している。初めて見るそんな顔に、不思議と温かい気持ちになる。抱きしめたいけど困らせるかなぁと我慢した時、ふと大変な問題を思い出した。

「マテリオ。乗る時にノルヴァンさんに聞いた説明、覚えてるか？」

「すまん……全部は覚えていない。ユーフォーンの騎士が裏切ったことと、二日間は車中だというのは覚えている」

「そうか。で、ここにトイレがないって言われたの、覚えてるか？」

「そう言っていた気が……あっ」

「思い出した？」

気まずい沈黙の中、壁に取りつけられた引き出しを見つけて開けると、香油と、ピンク色の粒が入った瓶があった。

ああ、やっぱり見たことある奴だぁぁ！

「これさ、洗浄するだけのもの？」

ささやかな希望を込めて聞いてみる。

「多分違う。無理やり体内を洗浄すると強い不快感に襲われる。それを軽減させるには媚薬《びやく》は欠かせない」

「……やっぱりか」

「二日間出られないなら回避できないだろう」

また気まずい沈黙が流れる。

「自分でやるか。あんたもできそう？」

「するしかない」

ですよね!!

「とりあえず、お互い見ないようにやるしかないよな」

また背中合わせになり、もぞもぞとブリーチズを脱ぐ。

そこではたと気づいて、ノルヴァンさんに教えられた緑色のボタンを押した。念のための遮音だ。

改めて、香油を少し手に取ってからマテリオにも渡す。はたから見たら怪しい光景だよなあ。しかし、今は正気に戻ってはいけない！　安全を確保するために必要なことだと自分に言い聞かせ、香油塗《まみ》れにしたそれを自分の窄《すぼ》まりに押しつけた。

が……交玉を入れるのには慣れてしまったが、自分でしたことはないのだ。体を丸めて頑張って挿入したものの、いつもの位置には届かない。

浅いところだと、なんとなく気持ち悪い感じがする。もう少し頑張ろうと押し込むと、中が刺激されてしまった。

「ふっ……うぅ……」

やば……なんとか声を殺したけど、もうこれ以上は弄《いじ》ったらダメだ！　まだ浅いけど我慢するか。

これ、溶けてなくなったらマシになるのかな。

「くっ……うう……」

諦めていると、背後でも呻《うめ》き声がした。マテリオも苦戦しているみたいだ。気になるけど聞けないし振り向けない、非常にセンシティブな話題だっ！

とはいえ、俺もやはり位置が悪いのか体の中がざわついて気持ちが悪い。背後のマテリオも、ずっと苦しそうに呻《うめ》いている。

「マテリオ……大丈夫、か？」

「大、丈夫、だ」

いや、全然大丈夫な声じゃないじゃん。俺もめちゃくちゃ苦しいし！

「お前は、大丈夫、か？」

「正直、苦しい……あんたも、本当は苦しい、だろ？」

「――ああ」

「これ、いつ治まるかな。奥まで入ると割とすぐ落ち着くんだけど、位置が悪いみたいだ。あんたは初めて？」

「私は抱かれる側じゃないから……」

そうですか！　そうですすよね！　そんな気はしていました！

「正しい位置なら早く楽になるのか？」

「うん」

答えた俺の背後でマテリオがゴソゴソ動いて、こちらを向いたようだった。

「……挿《い》れてやろう」

「えっ？　ちょ、待って！」

「苦しいんだろう？　だから挿《い》れてやる」

この不快感からは解放されたい……けど！　マテリオに指を挿《い》れられるんだよな？　告白された相手にそれってどうかと思うんだ。思うけど、苦しい……

「わ……分かった」

「大丈夫だ。さっきのキスと同じだ。治癒だと思え。変なことはしない」

香油を纏《まと》った指がそこに触れた。ツプリと指先が入り込んで、玉に当たった感触。それをそのまま奥に押し込んでいく。それだけじゃない。マテリオの指から治癒が流れてくる……

「マテリオ、治癒しなくて、いい」

やばいよ、気持ち良くなっちゃうだろ？

「だが、痛くないか？」

「痛くない。もう少しだけ奥に挿《い》れて……」

玉ですからね！　指じゃないよ！

「分かった」

マテリオの指が俺の中にいる……

「んぁっ！」

弱い場所を掠《かす》め、思わず声が漏れる。とっさに両手で口を覆った。

「すまない！　痛かったか？」

勘違いしたマテリオに敏感な場所に強い治癒をかけられて、つい指を締めつけてしまう。首を横に振って必死で耐えていると、ようやく指が抜けていく。それだけでゾクゾクと快感が走った。

「ん、大丈夫。あんたは？　俺もしてやるよ」

「私はいい！　そのうち静まるだろう」

「いやいやいや！　俺だけ恥ずかしい目に遭うのっておかしくない？　イエス！　おかしいです！　という訳で、俺のターンだ」

体を起こして勢いのままマテリオの脚の上に跨《また》がったのはいいが……俺、下半身が丸出しだった。せめて下穿《したば》きを直せば良かった！　でも、一度退いたらその後は断固拒否されそうなので、このままやることにする。

「横向きのままでいいから、力抜いて体を丸めてみな？」

子供の頃、処方された坐薬を母が入れてくれる時、体を丸めると楽だと言われたのを思い出した。

「こ、こら！　よせって！」

おや、さっきキスした時より力が弱いじゃないか。今のうちに、俺もお返しだ！

「挿《い》れるまで退かないからな〜」

少しの間モゾモゾと身を捩《よじ》っていたマテリオだが、やがて観念したのかのろのろと体を丸めた。

指をたっぷり濡らす。

「……やはりしなくていい。ジュンヤ、頼む」

「傷つけないように気をつけてするから」

他人の穴に指を挿《い》れるなんていきなりできるか分からなかったけど、指の腹をぐっと窄《すぼ》まりに押しつけた。指先が潜《もぐ》り込むと、ナカの熱さに驚く。マテリオは体が硬いのか、玉は一番辛そうな位置にあった。

「これ、苦しいよな。もう少し奥に入れれば楽になるから……頑張れ」

「ぅう……こんな目に遭うとは……」

「ごめん。俺を守ったせいだな」

「それは後悔してない」

間髪をいれずに答えが返ってくる。

なんだよ、ちょっとキュンとしちゃっただろ……

「――ありがとう。なぁ、俺を信じて任せてくれ」

さぁ、あとは思い切ってやるだけだ。奥まで玉を挿入し、マテリオの様子を窺《うかが》う。目を固く閉じ、顔を真っ赤にして必死に耐える姿が……可愛かった。こいつをそんな風に思う時が来るなんて。

俺はと言うと、玉と魔力のせいでナカが疼《うず》き、息子も兆《きざ》し始めていた。ちらりと見ると、マテリオも兆《きざ》している。

「これも、しばらくすれば治まるんじゃないかな。あとは適当にヌこう。……俺は向こう向いてヤるからさ！」

お互いに背中を向けて、見えないように配慮しようぜ、うん。

上から退こうとした時、マテリオが急に仰向けになり、バランスを崩しかけた俺の腕を引いた。

「ちょっと！　これはダメ！」

「私がシてやりたい。それに、これ」

やんわりと息子を握られてしまうと、さすがに動けない。

「は、離せって……」

ゆるゆると扱《しご》かれ、半勃《はんだ》ちだった息子を完勃《かんだ》ちにされてしまった。ああ、男って単純だ！

しかも、マテリオのご子息もガチガチなのが分かる。マテリオの上に乗っている俺はほぼ騎乗位の体勢で、まるで襲っているみたいだ。

「ちょっと、手、ダメ、ふっ、うぅ……」

先走りを塗りつけながら扱《しご》かれ、クチュクチュといやらしい音がし始める。その上交玉《アレ》のせいで、潤滑液が溢れて太腿《ふともも》を伝った。

「ジュンヤ……綺麗だな。玉の効果で褐色《かっしょく》に染めた肌が元に戻っていく……美しい」

「変なこと、言うなよぉ」

「本気だ。綺麗だ。綺麗なお前が乱れてよがるところが見たい」

「くそぅ……」

俺は迷いながらも、マテリオの服をはだけ、勃《た》ち上がっている雄々しい陰茎を握った。

「ジュンヤ!?」

「やられっぱなしは、悔しい」

跨《また》がったまま、仕返しのつもりでマテリオの陰茎から溢れる先走りを塗りつけながら上下に扱《しご》く。

ティア達にバレたらどうなるんだろう。さっきまでダメだと声高に叫んでいた理性が崩壊し始める。触れ合っているだけで、お互いの治癒が循環していくのを感じていた。

「マテリオ、はっ、はぁ……これ、何……？　力が、何も、してない、のに！　あんたの力が入ってくるっ……」

「くっ……私にも、お前の力が流れ込んでくる。はぁ……神官同士の交歓《こうかん》は……特別、だが……うぅっ、この感覚、は、初めて……だ」

体液の交換はしてない。粘液を纏《まと》って触れ合うそこから激流のようにチカラが循環している。俺達、いけないことをしている……でも、やめられない。

「ジュンヤ……キスしてくれないか……？」

ルビーの瞳に誘われるままに、マテリオに覆いかぶさっていた。頭にそっと手を添えられて唇が重なる。すかさず舌が入り込み、俺の口内を丹念《たんねん》に舐《な》め取った。同時に、甘く痺《しび》れるような感覚に身体がざわめく。

もっと、触れて――

「ふぁ……まって、おかしい……」

「お前が欲しい……もっと、私に慈悲をくれ……」

唇が離れ、マテリオは俺の先走りに濡れた指を一本一本目の前で舐《な》め取った。

「これがお前の……素晴らしく美味だな……」

「エロい真似すんなよぉ」

「もっとくれないか？」

磁石のように引き寄せられ、再び唇が重なり夢中で舌を絡め合う。

俺、なんでこんなにエロモードになってんの？

「んんっ……ふっ……はふっ……あっ!?　んんっ！」

ぎゅっと抱きしめられたと思ったら、体勢を入れ替えて押し倒されていた。

これ、マズイ……でも、力が入らない。

マテリオの手がシャツの中に滑り込んできて乳首を摘《つま》み、さすられる。思いの外器用だ。三人に何度も愛されたそこは、わずかな刺激にも快感を覚えてしまう。

「ぁん、やぁ……」

なんていやらしい体になったんだ、俺。

「ジュンヤ……」

マテリオが俺のシャツのボタンに手をかけ、あっという間に脱がされた。カツラも取られ、髪に指を差し入れ撫でられる。

「あ……待って、こんなの……ダメだ……」

「もっとしたい。頼む……お前が欲しい。抱きたい」

片手で乳首を弄《いじ》りながらねっとりと首筋を舐《な》め、濡れそぼって恥ずかしい音を立てている陰茎の鈴口を抉《えぐ》られた。

「あ！　あうっ！　そんな！　だめぇ……」

「欲しいんだ。ここを舐《な》めていいか？　気持ちいいことだけ、するから……」

動きを一切止めずに畳みかけてくる。マテリオの動きに合わせて無意識に腰が揺れていた。直《じか》に触れ合う全ての場所からお互いの治癒が行き渡り、快楽で脳髄まで煮えたぎる……

「はぁ……ん……いい……いいよ」

「言葉にしてほしい。舐《な》めていいか？」

「な、舐《な》めて」

「喜んで」

マテリオは素早く体をずり下げ、パクリと俺の陰茎を咥《くわ》えた。

「ん、あぁっ」

いきなり喉奥《のどおく》まで呑み込まれ、舌で刺激しながら大きく上下にしゃぶり、鈴口を責め立て翻弄《ほんろう》される。

「うっ、うん……ふぅっ！　だ、め！　あっ！　いきなり！　うぅっ……はげ、しぃ！　イクっ！　やぁ……！」

絶妙な舌使いであっという間にイきそうになり、マテリオの頭を押すがびくともしない。熱い口内に包まれたそこに直接治癒が流れ込み、耐えられなくなって腰を振りまくった。

「あっ、あ、イイッ！　イく！　も、あ……うっ……うぅ………」

射精の余韻に浸る俺の陰茎を、一滴も逃さないとでも言うように吸われ、ヒクヒクと体が震える。

「はぁっ！　はぁ！　マテ……リオ……それ、反則……」

「もったいないだろう？　……堪《たま》らない……もっと欲しい」

「なに、言ってんだ……連続は、無理……はぁ、はぁ」

達して力を失った陰茎を、飴《あめ》みたいに舐《な》め続けるマテリオの顔がエロかった。

大きな体を丸めて舐《な》め続ける頭を避けて横から覗くと、先走りを滴《したた》らせる陰茎が揺れている。

「あんたも、イキたいよな……？」

「自分でする」

なんて狡《ずる》い返事だ。

「なぁ……そんなに俺が欲しいのか……？」

「……ああ……欲しい。お前の……一番奥まで、行きたい」

これは、彼らへの裏切りだ。もしかしたら、許されないかもしれない。でも、俺のために斬られたこの男が相手なら……マテリオだから……

庇護者《マテリオ》が触れる肌の全てが快楽に震えている。あんたが欲しい、と。

「俺達……共犯者になろうか」

「……いいのか？」

「いいよ。俺を、あげるよ」

「今だけ……お前の全てをもらっていいのだな？　この馬車にいる時間だけ、私にくれ」

「その代わり、罪悪感とかで俺の前から消えるなよ。責任とって、最後の浄化まで一緒にいてほしい。他の神官じゃダメなんだ」

「この命をかけて傍にいる。そして、決して死なない。最後までお前を守り抜く」

「マテリオ……キスしよう？　それから……抱いてくれ」

赤銅色《しゃくどういろ》の髪が目の前で揺れている。薄明かりの中でさえ分かる陶器のように白い肌と、ルビー色の瞳が綺麗だった。互いの舌を絡ませて唾液を交換し合うと、体の奥がジンジン痺《しび》れ、熱い楔《くさび》を求めてマテリオに腰を擦《こす》りつけてしまう。

「ふっ……んんっ……ん、んぅっ」

ディープキスのまま、マテリオが俺の中に侵入してきた。逃げたりしないのに、腰をガッチリ押さえられて、太く長いモノがズブズブと挿入《はい》ってくる。

ああ……熱い……太い……

何度も拓かれて快感を教え込まれているせいで、そこは難なくマテリオを呑み込んだ。唇が離れ、必死に酸素を求めて口を開くと、喘《あえ》ぎ声が止まらない。

「っ！　あぁ……ん……あ、もっと……深く、来て大丈夫……」

「ジュンヤ！　愛してるっ！　愛してる……！」

熱に浮かされたように俺の名前を呼び続けるマテリオ。腰を浮かし、足を肩に担《かつ》がれて深く挿入《はい》る体位に変わると、更に奥まで貫かれた。

「あうぅ！」

「すまん。苦しいか？」

「だいじょ……ぶ」

「治癒を流すから」

「それ、だめぇ」

「なんでだ？」

「へんになるぅ」

ダメだと言っているのに力が流れ込んでくる。ナカにいるマテリオからもすごい勢いで流れてきて……こんなの反則だ！

「ふぁ……やぁ……！　こんなぁ……あっ！」

「ジュンヤ、熱い……私のものだ。今だけは、私だけの……！」

「あっ！　あぁ！」

ナカの弱い部分をグリッと擦《こす》られ、ビクビクと体が跳ねる。

「見つけた」

「だ、め……あっ！」

掻き回すようにそこを責め立てるマテリオの動きは、ねちっこくて気持ち良すぎた。しかも、ひと突きごとに力を流してくる。俺の力もマテリオに吸い込まれ、お互いの力が延々と巡る、初めての感覚に襲われていた。

こいつのは無意識だからタチが悪い……！

微《かす》かに残る理性と体が別の生き物になって、俺はいつしかマテリオの腰使いに合わせて腰を振っていた。

「あっ、そこ、ああっ！」

「ジュンヤ、可愛い。もっと可愛い声を聞かせてくれ。ここが私に絡んで喜んでいる。……嬉しい。私でイッてくれ」

前も後ろもいいところばかり責められる。治癒を流され流し合うセックスは、これまで感じたことのない快楽だった。

「マテリオ……あ、あうっ。はぁッ、はっ、それ、だめぇ……イッちゃう……マテリオぉ」

「くっ、締めないで、くれっ。保《も》たないっ」

「イけよ。いっしょに、ぁあ！」

「ああ……一緒に、イこう。ここがいいか？」

いいところを突かれ、必死で頷く。

「そこ、ぃ、イく……」

そのまま容赦なく突き上げられた。

「あ、あぅ……」

何度も痙攣《けいれん》しながら、ナカで絶頂を迎える。なのに、マテリオはまだイかなかった。突かれながら、無意識にナカをきゅっと締めつけてしまう。

「まてりお……はやくぅ……」

「ジュンヤッ！　私も……！　ううっ！　ふっ、う……あぁ……」

ナカが熱い液体で濡れる。そこから更に激流のような力が注がれ、また絶頂を迎えていた。

「ああ……あつい……」

荒い息を吐き出し、繋がったまま何度もキスを繰り返す。

「ジュンヤ……ジュンヤ……」

「ぁん……まだ、うごいちゃ、だめだ……やばい」

「綺麗だ。本当に……なんて綺麗なんだ……」

髪に、顔に、そして唇にキスが落とされる。

「んむっ、んん……キス、すき……」

「ジュンヤ、好きだ……」

マテリオを受け止めたまま、息が整うまで抱き合っていた。少し落ち着いてきても、抜く気配がないどころか、ナカのソレは再び硬さを取り戻していて――

「マテリオ、あの――まさか」

「もっと抱きたい。ジュンヤのおかげで魔力も体力も回復した。次こそたっぷり時間をかける」

「えっ？　今以上!?」

「もちろんだが？　ジュンヤの治癒で回復した。まだまだ愛せるぞ」

何その「当たり前だろ？」って顔。普通はそんなに連発しないだろ？　インターバル置くだろ？

やっぱり神子《みこ》の力のせいなのか？

「や、休みたい」

「抜きたくない」

……まさかマテリオからそんな言葉を聞く日が来るとは。

「少しだけ。お願いだから……水も飲みたい」

「……仕方ない。分かった」

ゆっくりと引き抜かれる。俺にグラスを渡した後でマテリオも水を一気に飲み干していたから、喉《のど》が渇いていたんだな。

マテリオとのセックスはなんだかやばい。三人と違って、直《じか》に肌が触れているだけで力の循環が起きて、堪《たま》らなく気持ち良かった。

一回イッて落ち着いたのか、マテリオが俺の背後に回り、抱きしめられて一緒に横になる。

「ジュンヤ……この馬車にいる間は、何度でも愛していいのだな？」

「え？」

「最初に言っただろう？　その代わり私も、巡行を投げ出したりしない」

「うん、言ったなぁ……って、あ？　マテリオ！　あっ、やぁ……ん、あ」

背後から抱きすくめられて、再びナカにマテリオが入ってくる。左脚を抱え、更に奥まで突き入れられた。

「まだ、スる気か？　はぁ……ん、イッた、ばっかなのにぃ……ばか、あぁ……」

「嫌か？　ここを私の精で満たしたいんだ……」

「あんたが、そんな、いやらしいこと言うなんて――あ、動くなぁ」

ゆさゆさとゆっくり揺すられると、ナカが焦れて思わず腰が揺れる。

もっと、激しく突いてほしい。

「んっ、んぅ……はぁ、マ、マテリオ、なぁ……もう……」

「なんだ？　動いてはいけないのだろう？」

微《かす》かに掠《かす》れた声が耳をくすぐる。俺の反応で絶対分かっているはずだが、言わせたいんだろう。

でも悔しいから言いたくない……

「んっ、んんっ、あ、ふぅ」

マテリオはわざと焦らすように動きながら、俺の乳首をコリコリと捏《こ》ねる。こいつ、触り方も腰使いも、めちゃくちゃねちっこい！

「ふぁ、あ、やぁ。も、シろよぉ！」

「何をスるんだ？」

「バカ！　意地悪！　スケベ！」

「そうだな。私も、初めて自分がバカで意地悪でスケベだと知ったぞ？」

とうとう開き直った！　この、むっつりスケベ神官め！

「うう……だからぁ……動いて」

「どんな風に？」

「もっと、速く……」

「ご希望とあらば」

「っ！　はぁ、ああっ！」

狭いベッドでピッタリくっついたまま何度も突かれ、後ろから顎《あご》を取られてキスされる。無理な体勢なのに気持ちいい。首筋から肩、うなじを何度も舐《な》め回された。

「あんっ！　そんなに……舐《な》めちゃ、だめだ……」

「気持ち良くないか？」

「きもちーから、だめ……ナカといっしょ、だめだ」

「ジュンヤの肌は美味だから、ダメと言われても舐《な》めるぞ」

耳に舌先を突っ込まれ、丹念《たんねん》に舐《な》められる。首筋は散々舐《な》められて、もう触れられるだけでビクビクと反応してしまう。

なのに、ナカを責める動きも一切緩めてもらえない。

「そんなぁ、あ、や、また……イっちゃう……」

「イっていいぞ？」

「や、だ。おれだけ、や……だぁ」

「ああ。一緒にイこう。もう一度注ぐぞ」

「うん……あ、ふぁ、すご」

ラストスパートなのか、突き上げは激しさを増し、俺はひたすら声を上げて揺さぶられ続けた。

「あ、んぁ、あぁっ」

「は、は、もう、う、ジュンヤっ……！」

二回目はほぼ同時に達し、繋がったまま背後から強く抱きしめられる。

「はぁ。はぁ……マテリオ……あついの、いい……」

「ジュンヤ……可愛い」

――こうして俺達は一線を越えてしまった。その後も、休憩を挟みつつマテリオに何度も挑まれた。

着替えを持ってこられなかったから、唯一の服を汚さないためにずっと裸でいたせいかもしれない。時間計を時折見ては、「まだできる」「キスしたい」とねだられた。

治癒の能力者同士のセックスは、相性がいいと互いを癒《いや》し合い、快感をより強く得られて性欲も衰えず、いつまでもヤリまくれることがあるらしい。つまり、俺達は相性がいいってことか？　そうだよな……めちゃくちゃ良すぎて、完全に理性が崩壊してた。しかも、あんなにシたのに体は全然疲れていなくて、自由に動く。これも治癒の力が強い者同士だからだと、マテリオは言った。

このセックスは中毒になりそう……

だけど、そんな爛《ただ》れた時間も、ついに終わりを告げる。たまに確認していた鏡に映る景色がマテリオの見覚えのあるものになり、あと半刻程でユーフォーンだそうだ。ルビーの瞳が切なげに揺れて、マテリオに強く抱きしめられた。

俺達、この先も今まで通りにできるのかな……？　俺は、この二日間を絶対忘れられないだろう。

「マテリオ……俺、このことをみんなに正直に話そうと思うんだ……隠し事はなしだって約束したから」

「しかし、大丈夫か？　その、責められるのでは？　私は、なんとか諦める努力をするから」

こんなに俺を抱きまくっておいて、どの口が言うんだ？

「本当に？　今日のこと、忘れられるのか？　少なくとも、俺は忘れられないよ。何もなかったことにして恋人を騙《だま》すのも嫌だ。それに……あんたも庇護者《ひごしゃ》の一人だと思うし」

「私が強引に迫ったせいでお前は逃げられなかっただけだ。合流したら真実を話そう。私が無理やり迫って抱いたと説明するべきだ。……庇護者《ひごしゃ》かどうかは正直分からない。私達は治癒能力者同士だからな」

「俺はレイプされてない。合意だったよ？　あと、他の神官に触られて治癒された時はこんな風にならなかった。それでもあんたは庇護者《ひごしゃ》じゃないと言うつもりか？」

「結果として同意しただけだろう？　ここには逃げ場もなく、お前が断れないように懇願した……卑怯だった」

俺は、両手で顔を覆って肩を震わせるマテリオを抱きしめた。

「怒られても本当のことを言うよ。あんたのことも、守るから」

「ジュンヤ……」

「ははっ！　そういや、やっと、ジュンヤって呼んでくれたな」

「っ！　こんなことをして……資格がないと思っていたのだ」

「俺さ、あんたに『お前』って呼ばれるの、嫌いじゃないんだ。だからどっちでもいい。あんたがいないとこれからの浄化にも耐えられないし、全部許すよ。いいか？　全部だ。でもさ、愛なのかは……正直分からない。ただ、すごく大事な存在なのは確かだ。今はそれしか言えなくてごめんな？」

今にも涙が溢れそうな目をまっすぐに見て、本心を曝《さら》け出す。あんたに嘘は言いたくないから。

「構わない。……嫌われていないのなら、それでいい」

「嫌わないよ。さぁ、もう服を着なきゃ。体、拭こう？」

「そうだな……ありがとう。私は、どんなことになっても、お前を愛したことを後悔しない。改めてそう思えた」

――愛している。

マテリオはまっすぐに俺を見つめて、もう一度告げた。

もう一人の庇護者《ひごしゃ》、マテリオ。俺達は恋人達の大変な怒りを買うだろう。それでも、守ってやりたいと思った。俺も覚悟を決めなくちゃ。

だけど、まずは無事にパッカーリア商会へ辿り着くことに専念しよう。

俺達はまた肌を塗りカツラをかぶる。マテリオも今は神官服ではなく一般的な服だ。支度を終え、魔道具で外の様子を見ていると、ユーフォーンに着く手前でノルヴァンさんが御者席から声をかけてきた。

「お二人共、そろそろです。お支度はできていますか？　これから城門での取り調べがありますのでお静かに願います。もうしばらくの我慢です」

「分かりました」

ユーフォーンの検問は特に厳しいらしく、最初こそ魔道具で様子を窺《うかが》い見ていたが、落ち着かないのですぐにやめた。

「ジュンヤ、最後かもしれないから……抱きしめていていいか？」

「うん……いいよ」

心細い。マテリオもそう思っているのかもしれない。その抱擁に性的なものはなく、ただ不安を打ち消すためにお互いの体温に縋《すが》るような気持ちが強かった。

どうか、無事に通過してくれ！

馬車が止まる。後ろの扉が開く音がして、向こう側で荷物の検査が始まった。このスペースの存在には気づかれないはず。そう信じて息を殺す。思わず、マテリオに教わったメイリル神への祈りを捧げた。

やがて扉が閉まる音がして、馬車がゆっくりと動き出す。

俺達は無言のまま頷き合った。クリアできた……んだよな？　話をしたいが、遮音をかけていても、ここは騎士や冒険者、騎士といった猛者《もさ》達が大勢集まる街。軽率なミスでバレないとも限らない。だからひたすら無言でいた。

パッカーリア商会にまっすぐ行くのか、それともまずは宿で安全を確保するのかは、ノルヴァンさんの判断次第だ。町で襲われた時のことを思い出すと不安で仕方なくなる。でも、マテリオの胸に耳を当て、心臓の音を聞いていると不思議と落ち着いた。

しばらくして、馬車が止まる。

「ジュンヤ様、開けさせていただきますよ」

ノルヴァンさんの声と共に扉が開く。薄暗い倉庫の中だった。車庫かな？

「ッ！　ジュ、ジュンヤ様っ!?　ですよ、ね？　それに、この香り……！」

「はい？」

ノルヴァンさんが赤い顔でハンカチを取り出し、鼻に押し当てた。

あ、そうか。エッチのせいか？　恥ずかしい！

「えっと、マテリオは完全に回復しましたから、もう動けます」

「そ、そうですか。あ、宿の車庫を借り切ったのでお話しなさっても大丈夫ですが、遮音は引き続きお使いください。パッカーリア商会には部下を送り、様子を見に行かせております。この中にいれば大丈夫です。何度も同じことを言って申し訳ありませんが、もう少しです。頑張ってください」

「ノルヴァン殿、礼が遅れたが、本当に助かった。ありがとう。私はもう大丈夫だ」

「はい、はい。神官様もご回復なさってよろしゅうございました。では、またしばしの我慢を」

再び扉が閉まる。無事ユーフォーンに到着できたことに安心し、俺達は大きく息を吐き出した。

「なんとかここまで来たな。ここはバルバロイの騎士が多いんだよな？　……ディックって奴、俺を誰かに引き渡そうとしてた。どっちだと思う？　王族か、それとも狂信者かな？」

「どちらもあり得るから分からないな。絶対に、渡さないから……」

「うん、ありがとう」

「ここがなんという宿かは分からないが、ノルヴァン殿は信用できる商人だな」

「そうだね。一度しか会ってない俺のために、こんな危険を冒してくれた。少しでもみんなと早く合流して、ノルヴァンさんのことも安心させなくちゃ。あのさ、みんなはこのピアスで俺を追跡できるんだ。だから俺がユーフォーンにいると、気がついてると思う」

「そうか。ならば、あちらから迎えが来るかもしれないな」

落ち着いた俺達は、携帯食を食べながら話をしていた。

マテリオは、アズィトで起きた事件について推理していた。毒で弱っている騎士に、わざわざ禁忌の魔道具である魔導弾を使ってきた理由について。俺や騎士が回復していたのを知っていて、反撃されると分かっていたからでは……と。

ではなぜ騎士の回復がバレたのか。やはり、ディックが敵に情報を流していたと見て間違いないだろうというのが、マテリオの考えだった。他の騎士は認めてくれたが、あいつはよほど俺が邪魔らしい。奴を敵だと感じた勘は当たっていた。

だけど、その他に裏切った騎士はいるんだろうか……？

「殿下達も我々を必死で捜しているはずだ。私が裏切り者の存在に気がついたように、殿下達も恐らく気がついている。だが、内部にいる敵が見つからず、動くのを躊躇《ためら》っているのかもしれない」

「それもそうだな。他にディックが敵だと知ってるのはノルヴァンさんと部下の人だけだ。リューンさんには伝えられなかったし。ダリウスが動いたら、その先に俺がいると敵にバレるもんな。ラドクルトや、ウォーベルトに会えれば……」

「私もそう思う。ダリウス様にとってジュンヤが特別なのは誰もが知るところだ」

「そ、そうなの？」

「あの方は、ジュンヤに出会ってから一度も娼館に行っていないんだ」

「本当に行ってないんだ……」

「ニヤけてるぞ？」

恥ずかしい。でも嬉しい。顔を擦《こす》ってニヤけ顔を誤魔化し、話を逸らす。

「もう夕方か。今日はこのまま車中泊かなぁ」

「夜に紛れて移動する手もある。私達はこの格好だし、一見して分からないだろう」

そうだった。俺もマテリオも、白い綿のシンプルなシャツと紺色のボトムで、庶民風の格好だ。

二人共、肌を褐色《かっしょく》に塗ってあるし、俺は更にプラスして、薄茶色のカツラも。ノルヴァンさん、本当になんでも持っていて怖いくらいだな。

そうこうしているうちに、ノルヴァンさんが戻ってきた。

「ジュンヤ様、神官様、連絡が取れました。ウォーベルト様にお会いできました！」

「本当っ!?　良かった！」

「事情を匂わしましたら、悟られないようこちらに来てくださると仰いました。良かったですね！」

「はいっ！　良かったな、マテリオ」

「ああ……良かった。みんな、心配しているだろうな」

俺達はウォーベルトをひたすら待った。とても長い時間に感じたが、何度見ても時間計はわずかしか動かない。

やきもきがピークに達した頃、突然馬車の扉がノックされた。扉を開けると、そこには焦げ茶のカツラに庶民の服を纏《まと》ったウォーベルトが立っている。後ろにはルファ、スライトさんもいた。

「っ！　ウォーベルト……！」

大声が出そうになり、思わず口を押さえた。彼らも同じような仕草をしている。

「ジュンヤ様！　無事で良かった……！　さぁ、パッカーリア商会へ向かいますよ」

「待って！　多分、身内に敵のスパイがいるんだ。誰か心当たりは？」

「いえ……」

「そうか。あのさ、ディックだよ。俺に何度も噛みついてた奴」

「ああ……納得ですね……それなら、今、外に出るのは危険かもしれないっす」

ウォーベルトが顔を顰《しか》めた。

「どういうこと？」

「さっきアズィトから鬼の形相で追いついてきて、今はパッカーリア商会に陣取ってます。行かないほうがいいですね」

ルファも不快感を露わに言う。

「くそっ！　あいつをなんとかしなくちゃな。そういえば、あいつはアズィトで騎士を二人斬ったんだ。怪我をした彼らはどうなった？」

「――やっぱ、奴がやったんすか。危篤状態らしいっす。マナとソレスも頑張ってるっすけど、なにぶん重傷で。でも、それを知ってるのは俺達――王宮から来た者達だけで、公《おおやけ》には死んだことになってるんす」

「えっ？」

「スパイを撹乱《かくらん》させるためか、通信では詳細は書かれてなかったんす。でも、あいつが絡んでるなら、お二人はもう少しここにいたほうが安全っすね」

二人が生きていたらディックには都合が悪いから、知れば彼らを襲いに来るかもしれない。やはりティアはスパイの存在に感づいているんだ。

「ウォーベルト、護衛の強化と合流場所の変更を殿下に相談しよう」

スライトさんが提案する。そこで、やっと違和感に気づいた。

「ラドクルトは？」

「探知機でジュンヤ様の居場所は途中まで分かってたんで、バレないようにアズィトに残ってたっす。すぐ追いつきますよ。途中で突然信号が消えて慌てたんすけど、地下にいたなら仕方ないか……」

バディであるウォーベルトとラドクルトが揃っていると、そこに俺もいると思われる。だから別行動にして陽動したのだという。

ひと通り情報共有を終えて、ルファがティアのもとへ知らせに向かった。スライトさんはイレギュラーな戦い方とやらができるそうで、宿に残って護衛してくれる。ひとまずは屋根から見張ると言っていた。風魔法で簡単に上がれるらしい。

ウォーベルトとは込み入った話をしたかったので、狭いが馬車に乗ってもらった。正直、三人入るとぎゅうぎゅう詰めだが仕方ない。

「アズィトを出る時に神兵さんが俺達に気がついて時間稼ぎしてくれたんだ。だからここまで来られたんだと思う。二人は無事かな？　あの時、ディックといたんだよ」

「ディックは仲間を置いて一人で早駆けしてきたっす。殿下も怪しんでるっす」

「みんなを置いてきたのか？」

「はい。今はグラント様が殿下の護衛をしてるんすけど、ディックもお傍から離れないんす。これって、まさか、グラント様も……？」

俺に跪《ひざまず》いた時は心からの謝罪と忠誠だと感じたけど、どうだろう？

「でもって、団長も、アズィトを離れるとジュンヤ様がいないことがバレるんで、時間差でこっちに向かってるはずっす。団長も探知機を持ってるっすから、ジュンヤ様のご到着は知ってるはずですし、すごくイラついてんじゃないすかね。俺、ラド組じゃなくて良かったっす」

代わりに今はルファと組んでいるそうだ。

「それと！　大事なことなんで知らせておきます。エルビスさんは無事っす。あと、宝玉を入れた厨子《ずし》に敵は手をつけなかった……というより、ジュンヤ様だけが狙いだったみたいで、ちゃんと回収できたっすよ！」

「そうだった。今まで忘れてた。ごめん」

逃げるのに夢中で、馬車に隠してきた宝玉を忘れていた。ウォーベルトが首を横に振る。

「エルビスさんが離れた後、何かあったんすよね？　血痕を追跡したんすけど、途中から分からなくなってしまって」

「敵に見つかって、マテリオが斬られたんだ。血はその時のものだ。その後でノルヴァンさんに救われた。エルビスにも会えたんだな？」

「はい。エルビスさんと合流して、ここにいるはずだって場所についてったら血溜まりがあったんで、パニック起こしてやばかったっす……」

「今も心配してるだろうから、知らせて――」

「まだ我慢っす！　エルビスさんには悪いけど、あの人、ジュンヤ様絡みだと表情でダダ漏れなんで」

「うっ、そうか」

「それに……言わないほうがいいこともあるっす。その香りはやばいんで」

今は忠告に従ったほうが良さそうだ。

「そうだな……」

「じゃ、俺はとりあえず外で見張るっす！　あんま仲良くなりすぎると、殿下達がまた嫉妬するっすよ～。それじゃっ！」

ウォーベルトは好き放題言うと、あっという間に外へ出ていった。

「やっぱりバレるよな」

「……そうだな」

二人して無言でお茶を飲み、動揺を押し殺す。ウォーベルトはベラベラ喋《しゃべ》らないと思うが、見た目や香りでバレる仕様はどうにかならないのだろうか。

「それにしてもディックはしつこいな。俺が憎いってだけじゃない気がする」

「確かにそうだな。グラントがダリウス様の元婚約者だったことも理由の一つかもしれない。この領内の騎士にとって、バルバロイ家の一員になるのは名誉で憧れだから」

「それか。でも、俺が原因で解消された訳じゃないよな？　その前って聞いてるし」

「そうだ。関係ないから別の理由だろう」

バルバロイ家に名を連ねたい者は多いという。でも、ディック自身は婚約者じゃなかったのになぜそこまで拘《こだわ》るのか。そこに答えがあるんだろうか。

それに、この馬車生活はいつまで続くんだろう。今夜もこのままなんだろうか。

「動き回れないのって結構キツイな。体が鈍《なま》る」

「そうだな。もうお前を抱けないしな」

「今そういうこと言う⁉」

「馬車を出たら言わない。いや、言えない。だから、今だけは精一杯気持ちを伝える」

なんだよぉ、あんたはそれでいいけど、言われる俺は振り回されっぱなしなんですけど！

「もう時間が遅いから移動はないだろう。寝るしかないな」

「分かった……」

狭いベッドに二人でくっついて横になる。

「キスだけ……してもいいか？　それだけだ」

「し、仕方ない奴め……」

マテリオの舌が素早く入り込んできて、唾液を搦《から》め捕りながら俺の舌を愛撫していく。

今夜がきっと最後だから。このキスは、全部あんたにあげる。


ふと目が覚めると、マテリオは起きて俺を見つめていた。今日はみんなと合流する。終わりに向かっているこの時間を、どんな思いで過ごしているんだろう。

ノックが聞こえ、外の確認をするとウォーベルトだった。扉を開ける前に、俺はマテリオに、触れるだけのキスをした。

「マテリオ。もう、終わりだな」

「ああ……ありがとう」

ボタンを押して扉を開けると、ルファ、ラリー、スライトさんも変装して待ち構えていた。ノルヴァンさんもいる。

「ジュンヤ様、神官様。ご無事で何よりです。お迎えにあがりました」

「みんなありがとう、心配させてごめん」

「いいえ。想定以上に強引な攻撃だったとはいえ、危険な目に遭わせて申し訳ありません」

ルファが答える。

「ジュンヤ様。馬車移動は目立つので、人混みに紛れて歩いて移動するっす。お二人も変装してるのでバレないと思いますが、瞳だけは変えられないので気をつけてほしいっす」

「了解」

「それと、反神子《みこ》勢力は、まだいるといえばいるんすけど、クードラよりはマシっすよ！」

ウォーベルトがドヤ顔で言った。

「なんで？」

「ユーフォーンの騎士っす。神子様の治癒がスゲーッてやっと分かったんすよ。今頃気づくなんて馬鹿っすね～！　あいつら、興奮して『美人に治癒してもらった～』って自慢して回ってるんで、みんなジュンヤ様に興味津々っす」

「現金な奴らだな」

「人間、そんなもんっすよ。さぁ、行きましょう！」

ウォーベルトの先導で、前後を騎士に挟まれて車庫を出る。

「ディックはパッカーリア商会からいなくなったのか？」

「いいえ。領主館に殿下がいるので、俺達はそっちに向かう予定っす。何か問題があれば、途中のザンド団長のところに予定変更で。あ、ザンド団長は前に話したユーフォーンの騎士団長で、ダリウス団長の叔父上っす」

「分かった」

領主館は街の正門から最も遠い位置にあり、攻められにくいように小高い場所に位置していた。しかも、必ず騎士棟を抜けなければ行けないそうだ。その騎士棟までのルートは三つある。

一つは正門からとにかく直進するルート。一番の正規ルートなので、途中に複数検問があり見張りも多い。しかも、検問所の左右には高い防御壁が聳《そび》え、上部にも見張り台があるそうだ。もし検問所にもディック以外の裏切り者がいてバレたら、即アウトだな……

二つ目は、城下街を通る迂回《うかい》ルート。これはかなりの遠回りらしく、後ろ暗いところがなければこのルートは選ばないそうだ。

そして三つ目、騎士棟の正門を通らない、隠されたルート。近衛騎士のウォーベルトは、緊急時に王族を導くため知らされているらしい。

俺達が進むのは当然、最後のルートだ。もし見咎《みとが》められたら、俺は宝石商に扮《ふん》したノルヴァンさんの子供、で通すつもりだ。ノルヴァンさんの身分証を見せてもらったら内容が全くの別人で、偽造なのかとヒヤヒヤしている。他の騎士達は傭兵《ようへい》役だ。

「ザンド団長は噂より自分の目で判断する人なんで、ジュンヤ様なら絶対気に入られるっす」

「でもさ、グラント曰く、俺はヒョロヒョロのチビなんだろう？」

「あの方が見るのはそこじゃないっすから」

そうか。なら、対峙《たいじ》しても戦う余地はありそうだ。ダリウスの一族だから怖そうだけど、負けないぞ！

「ウォーベルト、あっちはダメだ」

ルファの指摘で角を曲がる。

「あっちこっちに網が張られてるな……領主館への道を潰されている。仕方ない……」

俺達は仕方なく第三ルートを諦め、騎士棟に向かう。

騎士棟の手前には検問所があり、防御壁が張り巡らされていた。防御壁の向こうには、半円型の石造りの無骨で堅牢な建物が見える。王都とは違う、他者を寄せつけない雰囲気が漂《ただよ》っている。この中に、数えきれないほどの騎士が暮らしているのか……

騎士棟正門には、王都の騎士よりひと回り大きな筋肉に覆われ、紋章付きの鎧《よろい》を装備した門番が二人立っていた。ここはクマみたいなマッチョしかいないのか？

ウォーベルトが一歩進み出る。

「王都の近衛騎士ウォーベルトだ。ザンド騎士団長にお目通りをお願いしたい」

ウォーベルトがキリッとした騎士様してる！　立派になって……お母さん、涙が出そう！

いや、俺は母親じゃないけど。あまりの変わりようにそれくらい、びっくりした。

「……ここで待機を」

門番の一人が門の向こうへ消える。待つ間に敵に見つかったり襲われたりしたらどうしようと、心臓がバクバクと鳴っていた。

門番が戻ってきて口を開く。

「入っていいぞ。彼についていけ」

バレなかった……のか？

門の向こうから現れた、これまたマッチョに先導されて三階に上がった。

「ザンド団長、面会人をお連れしました」

「入れ」

静かだが腹の底から響くような低音に、圧倒的な力を感じる。騎士達に続いて入室した俺は、執務室の椅子に座るその男を見た。

顔つきはダリウスとよく似ている。褐色《かっしょく》の肌は艶やかで、全身に筋肉の鎧《よろい》を纏《まと》い、ダリウスと同じ赤髪は肩の辺りで炎みたいにカールしている。ネイビーの制服が赤色をより一層引き立てているようだ。口髭《くちひげ》と顎髭《あごひげ》を蓄え、積年の経験を表すように刻まれた皺《しわ》はあるものの、若々しいオーラを放っている。瞳は濃いグリーンだった。

――なるほど、これがバルバロイの男か。

「よぉ、ウォーベルト、ルファ、ラリー、スライトもか。なんだぁ、その格好は」

「ザンド団長！　お久しぶりです！」

全員が敬礼し、ノルヴァンさんも礼をしたので、俺も慌てて頭を下げた。

「で、なんだ？　そのちっこいのは？　待て、言うな」

立ち上がってこっちにやってきたザンド団長だが、遠近感がおかしくなりそうだ……！

身長はダリウスと同じくらいだが、筋肉の厚さが違う。制服に隠された筋肉が凄《すさ》まじいのが、見ているだけでも分かる。ダリウスが最強だと聞いたけど、実際はどっちが強いんだろう。

ザンド団長は遠慮なく俺の顎《あご》を掴んでぐいっと上げた。なんとなく目を逸らしてはいけない気がして見つめ返す。猛獣と目を合わせるのは怖すぎだけど、負けないぞと気合いを込めた。

「ふーん。なるほど。これが神子《みこ》様か」

そう言って、俺のカツラを剥《は》ぎ取ってしまう。

動揺するな、俺！　頑張れっ！

「本当に真っ黒な瞳なんだな」

「……初めまして。ジュンヤ・ミナトです。ザンド団長はダリウスの叔父上だと聞きました」

一歩も引かずに挨拶すると、彼はニヤリと笑った。

「その通りだ。ウォーベルト、本当にこのチビっこいのが、あのバカを虜《とりこ》にしたのか？」

そう言って、ザンド団長が先に視線を外す。ウォーベルトがぴんと直立した。

「メロメロでドロドロに溺愛中です！」

「ウォーベルト、言い方変えてっ！」

「ほう……メロメロでドロドロに溺愛かぁ。あいつがねぇ？」

顎髭《あごひげ》を撫で、不躾《ぶしつけ》に俺を見下ろす。だが、こんなことはもう慣れっこだ。

「ザンド団長、あなたの部下にも関係する重要なお話があります。どうか、話を聞いてください」

「まぁ、聞くだけは聞いてやる。あんたはそこに座れ。スライト！　茶ぁ～」

「はいっ、団長！　ただいまっ！」

シュバッと駆け出すスライトさん。ルファはその間に、ザンド団長の椅子をサッと引いていた。……下僕《げぼく》だ。全員がザンド団長の下僕《げぼく》化している。

とはいえ、聞く耳を持っている人みたいで良かった。俺とマテリオとノルヴァンさんが見聞きしたことを話す間、彼は顰《しか》め面でそれを聞いていた。

「——という訳で、二人の騎士がディックに斬られました。こちらにいるノルヴァンさんが機転を利かせてくれて、ここまで逃げられたんです」

「ふむ。ディックか……」

「あのっ、信じられないかもしれませんがっ！」

「いいや？　信じられるぜ？　あいつはなぁ、バルバロイ《ウチ》とグラントに妙に執着していてな。まぁ、やりかねんなぁ」

「本当に？」

「ダリウスが嫁をもらう気になったせいだろうな。グラントではなく、あんたを選んだのが気に食わんのだろう」

嫁……その表現は否定したいが、事実としては否定するのも微妙だ。

「は、はぁ」

クマ……じゃなくて、ザンド団長が立ち上がり、俺を奥の部屋に誘導した。

「あんたと神官様は、俺が責任を持って保護する。ディックの件はウチの不始末だから、ウチで始末をつけるぞ」

「それって」

「ちゃんと裁判はするぞ？　抵抗しなけりゃな」

ああ、なんだか、年取ったらダリウスはこんな感じになるのかなぁ～と想像してしまった。

「彼がなんでこんなことをしたのか知りたいんです。それと、ティ、いえ、エリアス殿下やダリウス達に俺が無事だって知らせたいです」

「殿下には知らせるが、他は待て」

「どうして……」

「ディックの裏にいる連中を引っ張り出すんでな。安心されちゃ困るんだ。お前らも黙ってろよ」

「「はい……」」

それ以外の返事ができない圧力があり、騎士一同頷いていた。

俺達、まだティアと合流できないんだ。あぁ……エルビス……泣いてないだろうか。早く無事を知らせたくて堪《たま》らないのに、誰も協力してくれそうにない。

その後、ウォーベルトを始め騎士達は外で待機を言い渡され、ノルヴァンさんは危険だからと護衛を付けて帰された。

そして執務室に残った俺とマテリオの前には、ザンド団長が悠々と座っている。

「さて。ウチの可愛い甥っ子が夢中になったって言うからどんな奴かと思ったが、とんでもなくエロい男ときたものだ。やっぱり体で落としたのか？」

「エロくないです。そんな真似もしていません！」

「いーや、エロいね。いい匂いしやがるし、黒い瞳が誘ってるみたいだぜ」

「誘ってませんよ」

「肌の顔料を落としたらどうなるんだろうなぁ。クソ坊主、見る目あるな。魔力も相当だし、もうちっと背丈があれば完璧なんだが……まぁ、その話はいい。今はディックだ。確かに、奴は二人を殺したんだな？」

「殺したとは言ってないですよ。斬ったのは間違いありませんが」

「死んだことにしてあるんだから似たようなもんだ。神子《みこ》様は当分、その変装をしていてくれ。パッカーリア商会に行くまでな」

ザンド団長は俺も連れていってくれるらしい。

「行っていいんですか？　早くみんなに会いたいです！」

「準備を整えさせるから待て。それと、そっちの神官様は待機のほうがいい」

「私も行きます。神子《みこ》をお守りする使命があるのです」

「ふむ、なかなか根性はありそうな神官様だ。……良かろう、ついてこい」

ザンド団長はマテリオを気に入ったみたいだ。

その時ノックがして、ザンド団長が許可すると、今の俺とマテリオにそっくりな格好をした二人と騎士がやってきた。

「おう、できたか」

「あの、これ……俺達？」

「そう、身代わりだ」

「そんな危険なこと！」

「神子《みこ》様よりは強いから心配するな」

「ぐう……」

背が低い彼は見習い騎士らしいが、それでもいざとなれば戦えるそうです。はぁ……俺、ここでは最弱だ。

「さぁて。パッカーリア商会に行ってみるか。お前ら、このちびっ子が神子《みこ》様だ。死んでも守れよ。俺の甥っ子の嫁だからな」

「あの、よ、嫁ってのは」

「ああん？　バルバロイ一族の恋人は嫁になるに決まってるだろ？　まさか、遊びか？　うちの坊主を弄《もてあそ》んでんのかぁ？」

「いいえ！　弄《もてあそ》んでません！」

怖っ！　怖いよ！　もちろん遊びじゃないです！

気がつくと、俺も直立不動の姿勢を取っていた。団長様の圧はすごいな。近衛騎士団長のダリウスにも本来ならこう接するべきだったんだよな。馴れ馴れしく話しちゃっているけど。

「へぇ、この人がねぇ。クードラ組が騒いでるのがちょっと分かります。……ん？　なんか香水つけてますか？」

彼の部下にクンクンと匂いを嗅《か》がれ、思わず仰《の》け反《ぞ》った。

「まぁ、気持ちは分かるがやめとけ。おい、行くぞ」

ザンド団長に連れられ、パッカーリア商会へ向かう。身代わりの二人は別行動だった。彼らには何やら役割があるらしい。うちの騎士はウォーベルトだけが付いて、他のみんなは離れた場所にいる。

中から、外にいても聞こえる程の怒声が響いていた。ネイビー軍団のアウェイ感に苛《さいな》まれながら、俺達はパッカーリア商会の前に到着した。

「おいっ！　お前らさっさと捜せ！　仲間を殺したのはあの淫乱神子《みこ》だって言ってるだろ！」

「嘘をつくなっ！　ジュンヤ様は人殺しなど絶対しない！」

ガシャーン！　ドカッ！

揉《も》め事が起きていて、物が落ちたり壊れたりしているみたいだ。それにしてもディックの奴、とんでもない大嘘をついているじゃないか。喧嘩相手は近衛騎士かな。

ザンド団長は、ノックもせずに勢いよくドアを開けた。俺はフードをかぶっているし騎士達にも挟まれて、中にいる人達からは完全に隠されている。ちらりと見ると、ディック対近衛騎士団と、どっち付かずの位置にいるバルバロイの騎士……という構図だ。

「おう、ディック！　そりゃあ本当か？」

「だ、団長!?　は、はい、本当です！」

「ほぉ～。神子《みこ》ってのは子供みたいな体格だと聞いてるぞ？　んなチビがどうやってウチの連中を殺したんだ？」

「もちろん色香で誑《たぶら》かしたんです！　本当にいやらしい男です！　男娼って噂は本当だったんですよ。油断したところをナイフで一撃です」

「ジュンヤ様は殺したりする人じゃないと言っているだろう！」

ディックさんよ。随分と買ってくれているようだが、俺に人を殺す胆力なんてないぞ？　騎士の筋肉を貫く腕力もない。

ディックの声高な主張に同調する騎士がいないことから、ここに他の仲間はいなそうだった。

「それが本当なら、油断した奴が悪いな」

「だ、団長⁉　そんなっ！」

ショックを受けるディックに畳み掛けるように、王都の騎士の声が続く。

「ザンド団長、神子《みこ》は慈悲深いお方です。殺しどころか、人を傷つけるなどあり得ません」

「ご自分が倒れるまで治癒される方が、人殺しなどすると思いますか！」

そう、口々に庇《かば》ってくれる。姿は見えないけど、毎日聞いている声は覚えているよ。みんな、ありがとう……

「だそうだぞ、ディック。俺んとこに入ってる報告では、お前も神子《みこ》の治癒を受けたらしいじゃないか？」

「でも、私はまだ完治した感じがしないんです。あいつは偽物だと思います！」

「ふぅ～ん？　お前が虐めたからじゃないか？　嫌われてたら適当に扱われても仕方ないよな？　まぁ、その話は後だ。お前、なぜ一人で戻った。探索中の仲間を置いてくるとは、どういう了見だ？」

「それはっ！　もう神子《みこ》はアズィトを離れたんじゃないかと何度もダリウス様に進言したのですが、聞き入れてもらえず……私は、仲間を殺した犯人を絶対に見つけたかったんです！」

そうだろうな。仲間を殺したのが自分だなんてこと、バラされたくないはずだ。そうなる前に俺を殺すつもりだったんだろう。

「なるほどな。よく分かった」

ザンド団長はふと振り返って俺の腕をむんずと掴むと、ぐいっと前へ引きずり出した。

ちょ、ちょっと！　なんでっ？

「では、事件の目撃者がここにもいるから、話を聞いてみよう。おい、坊主。ウチの騎士を斬ったのは誰だ？」

え？　ここで素直に奴を指差していいのか？

一応顔が見えないように少し俯《うつむ》き加減に、俺はゆっくりとディックに指を伸ばした。

「このクソガキ！　嘘をつくなっ！」

「嘘じゃないよ。俺は見てた。あんたが仲間を斬りつけるところを。——ディック、あんた、俺を誰かに渡すつもりだったな？」

俺はそう糾弾《きゅうだん》しながら、フードを剥《は》ぎ取った。正面から奴を睨みつける。

「あぁ？　なんだ、お前っ⁉　そ……その目は、神子《みこ》かっ⁉　あ、いや！　団長、これはですね、こ、こいつの罠《わな》です！　団長にも跨《また》がったんじゃないですかっ？　これはそういう淫売ですから！」

「い～や？　残念ながら、乗られてない。それに、淫売には見えんけどなぁ？　ほい、神子《みこ》様、邪魔だからもう除けろ」

ザンド団長が俺の体をぐるりと回して玄関のほうへ押し出した。近くにいた騎士が俺を引っ張り、マテリオもそれに続く。背後では、ディックが俺を追いかけようとして阻まれていた。

「ディック。お前は裏切ったのか？」

「だ、団長……！　ぜ、全部バルバロイ家のためですっ！」

そんな叫びが聞こえた瞬間、背後でボンッと何かが爆発した音がした。振り向くと室内が煙で覆われている。その煙をいち早く抜けて、ディックが追いかけてきたのが見えた。

「み、みんながっ！」

「いいから、こっちです！」

グイグイ引っ張られ角を曲がると、あの身代わりの二人がいた。俺達は壁際に押しやられ、マテリオと二人、しゃがんだ上から何か布をかぶせられる。

「すぐ仲間が来ます。動かず、ここにいてください」

俺を引っ張っていた騎士がそう言って、駆け出していく。そしてすぐに別の足音が聞こえた。マテリオと息を殺し、気づかれないように祈る。

「ちくしょう！　待てっ！」

バタバタと複数の足音が俺達の横を走り抜けていき、すぐに静かになった。声を出すのも躊躇《ためら》われ、俺達はただ無言で抱き合っていた。

また足音が複数聞こえてきて、俺達は震え上がる。かぶせられたものが剥《は》ぎ取られて恐る恐る顔を上げると、そこにはウォーベルトがいた。

「ウォ……ベルト……」

「もう大丈夫です。さぁ」

手を引っ張られたが立てなかった。腰が抜けている……カッコ悪い。

「ごめん……みっともないな」

「ジュンヤ様は荒事に慣れてないから仕方ないっす。えっと、俺が抱き上げてもいいっすか？」

「あ、じゃあ――」

「私が抱こう。何かあった時、ウォーベルト殿の手が空いていたほうがいい」

マテリオが素早く俺を抱き上げた。

「マテリオ、ごめん」

「いや」

ザンド団長は俺を餌《えさ》に、何かを釣り上げるつもりらしい。でもな？　少しばかり乱暴すぎやしませんか？　団長様。

まあ、これから何が起こるのか、見てやろうじゃないか。

マテリオに抱かれて戻ったパッカーリア商会は、とても大きな商会だった。さっきは見られなかったが、ありとあらゆる物が揃っている。

なぜここがディックを追い詰める場所として使われたのか。それは店主が騎士団諜報部の人間だからだった。とはいえ、それを知っているのはティアとバルバロイ家の直系だけらしい。他の人達には、店主とダリウスが懇意だからと説明しているらしい。

みっともなく腰を抜かした俺は、お茶を飲みながら心を落ち着かせている。今ここにはマテリオとウォーベルト、数人の騎士と、ザンド団長しかいない。

そこへ、最初に俺の手を引いていた騎士が戻ってきた。

「団長、予定通りです。あいつらもそのうち戻ってきます」

「ご苦労。食いついたな」

「あの……」

「おう、神子《みこ》様。悪かったなぁ。あとはもう危ないことはさせないから安心しろ」

「はぁ……魚はデカそうですね」

「まあな」

俺達が話していると、外が騒がしくなった。

「ジュンヤ！」

「ダリウス⁉」

ダリウスがぶっ飛んできて、俺をぎゅうぎゅうと抱きしめる。激情のままに強い力で抱かれ、息ができない。

「ダリ、ウス……ッ！　ご、め、くる、し……！」

「はっ！　すまんっ！　大丈夫か⁉」

「ゲホッ！　はぁはぁ……ん、大丈夫……会えて嬉しいっ！」

息を整えて俺からも抱きつき、もう一度抱きしめてもらう。

「よく頑張ったな。血痕を見た時は心臓が止まりそうだった」

「あれはマテリオの血なんだ。俺を守ってくれた……」

「そうか。——マテリオ、よくやった」

「いいえ。神官としてお守りしたまでです」

「マテリオ……」

マテリオは本当に終わりにするつもりなんだ。

なんだか悲しくなったが、今はダリウスの腕の中でやっと合流できた喜びに浸っていた。

「おいおい、いちゃつくのは後にしてくれよ〜？　よぉ、坊主。随分派手にやられたな」

「ザンド叔父上……お久しぶりです。この度はジュンヤを守っていただいたということでよろしいのですか？」

「まぁ、守ったような、守ってないような？」

「なんですか？　それは」

餌《えさ》にしてくれちゃったもんなぁ。訝《いぶか》しげなダリウスだが、叔父上には強く言えないらしい。

「ディックはどうなりました？」

「あいつは逃がした。尾行させているから黒幕のところまで案内してくれるだろうさ」

「なるほど」

「さぁ、ダリウスも来たし、神子《みこ》様は俺のとこじゃなくて領主館でいいな。俺も行くぞ」

「叔父上も？」

「いたほうがいいだろう？」

「はい……ありがとうございます」

ダリウスのテンションが一気に下がるのが分かった。

「ザンド団長、ダリウス、ちょっと待って。ユーフォーンに着いたメンバーは誰？　神兵さん達は無事？　他のみんなは？」

「ああ、無事だから落ち着け！　神兵とは偶然アズィトで合流できた。お前を心配してたぜ」

ダリウスの指示で、外で待機していた騎士と神兵さん達が中に入ってくる。みんな早駆けしてきたのかボロボロだった。

「神兵さん！　無事で良かった！　ありがとう……助かったよ」

「いいえ。ようやくジュンヤ様のお力になれました」

トマスさんが跪《ひざまず》く。

「ディックが裏切り者と分かり、すぐに対処できました。メイリル神がジュンヤ様をお守りになったのでしょう」

リューンさんは祈りを捧げる仕草をした。

「ディックに嫌がらせされたんじゃないか？」

「なんの。大したことではありません」

二人の目の下にはクマがあり、顔色も悪い。ダリウスに付き合って動いていたんなら大変だったろうと、二人の手を握って治癒を流した。下手すればディックに斬られていたかもしれないんだ……。

「ジュンヤ様っ？」

「そんな、恐れ多いです！」

「二人に会えたから希望が持てたんだよ。ありがとう」

「ジュンヤ様……」

「本当に、ご無事で良かったですっ！」

そう、あの時。何も伝えられずに出発していたら不安しかなかっただろう。疲労困憊《こんぱい》の様子の騎士全員に治癒を流す。ええ、力は満タンですからね。

「……ジュンヤ。後で聞きたいことがある」

「うん、分かった。俺も話があるから」

やっぱりダリウスにもバレるよな。いや、ちゃんと言うつもりだった。隠してないぞ！　他の人がいない場所じゃないと話せない話題だから、待ってくれ。

「よし、覚悟決めてうちに帰るぞ！」

ダリウスの指揮で全員騎乗する。俺はダリウスの馬に、マテリオはラドクルトの馬に乗る。俺は念のため変装したまま移動だ。

「キュリオ、久しぶり。乗せてくれてありがとな？」

たてがみを撫でるとブルルッと鼻を鳴らし、返事をしてくれた気がする。

「ダリウスはあの後大丈夫だった？」

「俺は大丈夫だった。だが、エルビスと出くわしてお前を迎えに行ったら、お前はいねえし血溜まりがあるしでパニックを起こしちまって、宥《なだ》めるのに少々手を焼いた」

「あっ！　エルビスはどこ？」

「エリアスといる。アズィトに残してもパニック状態で役に立たなかった。エリアスも暴れるし、二人共ぶん殴って気絶させて、その隙に馬車に乗せて先にこっちに向かわせたんだ」

「ティアを殴ったのかっ⁉」

「おう。やばいと思ったけど、とにかくエリアスの安全確保が第一だったからな」

不敬罪覚悟でやったんだろうな……

「エルビスもティアも、早く安心させてあげなくちゃ」

「そうだな」

俺は手綱を握るダリウスの手にそっと触れた。

「ダリウスもありがとう。無事で本当に良かった」

「ああ。死なねぇと約束したからな」

「……怖かったよ。マテリオは変な二人組に斬られるし、ディックは裏切るし……どうしたらいいのか分からなかった。連絡したかったけど、ごめん」

後でみんなをいっぱい甘やかしてやろう。もちろん一人ずつです！　俺の身が持たないからな。

「俺達も裏切りは予測してなくて後手に回った。まさかバルバロイの騎士があんな真似するとはな。……それにしても。はぁ……これから兄上に会うのか……」

「応援するから頑張れ」

「そうだな。頑張る……」

棒読みすぎて、思わず笑ってしまう。

「すごく頑張ったら、ご褒美《ほうび》あげるよ」

「なにっ⁉　本当だなっ？　撤回はないぞ？　なんでもいいよな？　な？」

食いつき方がすごすぎる！　何を要求されるのか少し怖いが、言ってしまったものは仕方ない。

「い、いいよ」

「よし！　希望が見えてきたっ！」

そんな話をしているうちに、騎士棟に戻ってきた。中心になる通りを抜けて進むと、騎士達が次々と道の両端に並び、声をかけてくる。

「ダリウス様、お帰りなさいませ！」

あちこちから声が響く。チラッと見上げると、彼らに片手を挙げて応える姿は、まさしく上に立つ者の振る舞いだった。

カッコいい……！

制服は戦闘で少し汚れているけど、そんなの気にならない。これはモテるに決まっている。

「兄上に先触れを頼む」

「はっ、畏《かしこ》まりました！」

ダリウスが一人の騎士に命じると、彼は魔道具らしきものに話しかけ始めた。

「……お待ちになっているそうです。どうぞこのままお進みください」

「ああ」

返事をした顔は硬い。帰省は十年ぶりとか言っていたから、そりゃ気まずいよな。馬の足取りは軽いけど、ダリウスが放つ負のオーラがすごい。

これは、ますますご褒美《ほうび》の内容が怖いです……

そして、ついに領主館の門前に着いた。そう、まだ門。過去にどれだけの戦いがあったのか窺《うかが》える警戒っぷりだ。門を抜けるとすぐに庭だった。っていうか、森と言ってもいいくらいだ。

「こ、これが庭？　デカすぎない？」

柵や堀、小さな門があって道は曲がりくねり、領主館まで直行できないようになっているようだ。しかも、一定の間隔で物見櫓《ものみやぐら》も設けてある。

「いざという時、戦えない民をここで保護するためだ。だから、奥に水源も簡易宿泊所もある。それに、攻め込まれた時に対処できるよう、道も塀で囲ってある。敵はここを通るしか選択肢がない。民は秘密の通路から保護するが、普段は使えないようになっている」

「はぁ……すごいなぁ」

俺、大変な男の恋人になったんだと実感したよ。そりゃあ、みんな結婚したがるよな。

「ここでよくエリアスとかくれんぼして、エルビスから逃げては凍らされた。尻を叩かれたこともあったなぁ」

「悪いことしたんだろ？」

「ん～？　まぁなぁ」

ダリウスはゴニョゴニョと誤魔化す。エルビスがお尻を叩くなんて相当悪いことしたんだろ？

でも、幼いティアとダリウスを想像したら楽しくなった。

曲がりくねった登り道のせいで、屋敷は見えているのになかなか辿り着かない。敵は苛立つだろうな。まあ、それも作戦か。

「はぁ……もうすぐだ」

ケローガで滞在させてもらったカルマド伯邸は煌《きら》びやかで華やかなイメージだったが、こちらはあちこちに力強いモチーフのレリーフを彫り込んだ、相手を威圧するような重厚感のある建物だった。見た目だけで迫力があるな。

「全員、下馬！」

俺はダリウスに下ろしてもらう。

「よし、行こう」

ダリウスを先頭に、玄関へ向かう。そのまま、ダリウスはノッカーを使わず家に入った。

え？　一応帰宅を知らせたほうがいいんじゃないかな。お坊ちゃんだからいいのか？

だが、俺の心配は必要なかった。先触れのおかげで、ロビーには使用人がズラリと並んで待っていた。

「お帰りなさいませ！　ダリウス様」

おおう……迫力がある執事さんだ。白髪を後ろで束ね、眼鏡をかけたお爺さん。だがマッチョ。

使用人もみんな体格がいい。この家ではマッチョしか働けないのかもしれない。

「リンド、久しぶりだな。兄上とエリアス殿下にお会いしたい」

「はい。すぐにお通しするように言われております」

「それと、こちらが神子《みこ》だ。追われていたため見た目を変えている。湯の準備をさせてくれ。こちらは神官のマテリオ。彼にも湯浴みと着替えの用意を頼む」

「初めまして、ジュンヤ・ミナトです。お手数をかけてすみませんが、よろしくお願いします」

「神官のマテリオです。お世話になります」

「神子《みこ》様、神官殿。我らに気遣いは無用でございます。どうぞお寛ぎください。では、まずは主人のもとへお連れします」

リンドさんの後について、三階へ上がる。

緊張してきた……

ノックの後、入室を許された俺達は、ダリウスのお兄さんがいるという部屋へ入る。

「兄上、お久し振りでございます。エリアス殿下もご無事で何よりです」

そう、お兄さんの隣にはティアとエルビスがいた。二人の顔を見ると、冷静を装ってはいるが、再会を喜んでくれているのが眼差しで分かる。

「そうだな。随分と顔を見なかったが壮健そうで何よりだ。さて、そちらが神子《みこ》のジュンヤ様か？」

「はい。今は敵の目を欺《あざむ》くため変装をしておりますが、本人です」

「初めまして、ジュンヤ・ミナトです。よろしくお願いします」

「私はヒルダーヌ・マティアト・バルバロイ。ダリウスの兄です。クードラでは随分ご苦労なさったでしょう。屋敷ではゆっくりなさるといい。話は多々あるが、今は疲労を癒《いや》すのを優先しましょう」

ダリウスの兄、ヒルダーヌ様。褐色《かっしょく》の肌はバルバロイ家の遺伝だろうか？　ただ、ザンド団長やダリウスより体の線は細い。長い金髪を一つに結び、瞳はダリウスと同じブルーグレイだ。接客業でお客様を観察する癖がついているせいで、つい瞬時にチェックしてしまう。

それに加えて、彼らの大きな違いを見つけた。ダリウスとザンド団長は熱を発するようなオーラがあるが、ヒルダーヌ様は静かで知的な雰囲気だ。ティアと似たタイプかもしれない。

「殿下も心配で心休まらなかったでしょう。神子《みこ》とゆっくりお話をなさってください」

「うむ。ヒルダーヌ、ジュンヤを本来の姿に戻したらまた話をしよう。何があったかも聞かねば。エルビス、お前が支度をしてやってくれ。ダリウス、そなたの報告も聞きたい。なぜジュンヤがそんな姿をする羽目になったのか知りたい」

「私が分かる範囲でご説明します」

「ジュンヤ。少しだけ……少しだけ、いいか？」

ティアが近寄ってきて、ぎゅっと抱きしめられた。

「生きていてくれて、良かった……」

そう囁《ささや》いた声は少し震えていた。ごめん。ごめんな。俺も力一杯抱きしめ返す。本当はキスしたい。でもヒルダーヌ様もいるし、第一王子らしく振る舞わなければいけない状況を察すると、今は抱きしめることしかできない。

エルビスを見ると、やはり肩が震えている。ごめん。早く抱きしめてあげなくちゃ。

「神子《みこ》様、客間にお部屋を用意させています。足りないものはリンドへお申しつけください」

「ありがとうございます」

俺とマテリオ、そしてエルビスが二階の客間に通された。部屋に入った途端、エルビスが俺を抱きしめる。

「ジュンヤ様っ、申し訳ありませんでしたっ！　置いていくべきではなかった……！　私の判断ミスのせいでお怪我をしたのでは？　あの血は何があったのですか⁉」

「あの血はマテリオのなんだ。その、敵に見つかって襲われて、守ってくれた。でも、治癒したから大丈夫だ。エルビスはあの後危険な目に遭わなかった？　怪我してないか？」

「私は大丈夫です……。あの後……あの場に戻ったら血溜まりがあって、痕《あと》を辿りましたが見失って！　生きた心地がしませんでした……っ！　どうぞお許しください！」

「エルビスはその時できる一番良い方法を考えて行動したんだ。怒ってなんかいないよ？」

話しているうちに落ち着いてきて、ようやく涙を拭ったエルビスは、不意に俺をジーッと見た。

そして、マテリオもジーッと見る。交互に何度も見られて、気まずい。

うん。ダリウスと同じことを思っているよね？

これから入浴タイムですが、エルビスに詳しく問い詰められそうだ……

その後マテリオは自分用の部屋に案内され、心配そうに俺を何度も振り返りながら去っていった。

それぞれの客間にきっちりと浴室がついているので、逃げようもなくエルビスに浴室へ連れていかれ、阿吽《あうん》の呼吸でノーマ達は下がっていく。

肌に塗った顔料を落とすので、浴衣《よくい》はなしの全裸だ。痕《あと》があるかもしれない俺は戦々恐々だった。

自分から話すつもりだけど、全員一緒にいる時に話したいと思っていたからだ。

平等にしたいから……でも、エルビスの泣き顔を見たら、言わなきゃと思った。

「ジュンヤ様、こんな風に肌を染めなくてはならない程、危険な目に遭ったんですね？」

「少なくとも王都《うち》のメンバー以外は注意しようと思った。でも、問題は一人だけみたいだけどな」

「もしや、最後まで反発していた男ですか？」

俺は、エルビスと別れた後、敵に襲われてマテリオが斬られたこと、必死に逃げ回ってノルヴァンさんに救われたことを一気に話した。

「あいつが……ディックが二人を斬ったんだ。目の前で斬られて……助けられなかった！　逃げるしかできなかった！　俺、また助けられなかった！」

神兵さんを救えなかったように、彼らも俺のせいで……

「危篤なんだって……神兵さんの時とは違うかもしれないけど、何かできたんじゃないかって思うんだ……」

「あなたは悪くありません！　ディックという男が全部悪いんですっ！　それをあなたが背負う必要はありません！」

「でも、すぐに治癒できてたら違ったよ。まだ危険な状態で、あの町に残ってるらしいんだ」

「全員を助けるなんてできないんですよ、ジュンヤ様……」

俺はエルビスに甘えている。欲しい言葉をくれるから。……なんて狡《ずる》いんだ。

「もしも助けようとしたジュンヤ様が殺されたり、捕まったら？　私や、あなたを守る者達はどうなりますか？」

「……俺のせいでマテリオも死にそうになったし、もうそんなの見たくない」

「敵を排除するために殿下も奔走《ほんそう》しています。ですから、お気を強くお持ちください」

「うん……あのさ、俺、みんなに話さなきゃいけないことがあるんだ」

「ジュンヤ様。今はお体を休めてください」

「分かった。じゃあ、三人揃って聞いてほしいんだ。大事な話だから」

「はい。殿下にもお伝えします」

エルビスに隅々まで洗われ、恐怖と緊張で固まっていた体がほぐれていった。温かい湯に浸かっていると怒涛《どとう》の日々が嘘みたいで、安心したのかうとうとしてしまう。体はマテリオとの治癒で回復しているが、精神的にはボロボロだった。

「このまま寝たら危ないですよ。もう上がりましょう」

「うん。少しだけ寝る……気が抜けたのかな。すごく疲れた」

エルビスが俺を抱いて風呂から出してくれる。

「自分で歩くよ？」

「お世話させてください。確かめたいんです。あなたが戻ってきたってことを」

「分かった……」

大人しくエルビスに全部任せる。

「重傷の二人を助けたいんだ。誰か治癒の石を持って向かってもらって。俺の荷物に大きい魔石があるから……お願いだ」

髪を乾かし柔らかな毛布で包《くる》まれる頃には、眠気が限界に達していた。

「伝えます。さぁ、温かくして眠ってください」

エルビスの腕で安全を実感したら、いつの間にか寝てしまっていた。


目を覚ますとベッドの中で、部屋の隅ではエルビスが何か書いていた。

「エルビス……」

「お目覚めですか。ご気分はいかがですか？」

「大丈夫。寝たらスッキリしたよ。今、何時かな」

「あと一時間ほどで夕食です。まともに食べていなかったのでは？」

確かにずっと携帯食だったけど、それよりも大事な話をしなくちゃ。マテリオをどうやって守ろう。正直に話すだけでは、マテリオが責められるかもしれない。

「あの、エルビス」

「ジュンヤ様。落ち着いたら殿下の部屋に参りましょう。マテリオも呼ばれています」

「えっ⁉　マテリオも？」

ろくに作戦も立てられないってことか。もう、行き当たりばったりでやるしかないな。

「はい。色々報告を聞かねばならないので」

エルビスの言い方は、俺達の間にあったあれこれに感づいていることを示唆していた。……多分、俺の様子や匂い、全部かな。

「分かった」

「ではお支度をしましょう」

エルビスが素早く支度をしてくれる。でも、今はその素早さが恨めしい。どう言えばいいのか、全然まとまっていないんだ。

それでも行かなくちゃいけない。部屋を出ると、マテリオがドアの前に立っていた。緊張した面持ちをしている。マテリオも悩んでいるんだろうか。

「殿下、ジュンヤ様をお連れしました」

エルビスとマテリオと連れ立って入室すると、ティアとダリウスは既に椅子に座って難しい顔をしていた。その顔を見たら、俺はその場に立ち尽くしてしまった。

「まずは、座るんだ。さぁ。マテリオもそちらに座れ」

「俺、話があるんだ」

「はい」

固い声で返事をして、俺達は席に着いた。

「ジュンヤ、マテリオも、本当に無事で良かった。内通者がいたことは想定外だったが、犯人はディックなんだな？」

ティアは事務的な話から始めるつもりらしい。確かに、順を追って話さなくちゃいけない。

「そう。でも他に仲間がいるのかまでは分からなかった。俺達を最初に襲ったのはディックじゃなくて、二人組だった。マテリオは俺を逃がそうとして斬られたんだ。なんとか逃げて彷徨《さまよ》っていたら、運良くノルヴァンさんの別宅の隠し部屋に匿ってもらえた」

チラッとティアを見ると、険しい顔のままだ。ダリウスは珍しく無表情で、エルビスは眉間に皺《しわ》を寄せている。

「ダリウスから、相当な出血だったと聞いている。マテリオ……もう大丈夫なのか？」

「ジュンヤ様に治癒していただきました」

「……そうか」

治癒。その言葉の中にある、もう一つの意味。

早く全部ぶちまけて楽になりたい衝動を抑える。感情のままに暴露するのが正しいとは限らない。

次は、マテリオが寝込んでいる間に、変装してディックと会った話だ。

「騎士と連絡がついたと言われて、念のため変装して会いに行った。ノルヴァンさんは身代わりも用意してくれていたんだ。マテリオは動かせない状態だったから置いていった」

思い出すだけでも血の気が引くようだ。でも、どうにか言葉を続ける。

「そこにいたのがディックと、二人のユーフォーン騎士だった。身代わりの人が俺のフリをして前に出た時に、ディックが二人を斬ったんだ。……俺を誰かに引き渡すつもりだったらしい。怪我をした二人はどう？」

「ソレス達が治癒をしたが、かなりの深手だ。一命を取り留めたが、動かせないのでそのままアズィトに残している。マナは消耗《しょうもう》して限界だったため、ユーフォーンに来るよう指示した。騎士の意識は戻っていないので、新たな神官を派遣してある」

俺の質問にはダリウスが答えた。口調がいつもと違う……

「俺の魔石を持っていってほしかったんだけどな」

「エルビスから預かり、騎士と神官に持たせて向かわせている。心配はいらぬ」

ティアが抜かりなく手配してくれたようで、少しだけ安心した。

「そう、良かった。連絡もできなくて、悪かったと思ってる……」

「……」

また沈黙だ。どう切り出せばいい？

「私は、お三方に謝罪しなくてはいけません」

沈黙を破ったのはマテリオだった。

「マテリオ、あのさ……」

「いや。私が話すべきだと思う。……私の怪我は深手でした。とにかく逃げてほしいと身を挺《てい》したのですが、それは過ちでした」

「ジュンヤはそなたを見捨てて逃げる男ではない」

ティアの口調は、俺を雪原のど真ん中に放り出された気分にさせた。

「はい。愚かな選択でした。かえって足手纏《まと》いになりました」

「逃げた後はどうした」

「ノルヴァン殿に匿っていただき、ジュンヤ様にお世話していただきましたが、出血が多かったのかしばらくはまともに動けませんでした」

「世話、ねぇ」

ダリウスが呟く。

「ほとんど眠っていたのですが、ある時目覚めるとジュンヤ様と共に変装し、馬車に乗せられました。そこで、更なる治癒をしてもらいました」

「……更なる治癒とは？」

ティアの声が俺達を刺し貫くようだ。

「殿下。私は……神子《みこ》を、ジュンヤ様を……」

「――待て。今は待て。エルビス、すまないが茶を出してくれないか？　落ち着いてから聞く」

ティアが一旦話をやめさせ、エルビスが淡々と支度をする。滅多に言わない「すまない」という言葉に、ティアの苦しみが表れているように感じた。熱いお茶を無言で飲み、再び長い長い沈黙が流れる。

不意に、ティアが静寂を切り裂いて激しく机を叩いた。

「私は……置いていきたくなかった。危険の只中に、戦う術《すべ》を持たないジュンヤを置いていくなどできなかった！」

「ティアっ……」

思わず立ち上がり駆け寄って抱きしめると、肩が震えていた。弱さを見せられない王子は、涙を流さず泣いているように見えた。

「ごめん、ごめん……」

「本当に分かっているのか？　私もエルビスも、ジュンヤを置いて逃げろと言われ、どれほど苦しんだか！」

「ごめんなさい……許さなくていいよ、ごめん……」

「ジュンヤは悪くない！　これが八つ当たりなのも分かっている！　分かって、いるんだ……」

震える肩を抱いて撫でる。いつもまっすぐに前を向く王子が、今は項垂《うなだ》れて震えている。なんとかいつもの自信満々なティアに戻ってほしかった。髪に何度もキスをする。

「ティア。ありがとう。大好きだよ。だから泣かないで」

「私は、泣いていない」

「うん。でも、心は泣いてるだろう？　俺はここにいるよ」

顔を上げた金色の瞳がわずかに潤《うる》んでいる。ティアは素早く俺を横抱きにして膝の上に乗せた。これはもう、定位置だな。

「こうしてもいいだろう？」

「うん」

避けられていないと分かって正直ほっとした。俺の髪に顔を埋めてスーハーしているのは変態っぽいけど、まぁいいか……

「……ジュンヤ。この香りの理由を聞こう。覚悟を決めたぞ」

「うっ！　あ、のさ。みんなも、いい？」

三人は無言で頷いた。マテリオには、俺が先に話すと伝える。

「さっきも言ったけど、治癒だけじゃ体力までは回復できなかった。とてもじゃないけど、マテリオは動ける状態じゃなくて。でも、ダリウスの時を思い出して、キ……口移しで水をあげたらどうかなって思ったんだ。実際にやってみたら、少しだけ回復した」

淡々と報告するように努めたが、その先で詰まった。どう話せば角が立たないか悩んでいると、マテリオが立ち上がってティアの前で両膝をつく。

「殿下。私は、その時に流れ込んだ力に溺《おぼ》れました。どうしようもないほどジュンヤ様に恋い焦がれていた事実に気がついたのです。愛しくて堪《たま》りませんでした。そして、ジュンヤ様が断れないように仕向け……抱きました」

そこまで言うと、頭を床に擦《こす》りつけるように伏せた。土下座のような格好だ。

「殿下達の大事な方に触れましたこと、厳罰を覚悟しております。ですが、巡行が終わるまではジュンヤ様に仕えると約束しました。どうぞ、どうぞ、全て終わるまでお傍にいることをお許しください！　全てが終わった時には、断罪も覚悟の上です。この命、いかようにもお使いください……！」

「マテリオ……！」

跪《ひざまず》くマテリオを射るように見つめる三人。俺はマテリオに近寄ろうとしたが、ティアの腕がそれを阻んだ。

「マテリオ。俺達の存在を知りながらジュンヤを抱いたのか。その対価を支払う覚悟はあるか」

「ダリウス！　マテリオだけが悪いんじゃない！　俺も同意したんだからっ！」

「ジュンヤ様は拒んでいました。ですが、狭い馬車の中、どうやって逃げられるでしょう。私は地の利を活かし、聖なる体を我がものとしたのです。全て、私の責任です。ジュンヤ様は悪くありません」

「マテリオ、それは違うよっ！」

全ての責任を自分がかぶり、俺を守ろうとするマテリオは頑なだった。

「ジュンヤ。強姦されたのならこの男を罰してやる。遠慮なく真実を言え」

「ジュンヤ様、合意と言っても密室で逃げられなかったのでしょう？　庇《かば》う必要ありません」

ティアに続いて、エルビスもマテリオを睨みつけている。

「違うっ！　驚いたし、パニック状態ではあったけど、最後は自分で決めた。だから強姦じゃないよ。ティア、お願いだから下ろして。逃げないから」

少しして、ティアは黙って腕の力を緩めてくれた。腕から抜け出し、マテリオの隣に跪《ひざまず》いて笑いかけてやると、驚いた顔で見返される。それから、俺も並んで床に頭を擦《こす》りつけた。

「俺達、浮気しました。ごめんなさい。罰は俺も受けます。だから、マテリオを罰しないでください。俺を守ろうとしたせいで本当に大怪我だったんです……」

裏切り行為と分かっていた。でも、絶対助けたかったし、気持ちに応えたいとも思った。他の神官や騎士が相手ならあり得ない感情だった。

マテリオは特別だから受け入れた。それなら、俺も一緒に罰を受けるべきだ。

「マテリオが……ジュンヤにとって他の者と違うことは分かっていた。だが、いざこうなると複雑だ」

「えっ？」

ティアの言葉は意外だった。特別は特別だけど、その言い方はなんだ？　思わず頭を上げる。

「ジュンヤはマテリオをどう思っている？」

「大事な仲間だよ」

「それだけか？　仲間を守るためなら誰とでも寝るのか？」

「そんな訳ないだろ！」

「そうだろうな。ジュンヤはそう軽々しく寝る男じゃない」

「分かってるなら……」

その時、ずっと無言だったダリウスが、俺達の前にしゃがんで俺の顎《あご》に手をかけた。

「なぁ。お前、いつもと違うよな。俺達の時と違う。何があった？　散々ヤったようだが普通に動けてるし、香りも違う。俺達の時と……何かが違う」

「え？　えっ？」

自分の匂いを嗅《か》いでみたが分からない。マテリオに鼻を寄せて嗅《か》いでも、やはり分からなかった。

「ごめん。何が違うか、本当に分からないんだ」

「うう……甘ったるくて、それでいてこう、いやらしい香りだ……上手く言い表せん。エルビス、頼む」

「い、いやらしい？」

ダリウスを押しのけて、エルビスが俺の前に跪《ひざまず》いた。ティア以外みんなが跪《ひざまず》くかしゃがんでいて、はたからみたら異様な光景だろう。

「甘い花の香りで、尚かつ官能的です。エキゾチックで、劣情を湧き上がらせるような香りですね」

「エリアスやこいつが相手の時は、安らぐ甘い香りだ。こんないやらしい香りじゃない！　どういうことだ、マテリオ。てめぇ、こいつに何をした？」

ダリウスに睨まれたマテリオは困惑している。俺だってそうだ。

ええーーっ!?　香り問題発生中!?

俺とマテリオはひたすら困惑していたが、このカオス状態を変えたのは、やはりティアだった。

「二人共、気持ちは分かるが落ち着け。ジュンヤ達もちゃんと座るんだ」

ティアもダリウスやエルビスと同様苦しそうだけど、冷静さを保っている。全員が改めて席に着くと、静かに話し始めた。

「二人の言う通り、普段と香りが違うのだ。いつもと違い、官能的な香りがする。お前達二人から同じ香りがするのだ。だから、何があったのか、知りたい」

俺とマテリオは顔を見合わせた。何がと言われても、エッチしただけだ。三人の時との違い……エッチで治癒し合うエンドレス快楽だったことか？　え、これを言うのか？

「マテリオ。そなたがどうやって抱いたのか話せ。何が起きたのか知りたい」

「えっ」

「――私は、口移しでいただいた力を貪欲に求めました」

止める前にマテリオは話を始めてしまった。俺はティアに制されて、遮る訳にもいかない。

「もっと、濃いモノが欲しい。可能ならジュンヤ様に触れたいと迫りました。組み敷いて、口で奉仕し聖なる雫《しずく》をいただきました。……いいえ、奪いました」

あの時間を思い出しているのか、マテリオは話しながら遠くを見ている。

「私は、この想いは崇拝だと思っていました。いえ、思いたかったのでしょう。手の届かない人だから」

「マテリオ……」

横顔が切なかった。ふと目を閉じて、また開く。

「私はそれで満足できず、繋がりたいと懇願しました。口づけをしただけで、お互いの治癒が循環するのを感じ、喩《たと》えようもない快楽を覚えました。神官同士で行為を行うと稀《まれ》にあることですが、ジュンヤ様とのそれは格別でした」

「だが、なぜ香りが違う？　それが知りたい」

そう尋ねられ、マテリオが眉間に皺《しわ》を寄せた。

「推測でもよろしいですか？　私もこのような経験がないので、上手く説明できるか分かりませんが……」

「いいだろう」

「治癒の力を持つ者同士の性行為は、時に特別な力をもたらすそうなのです」

マテリオは言葉を探すように話し始めた。

「私達神官は、魔力循環のために相性のいい相手と交わります。ですから、私も何人かと経験があります。しかし、ジュンヤ様との行為は、そのうちの誰とも明らかに違いました」

いつもキレのある話し方をするのだが、今はゆっくりと言葉を選んでいる気がした。

「普通は、意識して力を流し合います。そうして魔力も快楽も高めるのです」

ひと呼吸置いて、苦しそうな顔で続ける。

「しかし、ジュンヤ様の唇や肌に触れた時、自分の意思とは関係なく循環が起きました。言葉に尽くせない程激しい情欲も、同時に湧き上がりました。……私は……私は、想いを抑えられず、何度もジュンヤ様を貪《むさぼ》りました。お許しください。もう、二度と無体な真似はしないと誓います」

マテリオはまた椅子から下りて、深々と平伏した。その肩は震えていた。俺は飛びついて抱き起こしたかったが、エルビスに止められる。

「マテリオ。そなた、もう二度とジュンヤに触れないと言うのだな？　この長い旅の間、隣に思い人がいても、決して触れないと誓うのか？」

「はい。ジュンヤ様の力になることで罪を償《つぐな》います。大業をなした後は還俗《げんぞく》し、いずこかへ去りましょう」

「そんなっ！」

マテリオに近づこうとするが、今度はダリウスに止められた。ダリウスが無言で首を横に振る。

なんでだよ？　俺も同罪なのにっ！

「そなたは神子《みこ》の真実を我らに話さなかった。最初から邪《よこしま》な下心があったのではないか？」

「いいえっ！　それは違いますっ！　神聖な御身を守りたかっただけです！」

がばっと起き上がり、顔を上げたその表情は真剣で、嘘とは思えなかった。

「その神聖な体を抱いたのであろう？　しかも、見たところ一度ではないはずだ。香りの違いも、説明になっていないぞ」

「っ！　は、はい……申し訳ございません。香りは、私にはどう違うのか分かりません。終わりのない快感が、その理由なのかもしれません」

そう言って、ガックリとまた項垂《うなだ》れる。助けてやりたいのにできない。

「エリアス。ちょっといいか？」

そこでダリウスが口を挟んだ。

「構わん」

「ジュンヤが俺達に抱かれた後は長いこと動けなくなっていた。だが、今のジュンヤはピンピンしてる。マテリオ、これはどういうことだ？」

「治癒の者の交歓《こうかん》は、時に終わりなく続けられることがあります。いつもではありませんが、体の不調も消えるのです」

「つまり、いくらでもヤレるってことだな？　この二日間……ヤりまくったんだな？」

「ダリウス、やめて……」

確かにヤりまくったけど！　でも、そんな言い方やめてほしい。

「乱れるジュンヤは可愛かったろう？　やめられなかったんじゃないか？　おい」

「ダリウス様、私は、その」

「ダリウス、気持ちは分かるが抑えろ」

嚙みつくダリウスをティアが止めた。

「そなたはこの先どうしたいのだ？　正直に言ってみよ」

「私は……ただ、近くでお守りしたいです」

「……ジュンヤ。部屋に戻っていてくれ」

「え？　なんで？」

「私達だけで話したい。だが、その前に確認だ。マテリオは庇護者《ひごしゃ》なのか？　こやつを愛しているのか？」

「……そうだね。マテリオは俺の庇護者《ひごしゃ》だよ。恋愛感情は、正直分からないけど……すごく大事なのは、確かだ。他の人なら受け入れなかったと思う」

これは俺の正直な気持ち。

「そうか。……たとえジュンヤが我々以外に抱かれても、我々はお前を決して手放さない」

「っ！　ほ、んとに？」

三人が頷いてくれて、安心して膝がガクガクした。

「だから、安心して部屋で待っていてくれ」

「うん」

それでも俺はマテリオがどうなるのか心配で、後ろ髪を引かれる思いで、外にいたノーマと部屋に戻ったのだった。

side　マテリオ

ジュンヤが去った室内は緊張感に満ち、私はこれから思うまま罵《ののし》られるのだろうと覚悟した。

「マテリオ。もうジュンヤはいない。遠慮なく発言するが良い」

「いえ……」

殿下にお伝えしたことは全て本心で、処断を待つだけだ。

「本心は違うだろうと聞いている」

「ジュンヤを一度でも抱いて、これで最後でいいなんて思える訳ないよな？　おい」

「……ジュンヤ様との時間は特別。簡単に忘れるなどできないはずですよ」

確かに忘れられないだろう。生涯、あのひと時を心の支えに生きていけると思う程の時間だった。

「今は庇護者《ひごしゃ》の一人として対等に話せ。二人もそうしている」

「庇護者《ひごしゃ》……私が？」

「ジュンヤの様子で分かるに決まってるだろ！　あいつがお前に惚れてんのかは分からん。でもな、なんだよあれは！　あんな……色っぽい香り、二人して纏《まと》いやがって……」

ダリウス様が私に嫉妬しておられる？

「自分の経験では、これまで行為の後に香りがしたことはありませんでしたから、お答えしようがありません。ただ、ジュンヤ様に命を捧げると誓います。盾としてお供させていただきたく、お願い申し上げます」

「それだけの覚悟があるなら、なぜ本心を言わねぇんだよ！　そんだけ惚れてんだろうがっ！」

激情を抑えきれない様子のダリウス様に、炎で焼かれるのではと思った。そうされても仕方のないことを私はしでかしたのだ。だが、今はまだ、死にたくない。

「よせ。怒鳴っても解決はしない」

「そうだけどよぉ……」

「マテリオ。あなたはジュンヤ様を愛していますか？　それとも、ただ弱っていた時の気の迷いで抱いたのですか？」

「気の迷いなどではありません！」

それは心外だった。愛だと気がついたのが口づけた瞬間だったとはいえ、ずっと愛していたのだから。

「ならばそれが答えでは？　あなたがずっとジュンヤ様を守ろうとしていたのは知っています」

エルビス殿は嫌そうな顔をしながらも、私の行動を見ていてくださったのだ。

「……私はアユムから密かに聞かされていた。ジュンヤが受け入れるかは別として、神子《みこ》を愛し求める者が、数多《あまた》現れては消えるだろうと」

エリアス殿下は目を閉じ、椅子にもたれかかって天を仰いだ。

「それが誰かは聞かなかった。だが……マテリオ。神子《みこ》の真実を隠していた件以来、そなたはその一人だろうと考えていた。そもそも、たとえ能力の高い神官だろうと、命の危機に陥《おちい》った神子《みこ》をたった一人で救えると思うか？」

もしや、王都の泉でのことを仰っているのだろうか。そんなに前から私を観察しておられたのかと、言葉もなくエリアス殿下を見つめていた。

「それゆえに、そなたが命を擲《なげう》つ覚悟があると言うのなら……私は、ジュンヤのために受け入れよう。愛が欲しければ、己の力でもぎ取れ」

「殿下！　マテリオを受け入れるおつもりですか？」

「それはこいつも恋人として扱うって意味か？　でも、ジュンヤはなんか微妙そうだったぜ？」

そう。ジュンヤが抱いているものが友と関係を持った罪悪感だと、私も気づいている。

「ジュンヤは愛してもいない男に抱かれない。まだ自覚していないだけだ。私は庇護《ひご》者《しゃ》として受け入れる。我々も、愛を確信してもらうまで長かっただろう？」

「うっ……痛いところ突くなよ」

「確かに、好意ではあっても最初は恋愛ではなかったとは思いますが……」

エリアス殿下は私を見据えて続けた。

「答えよ、マテリオ。そなたは、ジュンヤをどう思っている？　その命、血の一滴まで捧げる覚悟があるか？」

「殿下……私は、ジュンヤ様を愛しています。この世の全てを敵に回しても守ります。たとえ愛されなくても、生涯の愛を、命を捧げます。どうぞこの命を、ジュンヤ様を守るために使わせてください！」

私はとうとう本心を曝《さら》け出した。愛を返されなくても構わない。無償の愛を永遠に捧げるのだ。己の、ただ一人の神に。

「私は、庇護者《ひごしゃ》として認めます。しかし、ジュンヤ様を泣かせたらただではおきません」

「……許してやる。覚悟したらしいからな。俺がムカついたのは、お前がウジウジしてたからだ」

ダリウス様は、私の巡行への同行が決まった時から、ジュンヤに惹かれていると感じていたそうだ。

「もう一つ、大事な話をしておく。アユムによると、愛が深まる程に神子《みこ》の力は強くなるらしい。同時に快楽にも弱くなり、光に群がる虫のごとく男が寄ってくるそうだ。皆、十分注意せよ」

「それは……ジュンヤ様は落ち込むかもしれませんね」

「快楽に溺《おぼ》れんのが恥だと思わねぇようにしてやろうぜ」

私は無言を貫いた。否、答えられなかったというのが正解だ。

「おい……ジュンヤとどんなだったのか教えろ……」

「どんな、とは？」

「あれ程香りが違うんだ。セックスだって違ったんだろうよ。それに負けないように抱かないといけないからな。どんなテクでイかせたんだぁ？」

ダリウス様……他人の行為を聞くなんて、踏み込みすぎではありませんかっ⁉

「普通です。変わったことなど、別に……」

だが、ふと脳裏をよぎったのは、ジュンヤの嬌声と痴態《ちたい》だった。

『はぁ。はぁ……マテリオ……あついの、いい……』

同時に達し、終わりなき絶頂に痙攣《けいれん》しながら注ぐ度に嬉しそうに受け止めてくれた。その姿が突然鮮明に蘇《よみがえ》り、カッと頬が熱くなった。

「あなたのその顔は、私も見逃せませんね……」

「そなた、本当に手を触れずにいられると思っていたのか？」

お三方に散々問い詰められ、私はあの爛《ただ》れた二日間の情事を白状する羽目になったのだった。

◇

マテリオの処断を部屋で待つ間、俺は宝玉の浄化を進めていた。手を動かしていないと不安だったからだ。今は休憩してお茶を飲みながら、ノーマとヴァインと話をしている。

「二人はあの時どうやって逃げたんだ？　アランも無事なんだよな？」

「近くにいた騎士が建物の陰に隠してくれました。私達も侍従服を脱いで偽装して、難を逃れたんです」

爆発でかすり傷を負ったものの、自然治癒で治る程度だったそうで安心した。

「この世界にも爆薬があるのか？」

「バクヤクとは？」

聞いてみると、あれは火薬ではなく、戦争があった時代に作られた魔道具らしい。二人はその存在自体は知っていたが、使われるのを見たのは初めてだったという。

「そもそもあれは落城戦などで使われるもので、町中で使用するなんて、戦時中でも禁忌とされているんですよ」

「そうか」

なんだか暗い気持ちになりそうで、その話は早めに切り上げた。

「それにしても、マテリオは大丈夫かなぁ……」

呟くと、二人は顔を見合わせてくすくすと笑った。

「多分大丈夫ですよ。あの方がジュンヤ様に想いを寄せているのは、殿下達もなんとなく気づいていらしたようですから」

……え、もしや、気づいてないのは俺だけだった？

雑談していると、あっという間に夕食の時間になった。呼ばれて行くと、大広間でパーティをするらしい。マテリオのことは気になるが、久しぶりにみんなと楽しい時間を過ごせると思っていたのだが……

「今日の晩餐《ばんさん》は無事にジュンヤが合流した祝いの席だ。準備を整えてくれたバルバロイ領、領主代行ヒルダーヌに感謝する」

ティアが拍手でヒルダーヌ様への感謝を示す。

「そして、重要な知らせがある。マテリオ神官も、我々と同じく庇護者《ひごしゃ》であると判明した。以後、彼も護衛対象となる。皆も心して警護してほしい」

当然だが会場全体がざわついた。俺も突然の発表に驚いている。でも、中には納得しているらしい声も聞こえた。

マテリオを窺《うかが》うと、いつもの仏頂面だが耳まで赤かった。そう、『庇護者《ひごしゃ》』の意味を知っている人に、俺との関係がバレてしまうんだから当然だ。俺だって顔が熱いよ！

こうして、マテリオは四人目の庇護者《ひごしゃ》として認められた。

道中酷《ひど》い目に遭ったが、俺達はようやく揃って目的地ユーフォーンに到着した。だが、この地での本番はこれから。まだ俺達を狙う敵も潜《ひそ》んでいる。ダリウスとお兄さん、ヒルダーヌ様の問題もある。

だが、クードラで理解者を増やせたように、諦めなければ道は開ける。俺は欲張りだから、全部解決したい。誰になんと言われても気にしない！

グラスを掲げて乾杯し、どんな困難も乗り越えてみせると誓った。

この作品に対する皆様のご意見・ご感想をお待ちしております。

おハガキ・お手紙は以下の宛先にお送りください。

【宛先】

〒150-6008 東京都渋谷区恵比寿 4-20-3 恵比寿ガーデンプレイスタワー 8F
（株）アルファポリス　書籍感想係

メールフォームでのご意見・ご感想は右のＱＲコードから、
あるいは以下のワードで検索をかけてください。

アルファポリス　書籍の感想　検索

ご感想はこちらから

本書は、「アルファポリス」（https://www.alphapolis.co.jp/）に掲載されていたものを、
改題、改稿のうえ、書籍化したものです。

異世界《いせかい》でおまけの兄《にい》さん自立《じりつ》を目指《めざ》す 4

松沢ナツオ（まつざわ なつお）

2023年 3月 20日初版発行

編集－堀内杏都
編集長－倉持真理
発行者－梶本雄介
発行所－株式会社アルファポリス
〒150-6008 東京都渋谷区恵比寿4-20-3 恵比寿ガーデンプレイスタワー8F
TEL 03-6277-1601（営業）03-6277-1602（編集）
URL https://www.alphapolis.co.jp/
発売元－株式会社星雲社（共同出版社・流通責任出版社）
〒112-0005 東京都文京区水道1-3-30
TEL 03-3868-3275
装丁・本文イラスト－松本テマリ
装丁デザイン－円と球
印刷－図書印刷株式会社

価格はカバーに表示されてあります。

落丁乱丁の場合はアルファポリスまでご連絡ください。

送料は小社負担でお取り替えします。


ISBN978-4-434-31733-0 C0093